T'AS PAS QUELQU'UN À ME PRÉSENTER ?

Rosine Bramly

Rosine Bramly est conseillère en relations humaines. Elle est l'auteur de *Bébé dans les étoiles* (1988).

Annick Lanoë

Annick Lanoë est metteur en scène, scénariste et productrice de cinéma. Elle a notamment réalisé *Les nanas* (en 1984, avec Juliette Binoche et Sami Frey) et *Les mamies* (en 1992, avec, notamment, Danielle Darrieux, Paulette Dubost et Jackie Sardou).

Rosine Bramly
Annick Lanoë

T'AS PAS QUELQU'UN À ME PRÉSENTER ?

ÉDITIONS RAMSAY

ISBN 2-266-13300-4

À mon mari chéri,
À nos hommes adorés.

Merci à Antoine Micholet, Laurence Bramly,
Raphaël Bramly, Mathilde Roblot,
Joseph Joffo, Marc Parent,
Jean-Claude Gawsewitch et Françoise Samson
pour leur aide affectueuse et précieuse.

All you need is love…
LES BEATLES

À s'ouvrir aux autres, on prend le risque d'être aimé.
CHARLOTTE RAMPLING

Il n'y a pas de règle pour la chasse au mari,
si ce n'est qu'il doit coûte que coûte être capturé vivant.
GEORGES-ARMAND MASSON

Exaltez-vous le bombyx !

Connaissez-vous le bombyx du mûrier ?

C'est un papillon, dont les histoires d'amour nous fascinent.

Plus grande séductrice au monde que Madame Bombyx, ça n'existe pas.

Quand la jolie petite Madame Bombyx se met en tête de faire un bébé, elle commence par sécréter une phéromone (du grec *pharos*, c'est-à-dire une hormone qui agit à distance). C'est un peu comme un parfum, ça s'appelle le bombykol, et ça porte bien son nom. Car à onze kilomètres de là, Monsieur Bombyx qui fait sa sieste tranquillement dans les vergers et n'a aucune idée derrière sa petite tête de papillon reçoit le signal. Il se réveille en sursaut, s'ébroue et se met instantanément à chercher la jolie petite bombyx qui lui a fait des avances aussi alléchantes. Il n'a plus qu'une seule idée : la trouver.

Il fonce de toutes ses petites ailes vers cette bombe X qui l'attend en position d'appel, c'est-à-dire qu'elle a enlevé sa culotte et se met les fesses en l'air.

Les chercheurs ont calculé qu'une molécule de bombykol se déplaçait au milieu de 100 000 000 000 000 000 molécules d'air. Donc, statistiquement, le mâle se trouvant à onze kilomètres de là, cette phéromone n'a aucune chance au milieu de toutes les molécules de l'air d'entrer en contact direct avec les récepteurs des antennes de Monsieur Bombyx.

Et pourtant ça se produit chaque fois… Ça fait rêver.

Comme dans les belles histoires d'amour, Monsieur Bombyx féconde Madame Bombyx, laquelle nous fait un beau petit œuf qu'elle pose sur une feuille de mûrier qui devient une chenille puis un cocon, dont on tirera le tissu le plus érotique, le plus sensuel, léger et chaud à la fois : la soie.

Comment le mâle a-t-il pu à une telle distance avoir la perception de la présence de la femelle ? C'est toujours un mystère scientifique.

L'amour est un phénomène mystérieux qu'on a encore bien du mal à expliquer. La séduction n'est pas qu'une question de beauté, c'est surtout une question d'hormones.

On est loin d'avoir fait le tour du sujet de l'attraction amoureuse concernant les papillons, alors celle des hommes et des femmes... La seule chose qu'on peut dire, c'est que l'amour nous transforme nous-mêmes en papillons. Nous allons vous apprendre à vous exalter le bombyx !

Première partie

La séduction, comment ça marche ?
Conseils aux femmes

Chapitre 1

Examen de départ

FAITES VOTRE BILAN DE COMPÉTENCE AMOUREUSE

Ça y est, vous êtes prête, vous voulez vraiment rencontrer quelqu'un, c'est décidé dans votre tête. Mais êtes-vous vraiment capable de sauter le pas avec succès ?

Il est grandement temps de faire votre bilan de compétence amoureuse.

Avez-vous tout ce qu'il faut pour attirer et faire une vraie rencontre ? Qui êtes-vous réellement ? Qui croyez-vous être ? À quelle catégorie appartenez-vous ?

Regardez-vous dans la glace et faites un examen de conscience, soyez réalistes et sans indulgence avec vous-même ! Valorisez vos qualités, mais n'oubliez pas non plus d'évaluer les dégâts : vos défauts majeurs, insupportables pour les autres, comment comptez-vous y remédier ?

Demandez-vous pourquoi ça marche, pourquoi ça ne marche pas, pourquoi ça ne marche plus.

Peu de gens sont lucides sur leur propre cas. Essayez de l'être.

Au besoin, demandez à votre entourage et soyez prête à entendre des réponses qui ne vous feront pas complètement plaisir, mais qui vous feront à coup sûr avancer.

Demandez-vous : pourquoi suis-je seule ? Est-ce transitoire ? Est-ce chronique ?

Prenez l'exemple de Lola : exsangue après une rupture, elle a été prise en main de façon musclée par sa sœur Lauren et sa copine Sophie. Le bilan de compétence amoureuse qu'elles lui ont fait était renversant : elle ne s'habillait plus avec goût, elle n'allait jamais chez le coiffeur, ses cheveux longs style baba cool, ça commençait à dater, elle ne sortait jamais, elle ne faisait rien d'exceptionnel, ses vacances c'était quinze jours en août en famille au Maroc, sa vie était complètement prévisible, ses amies n'étaient que des mémères, des nanas seules qui ne sortaient pas. Tout était d'une intense banalité. En bref, un bilan de vie quasi catastrophique. Seule chose positive : un métier qu'elle aimait et quelques dispositions à être drôle. Conclusion : elle était douée pour le bonheur sans en connaître le chemin.

Quant à son look, il a fait l'objet d'un examen tout aussi minutieux et sympathique. Priorité : jeter les caleçons et les gros pulls noirs, les baskets, chercher les couleurs et les formes qui lui allaient bien, montrer ses jolies jambes que personne n'avait jamais vues, acheter des robes, des jupes, des talons. Résultat : trois hommes par semaine à ses pieds, une vraie révolution !

Comment voulez-vous attirer quelqu'un de séduisant si vous ne l'êtes pas vous-même ? Si vous voulez un partenaire fascinant, soyez-le aussi.

Ne vous imaginez pas que vous allez rencontrer un homme hors du commun à la brasserie du coin, sauf si c'est aux Deux Magots – *et encore*... On n'y trouve pas que des QI de 140. Trois euros quatre-vingts le café. Mais quelle terrasse ! Le meilleur poste d'observation de Paris pour la drague.

Pourquoi ça ne marche pas ?

Votre examen de départ est INDISPENSABLE pour aller vers le succès. C'est difficile de se remettre en question, mais c'est aussi difficile de se (re)mettre sur le marché. Partez avec des atouts, et non avec de mauvaises cartes dans les mains.

Posez-vous les vraies questions :

Qu'est-ce que vous offrez aux autres ?

Vous avez des exigences, mais vous-même, où en êtes-vous ?

Questionnaire

Savez-vous être engageante ?

Êtes-vous intéressante ?

Êtes-vous souriante ?

Êtes-vous dynamique ?

Êtes-vous chaleureuse ?

Êtes-vous entreprenante ?

Si vous êtes seule depuis cinq ans, comment cela se fait-il ? Est-ce votre caractère ? Est-ce votre rythme de vie ? Est-ce la façon dont vous fonctionnez socialement ? Ou le tout réuni ?

Quelles sont vos grandes réussites amoureuses ? Pourquoi ?

Quels sont vos pires échecs ? Pourquoi ?

Êtes-vous capable d'un peu de folie ?

Êtes-vous capable de partir huit jours en vacances avec quelqu'un uniquement pour les huit jours de fête même si vous savez que ça ne durera pas toute la vie ?

Pourquoi ne rappellent-ils jamais ?

Vous faites-vous toujours rejeter après trois jours de love story ? Pourquoi ?

Vous acharnez-vous à sortir avec des hommes mariés alors que vous cherchez à vous caser ?

Recherchez-vous des amours qui ne correspondent en rien à vos goûts, à votre milieu social ou à vos qualités ?

Êtes-vous râleuse ? ou ronchon ?

Êtes-vous trop discrète ? Trop effacée ?

Recevez-vous moins de cinq appels téléphoniques par jour de vos amis ?

Depuis combien de temps ne vous a-t-on pas sifflée dans la rue ?

Depuis combien de temps ne vous êtes-vous pas acheté de lingerie neuve ? Deux ans ? Un an ? Six mois ? Huit jours ?

Osez-vous sortir dans la rue sans culotte sous votre robe collante ?

Est-ce que vous sortez une fois par semaine ? par mois ? par trimestre ?

Allez-vous au bowling ? Au concert ?

Avez-vous des dîners, allez-vous au restaurant ?

Depuis combien de temps n'avez-vous pas organisé un dîner chez vous ?

Combien de livres lisez-vous par semaine ? Par mois ? Par an ?

Allez-vous au cinéma ?

Allez-vous à la gym ? Combien de fois par semaine ?

Vous regardez-vous dans la glace ?

Quelles sont les qualités qu'on vous attribue régulièrement ?

Quels sont les défauts que votre entourage épingle ? Voulez-vous y remédier ?

Depuis combien de temps n'avez-vous pas eu un rendez-vous amoureux, conclu ou non ?

Comment s'est passé votre dernier Jour de l'An ?

Combien de fois par jour riez-vous ?

Depuis combien de temps n'avez-vous pas rencontré de nouvelles personnes ?

Combien d'invitations avez-vous refusées ces derniers temps ?

Vous maquillez-vous encore comme il y a vingt ans ?

Votre maquillage vous convient-il ? Qu'en pensent vos amis ?

Depuis combien de temps n'avez-vous pas réfléchi à votre style ? En avez-vous un ?

Vous plaisez-vous à vous-même ?

Votre coiffure vous avantage-t-elle ? Combien en avez-vous essayé ?

Depuis combien de temps n'avez-vous pas fait le ménage dans votre garde-robe ?

Depuis combien de temps n'avez-vous pas acheté une robe ?

Depuis combien de temps ne vous a-t-on pas fait un compliment ?

Depuis combien de temps n'avez-vous pas fait un compliment ?

Est-ce que vous aimez votre boulot ? Y allez-vous en faisant la gueule ?

Est-ce qu'à part l'amour le reste de votre vie vous convient ?

Avez-vous perdu tous vos amis récemment ? Pour quelles raisons ?

Gardez-vous des amitiés enrichissantes sur le long terme ?

Êtes-vous routinière ?

Êtes-vous en situation d'échec ?

Êtes-vous appréciée dans votre boîte ?

À la machine à café, les gens viennent-ils vers vous ou se détournent-ils ?

Combien de nanas ou de mecs vous sourient par jour ?

Est-ce que les gens dans la rue vous demandent souvent leur chemin ?

Êtes-vous serviable ?

Est-ce que vous savez poser des questions à des gens que vous ne connaissez pas ?

Êtes-vous active dans la connaissance de l'autre ?

Êtes-vous négative ?

Êtes-vous aquaboniste ?

Refusez-vous toutes les offres qu'on vous fait de découvrir quelque chose de nouveau ?

Avez-vous un type de comportement que vous reproduisez systématiquement ?

Définissez-vous en quelques mots.

Allez-vous vers des gens dont l'âge mental est en adéquation avec le vôtre ou vous acharnez-vous à choisir de mauvaises cibles ?

Allez-vous systématiquement vers de plus jeunes que vous ? Ou vers de plus vieux ?

Mentez-vous sur votre âge ?

Êtes-vous capable d'être critique vis-à-vis de vous-même ?

Ou n'êtes-vous critique que vis-à-vis des autres ?

Vous sentez-vous comme une victime ?

En cas d'échec pensez-vous toujours que c'est la faute de l'autre ?

Pendant vos quinze ans de mariage avez-vous continué d'être séduisante ?

Ou au contraire avez-vous pensé que tout vous était définitivement acquis ?

La maternité vous a-t-elle transformée en mère poule exclusivement ?

Êtes-vous psychorigide ?

Vous félicitez-vous de ne jamais changer d'avis ?

Si vous avez répondu honnêtement à toutes les questions, vous devez avoir déjà identifié pas mal de raisons à vos échecs ou à vos difficultés pour séduire.

Vous n'avez pas encore trouvé ? Les échecs sont parfois dus à des défauts de comportement. Reportez-vous à nos chapitres suivants et posez-vous la question de savoir si vous êtes tombée dans un des travers qui y sont décrits.

Notre pire ennemi est en nous.

« Faut me prendre comme je suis », tant sur le plan psychologique que sur le plan physique, voilà une très mauvaise approche. Qu'on le veuille ou non, la vie nous fait évoluer, rien n'est statique. Vous êtes bien plus qu'hier et bien moins que demain. Acceptez, accompagnez, surfez sur la vague du changement. C'est ça la VIE. C'est une aventure humaine digne de ce nom. Si vous ne bougez pas en même temps que tout le monde, vous deviendrez un zombie.

« J'ai mauvais caractère mais je ne vois pas pourquoi j'en changerais », ça vous mène droit dans le mur.

Apprenez à pardonner à ceux qui vous ont fait du mal en amour. Le côté « je suis une grande blessée de la vie », oubliez, lâchez prise. Arrêtez de vous poser en victime, ça attire les bourreaux.

Si vous êtes fâchée avec la terre entière sauf avec deux amies, remettez-vous en cause très, très sérieusement. Si votre mère en Bretagne est votre seule interlocutrice, posez-vous aussi des questions. Visiblement, vous avez un malaise de communication à soigner d'urgence. Si vous passez plusieurs mois sans aller à un vernissage, à un dîner entre amis, vous avez un problème. Si vous passez vos week-ends avec vos parents que vous détestez autant que le navarin d'agneau-flageolets qu'ils vous servent systématiquement, votre cas est grave.

Vous êtes moche ? Vous devrez vous battre un peu plus. Comprenez que pour plaire et séduire, il va vous falloir autre chose, cela doit vous pousser à avoir une vie plus intéressante, ce sera tout bénéfice pour vous et pour l'autre. La beauté c'est relatif : une moche en Europe peut devenir un canon en Amérique latine. Les critères esthétiques varient énormément selon les pays et c'est tant mieux.

Au boulot ! On peut s'améliorer à tout âge et sous toutes les coutures. À propos de coutures, une petite intervention de chirurgie esthétique peut parfois vous transformer radicalement, il y a toujours un petit mieux à trouver, et ce n'est pas forcément hors de prix, il y a des hôpitaux de province qui battent tous les records de prix : à Tours, 580 euros pour une liposuccion du ventre.

REMETTEZ VOS PENDULES À L'HEURE

Claudia, 42 ans, se demande pourquoi, quand elle rentre dans une boîte de nuit, tout le monde ne se retourne plus sur elle comme avant. Elle s'étonne que les hommes de 25 à 30 ans ne la regardent pas, elle en souffre parce que ce sont encore ces hommes-là qui l'attirent. Mais la réciproque n'est plus vraie. Cette ancienne *beauty queen* adolescente est devenue une femme mûre et elle ne s'en est pas aperçue. Il est temps qu'elle se réveille pour être en adéquation avec ce qu'elle est devenue : une belle femme de 45 ans.

Claudia doit faire une adaptation de son âge intérieur à son âge biologique.

Il y a souvent un refus d'évolution de l'idéal amoureux, on veut le beau, le rose, le magnifié, et on refuse tous les petits défauts humains, on s'accroche à des schémas adolescents, à des clichés intérieurs. On vit avec une image mentale de soi qui correspond à un passé plus ou moins lointain et qui n'est pas toujours réactualisé.

REMETTEZ VOS PENDULES À L'HEURE !

Abandonnez vos rêveries d'enfance ou de jeune fille. « Il arrivera, il me prendra, ça va se passer comme dans mon rêve... » Non ! Jouer les petites filles n'est plus de votre âge, on prend la vie comme elle est.

CAISSIÈRE CHERCHE P-DG : SOYEZ RÉALISTE !

Les filles, arrêtez de lire la collection Harlequin où les médecins épousent les infirmières, où les chômeurs font des héritages inespérés, où le laideron séduit le play-boy qui sait lire dans son âme, où le gros P-DG est transi d'amour pour la standardiste intérimaire, etc. C'est du roman, pas de la réalité.

Certaines midinettes rêvent et bâtissent des histoires de prince charmant à partir de regards « langoureux » que leur patron est supposé leur avoir lancés, et qui seraient des signes d'un amour brûlant... alors qu'il ne s'est rien passé et que tout rapprochement est socialement peu probable.

Les Ginette n'épousent pas des princes de Galles et tant mieux… pour les deux. Les Nadine de Rothschild (née Nadine Talier) ne courent pas les rues, et quel est le pourcentage de filles de concierges, aussi séduisantes soient-elles, qui réussissent à épouser des magnats du pétrole ? Encore faut-il que ce soit un but dans la vie…

La chasse au play-boy milliardaire, il faut avoir un certain profil pour y prétendre. D'abord, c'est un gibier très rare, très recherché, c'est attrapé très jeune dès la sortie du cours de tennis à 18 ans, il n'a même pas passé son bac que tout le monde est déjà dessus ! Y compris les familles de toutes les deb's du *Who's Who* qui ont tiré des plans sur la comète et déjà fait donner des cours de séduction à la jouvencelle.

Cendrillon et Pretty Woman, ça n'arrive pas tous les jours. Les histoires de petites filles qui deviennent mannequins en un temps record abondent dans la presse. Encore faut-il une plastique exceptionnelle, et même si c'est le cas, les pourcentages de réussite sont infimes.

De plus, le prince charmant au naturel n'est pas forcément une bonne affaire. Il faut savoir aussi que la vie de princesse, c'est mortel... ça tue !

Certaines jeunes femmes passent leurs nuits dans les boîtes à la mode en recherche d'hommes de médias connus ou de vedettes du moment. Un sourire de leur part, et ces midinettes, Bovary des temps modernes, se donnent pour une nuit et se voient déjà mariées !…

Ne perdez pas votre temps en rêveries stériles, le monde est vaste à explorer. Les beaux garçons ne manquent pas, les gentils non plus, ceux qui peuvent vous aimer n'attendent qu'un regard de votre part. Ne cherchez pas l'inaccessible.

Allez vers des gens qui vous ouvrent des portes sur des univers différents, intellectuels, artistiques ou socialement plus élevés, OK, mais à condition de rechercher votre accomplissement et de trouver un équilibre avec l'autre. Enrichissez-vous intérieurement surtout, l'argent n'a rien de sale mais il ne doit pas être votre unique critère pour être heureuse en amour.

Certains livres américains traitant de la séduction cherchent à vous donner des recettes pour « la chasse au mari riche » en vue de vous caser, comme si vous ne valiez pas plus que cela. C'est vous LE TRÉSOR, et vous n'êtes pas à vendre !

NE VOUS SURESTIMEZ PAS

Il y a des femmes qui se surévaluent. Elles ne sont pas très jolies, pas très intelligentes, pas très riches, elles n'ont rien de très, très… et elles veulent des mecs de très, très haut niveau, extrêmement brillants, qu'ils aient tout, qu'ils soient beaux, riches, intelligents, etc.

Notre amie Danielle nous surprend toujours. Comme elle a des super-qualités, on a envie de la « marier », mais c'est dans le choix du candidat que ça se corse. Elle a plus de 50 ans et n'est pas à proprement parler un canon, mais quand on lui propose un homme de son âge, elle pousse des cris : un mec plus âgé ? ! N'en parlons pas ! Elle ne veut que de la chair fraîche, plus jeune, beau, un QI d'énarque, et encore mieux, mais doué de ses mains, avec une âme d'artiste, le tout avec un caractère malléable mais quand même très trempé pour pouvoir se plier et malgré tout résister à son tempérament de lionne. Bref, le mouton à cinq pattes.

Du coup, on se prend à douter de ses qualités à *elle*. Pour qui se prend-elle pour avoir de telles exigences ? Elle a manifestement une idée d'elle-même qui remonte à l'époque où elle était jeune et belle. De plus, c'est le meilleur moyen de se faire supplanter au bout de quinze ans par une plus jeune.

Sachez actualiser vos compteurs. Laissez la porte ouverte aux occasions qui s'offrent et ne condamnez pas une personne avant de l'avoir rencontrée. Ne faites pas votre vie sur de vieux schémas. On ne peut pas fréquenter que des Adonis ou des Aphrodite toute sa vie, et d'ailleurs est-ce si intéressant ?

Il y a des femmes qui restent seules parce que leur objectif d'homme est inaccessible, elles n'ont pas le genre de vie qui va avec, elles sont complètement dans le rêve. Elles veulent un homme tellement merveilleux que de toute manière ça ne peut pas arriver. Exemple Marie-Sophie, fonctionnaire aux impôts : elle n'est pas à proprement parler un « cadeau », elle se situe juste dans la bonne moyenne et elle cherche le mec beau, riche, intelligent, brillant, qui la fasse rêver. Quand on lui demande : « Et toi en échange, qu'est ce que tu donnes ? », Elle répond : « Moi... » On reste sans voix ! Certaines ne doutent de rien ! Et de plus elles se traitent elles-mêmes comme une marchandise à monnayer. Drôle de mentalité.

Il faut devenir réaliste, garder les deux pieds sur terre. Vous avez le droit de rêver, mais si vous ne pouvez pas changer votre vie, changez vos attentes de la vie.

Ne vous sous-estimez pas

En revanche, il faut savoir aussi ne pas se sous-évaluer, ne pas développer son complexe d'infériorité, genre la nana top qui se tape tous les fonds de tiroirs : c'est un manque de confiance en soi qu'il faut combattre. Certaines femmes sont dans une détresse affective telle qu'elles en arrivent à nourrir une relation avec un homme qui n'est pas du tout à leur hauteur, uniquement parce qu'il a su leur renvoyer un regard masculin flatteur sur leur féminité.

Certaines nanas sont si paniquées à l'idée de la solitude qu'elles se rabattent sur des relations de seconde zone ou des hommes mariés, ce qui diminue encore leurs chances de rencontrer quelqu'un qui leur convient.

Souvent, les femmes se sous-estiment après une rupture, beaucoup se disent : « Je suis une sous-merde », elles emploient toutes ce mot-là ! À ce moment de vulnérabilité extrême, elles sont prêtes à entamer n'importe quelle relation pour se prouver qu'elles valent encore quelque chose.

Certaines vont même jusqu'à accueillir des hommes encore mariés, couverts de dettes, au chômage, sous Prozac, en thérapie pour quinze ans tellement ils ont de problèmes, des sinistres râleurs, des types qu'elles dépassent de cent coudées... Par chance, ça ne dure pas très longtemps. Généralement, ils retournent chez « maman », mais certains autres squattent votre existence pendant vingt ans. Prenez ces amants comme sauveteurs temporaires mais surtout pas comme mari à domicile, ça vous évitera des réveils difficiles.

Certaines femmes, sous prétexte qu'elles ont arrêté leurs études en cours de route, se considèrent comme des gourdes et vont viser trop bas au regard de leurs réelles qualités et capacités.

La vie ça bouge, vous-même vous évoluez et le pauvre petit canard que vous étiez à 20 ans est peut-être devenu un cygne à 40 ans. Certaines personnalités peuvent éclore avec la maturité et briller de tous leurs feux, faites le point tous les dix ans pour savoir où vous en êtes.

Si vous êtes très belle, très intelligente, très *successfull*, très bonne mère de famille, très maternelle et très femme d'affaires, très, très, tout… eh bien c'est *trop*, ça leur fait peur. Même pour celles-là, ce n'est pas facile : les aigles, ça ne court pas les rues.

Betty, très riche grâce à ses affaires dans l'immobilier, un canon habillé de la tête aux pieds en Dior, le brushing vaporeux, les bijoux de la reine d'Angleterre autour du cou et aux doigts, est tellement spectaculaire que les hommes en sont paralysés. Ceux qui osent s'approcher sont des hommes d'affaires bourrés d'arrière-pensées pas forcément romantiques, et elle ambitionne de trouver un véritable amour… Dur, dur ! Son premier mari l'a quittée en lui reprochant de n'être bonne qu'à gagner de l'argent… Une vraie trop trop… Le voisin d'en face la lorgne mais s'abstient de toute initiative, paralysé par ce luxe ostentatoire : « Je n'ai pas intérêt à y aller avec ma mob pourrie. »

On voit aussi des femmes *trop* avides d'amour, de tendresse, de protection, si demandeuses que ça clignote sur leur front : « Je veux un mec, je veux un mec. » Là encore c'est trop, les hommes le disent tous, c'est ce qu'il y a de pire. Fuite masculine garantie : ils ont peur d'être avalés. Certaines se croient futées et croient que les hommes n'ont pas l'instinct de sentir leur demande cachée, c'est le contraire. Ces femmes attendent tout d'un homme et ne songent pas une seule seconde qu'elles peuvent et doivent donner pour recevoir.

Ne soyez pas trop voyantes, trop bruyantes, trop choquantes. Trop c'est trop, ça frise la vulgarité, si ce n'est pas fait avec beaucoup de talent.

Si vous êtes maquillée comme une voiture volée alors que vous affichez 55 ans au compteur, ça sent l'arnaque.

Ne soyez pas non plus trop coincée. Le style macarons sur les oreilles à la Gretchen, lunettes cul de bouteille, jupe plissée bleu marine ou kilt, et qui donne du monsieur ou du madame à tout bout de champ, incapable d'appeler quelqu'un par son prénom car c'est trop intime, voilà un modèle à remiser au magasin des antiquités.

Les hommes se plaignent que les femmes sont trop agressives ou trop coincées. Ça ne leur laisse pas beaucoup de marge de manœuvre. Ne soyez pas non plus trop « coinçante ».

Autre façon d'être trop trop : la psychorigidité.

Certaines sont tellement psychorigides que leur programme est préétabli et qu'elles ne s'adaptent pas aux nouvelles donnes que la vie leur impose.

Mégane, 29 ans, a préprogrammé toute sa vie avec un mec qu'elle n'a pas encore trouvé mais dont elle sait déjà tout : il doit faire au moins 1,80 m, peser entre 70 et 75 kilos, avoir deux ans de plus qu'elle (au nom de quoi ?), être catho mais pas trop pratiquant, ne pas porter de lunettes (elle déteste), faire du bateau, aimer la Bretagne, être breton de préférence (attention, la Bretagne du Nord, surtout pas Pornic !), gagner pas moins de 3000 euros par mois et ne surtout pas être frisé ! Elle a déjà choisi la date de naissance de ses enfants, elle veut un garçon Taureau pour ses 32 ans et une fille Lion pour ses 34 ans. Elle achètera une maison qu'elle a déjà repérée, le programme est tout fait. *Quid* de l'homme et des sentiments ? Il devient un instrument de son plan de développement et de son plan de financement. Espérons pour elle que ce spécimen rare et non encore localisé va trouver le menu à son goût... En attendant, tant qu'elle n'a pas péché la perle rare qui remplira la grille, elle ne prend ni amant, ni ami. Elle ne vit pas, elle attend.

Pendant ce temps-là, à Seattle, Peter fait une recherche active pour rencontrer une femme en Normandie, blonde, jolie, mince, trilingue anglais-français-dialecte breton, non fumeuse, spirituelle, spécialiste de la civilisation celtique, sans enfants et n'en voulant pour rien au monde. Bon courage ! Et en plus il est moche comme un pou, il ne cesse de faire des blagues stupides, il parle français comme une vache espagnole et il est affublé d'une barbe hirsute aussi attirante qu'un vieux balai O'Cedar. On comprend qu'il ne veuille pas se reproduire !

Dans les trop trop, il y a les compulsives du bébé : leur calendrier biologique les rend obsessionnelles, elles ont déjà choisi le landau et les meubles de la nurserie, mais elles n'ont pas encore trouvé l'étalon de leurs rêves, qui deviendra en outre un père irréprochable… Rien de tel pour faire détaler les hommes, certains courent encore.

On vous le dit, votre pire ennemi est en vous.

Le narcissisme blessé

Il y a de vieilles blessures qu'on se trimballe depuis l'enfance et qu'il est urgent de cicatriser…

On vous a seriné toute votre adolescence que votre sœur était plus belle que vous ? Oubliez ! Ça vous a empêchée de vivre mais premièrement ça n'est plus forcément vrai, et deuxièmement elle n'est plus votre rivale depuis longtemps, elle vit sa vie, à vous de vivre la vôtre.

Si votre père a oublié de vous faire des compliments quand vous étiez gamine, vous pouvez en garder des traces, souvent un manque d'estime de vous-même, c'est le moment d'y travailler.

Si vos frangins vous ont traitée de « pisseuse » jusqu'à 10 ans ou si votre frangine vous a appelée « moignons » parce que vous rongiez vos ongles, vous pouvez en avoir gardé des séquelles… Les rivalités fraternelles sont sans pitié, mais pas dénuées d'amour.

Trouvez-vous des copines généreuses pour vous rassurer et reconstruire une image positive.

Et si vraiment vous n'arrivez pas à surmonter un traumatisme, que ça vous sabote vie et relations, investissez dans un an ou deux de thérapie pour dépasser le problème. Pas plus.

Les vieux trucs cathos qu'on vous raconte quand vous êtes enfant, selon lesquels il ne faut pas se regarder dans la glace sous prétexte qu'il y a le diable, eh bien non ! Au contraire, regardez le diable en face et plutôt deux fois qu'une. On peut se construire un narcissisme très sain.

Les beaux mecs

Rien de tel comme thérapie qu'un beau mec ! Alors pourquoi pas pour vous ?

« Il n'y a pas un homme qui ne soit pas à votre portée, on peut tous les avoir, c'est une question de confiance et de stratégie », *dixit* Lauren.

Mais les très beaux font peur : les filles pensent que les beaux sont forcément en main, donc elles s'abstiennent. Elles se disent aussi : « Il est beau, moi je ne suis pas terrible, il sera en état de choc quand on va être dans l'intimité. » Donc elles n'y vont pas.

Les filles, allez-y !

Les beaux, pour les avoir, il ne faut pas leur parler de leur beauté : depuis qu'ils sont petits, on les bassine avec ça.

Le regard des autres toujours tourné vers eux, ça les gonfle.

Parlez-leur de leur cerveau. Les beaux ont une destinée plutôt favorable, leur beauté leur attire des coups de pot plus facilement qu'à d'autres, mais ils n'en ont pas conscience, ils veulent penser qu'ils ont un cœur et qu'ils ont été blessés, comme tout le monde. Pauvres chéris, il faut les valoriser.

Attention, parfois les beaux sont cons et vous vous demandez tout à coup avec qui vous vous trouvez. Toute une soirée de boulot pour ça !

Séduire un beau, c'est très bon pour l'ego, ça soigne les blessures de narcissisme blessé des filles.

Ne partez pas du principe que le beau est forcément infidèle, la thérapie par le beau mec c'est une réalité, une recette infaillible. En revanche, évitez de songer trop vite à en faire votre mari.

Pourquoi toujours le même modèle ?

Les gens portent sur leur front une pancarte dont ils ne sont pas conscients, donc ils engendrent souvent le même genre de comportement à leur égard : ils attirent ou sont attirés souvent par le même type de personne. Ainsi, à la longue, ils réalisent qu'ils vivent toujours la même histoire, qu'ils répètent à l'infini sans comprendre pourquoi. Si ce schéma récurrent les fait vivre dans la douleur, ils doivent décider de faire un travail sur eux-mêmes pour en sortir.

Au cours des années, Marianne s'est trouvé un certain nombre de fiancés. Toujours le même modèle : le musicien aux yeux verts. On vous signale au passage que cette Marianne est énorme mais très belle et nous ramène des hommes d'une beauté à tomber par terre.

Malheureusement, outre la permanence du talent musical et des yeux verts, on retrouve chez les « fiancés » de Marianne trois sortes de constantes : drogué, chômeur, alcoolique. Parfois drogué mais pas chômeur, parfois chômeur mais pas alcoolique. Dès qu'un nouveau apparaissait, en admettant qu'on arrive à voir la différence avec le précédent, on lui attribuait l'équivalent des toques pour un cuisinier : il avait soit la doublette, soit la triplette.

Ce qui a amené Marianne à s'interroger. Du coup, elle n'est plus sortie avec personne, elle est entrée en thérapie comme d'autres en religion. Elle n'a pas encore réussi à sortir complètement du schéma « musicien aux yeux verts et au comportement d'échec », mais c'est en bonne voie : elle vit un amour platonique avec un médecin... aux yeux marrons, homosexuel et opiomane !

La répétition de scénarios, la routine, la résistance au changement sont des travers très répandus. Combien de gens voit-on souffrir de ça en croyant que c'est une fatalité ? Bougez vos fesses et vos neurones !

Lola, pendant des années, était fascinée par de grands beaux bruns au teint olive et passionnés par leur tourmente intérieure. Jusqu'au jour où elle s'est aperçue que c'était le portrait de son père. Elle s'est mise à sortir avec des moches. Mais intellos... toujours comme papa ! Maintenant elle est en voie de guérison... puisqu'elle arrive à se laisser séduire par un blond pas intello. Ce qui est une révolution. Elle trouve que ses relations aux hommes sont bien plus agréables qu'avant.

Pourquoi flashe-t-on sur un type de physique ?

Certaines nanas courent toujours après les mecs froids et inaccessibles parce que leur père était indifférent et ne leur donnait jamais d'amour.

Juliette a compris, après dix ans de mariage et de torture mentale, qu'au fond elle avait épousé le double psychologique de son épouvantable mère. Elle a divorcé et s'est remariée... avec un homme charmant et original qui est le portrait de son père, tant du point de vue physique qu'émotionnel. Après maman, papa ! Elle nous a fait la totale !

Lili a épousé le clone de son frère, un blond à gueule carrée, très doux et silencieux : sans doute un regret inconscient de ne pas pouvoir épouser son propre frangin.

Il faut se poser les questions de nos attirances, les comprendre, savoir qu'il n'y a jamais de hasard, ni de fatalité non plus. Au besoin se faire aider par un psy plutôt que passer sa vie à se plaindre parce que « rien ne marche ». Ça va peut-être vous demander un virage à 180°, mais faites-le bon sang ! Ne restez pas empêtrée.

Si on change à l'intérieur de soi-même, on peut être attiré par des modèles différents et les attirer. Cela se travaille et il est nécessaire de sortir de ses schémas répétitifs, surtout s'ils sont douloureux. Avant de rejeter un homme qui n'entre pas dans votre schéma monomaniaque, prenez la peine de vous attarder et de vous y intéresser, le bonheur est peut-être à votre portée.

Un mec trop en offre d'affection attirera plus facilement des hystériques que des mères Teresa. Une tête à claques maso attirera plus facilement des machos sadiques.

Si vous sabotez systématiquement la relation et que vous l'interrompez toujours, il faut trouver pourquoi. Parfois, on est attiré par ce qu'on craint le plus, parce que c'est un modèle qu'on porte en soi.

Prenez l'exemple de Patti qui n'aimait que les costauds, elle boudait le grand maigre qui entrait dans sa vie, persuadée que seul un costaud pouvait la protéger. Elle a fini par admettre que finalement le grand maigre assurait aussi bien. Maintenant, elle nage en plein bonheur avec lui et c'est même elle qui a changé… Pour s'adapter à lui, elle a perdu douze kilos, entrepris plein de choses nouvelles, elle voyage, va à New York, fait du trekking : métamorphosée !

À bon entendeur !…

On est responsable de sa vie, il faut arrêter de penser qu'on est une victime.

Résultat du bilan de compétence amoureuse

Avez-vous trouvé *la* raison de vos échecs en amour ?

Cherchez bien. Les hommes et les femmes sont faits pour se rencontrer, c'est génétique, c'est hormonal, c'est animal. Désolées de vous décevoir, mais c'est comme ça. Donc, si vous ne trouvez personne pour mener votre vie amoureuse, c'est qu'il y a une ou plusieurs raisons que vous devez analyser. C'est à ce prix que vous surmonterez vos handicaps.

Quoi qu'il en soit, n'oubliez jamais : le prince charmant qui va transformer votre vie d'un coup de « braguette magique », c'est un faux concept. Il est supposé remplir toutes les cases, toutes les fonctions, vous amener des amis merveilleux, une maison de rêve, une vie paradisiaque, des voyages, etc. Et vous ? Qu'est-ce que vous apportez ?

Ce n'est pas l'amour qui va arranger toute votre vie, c'est le contraire, c'est votre vie qui va arranger l'amour.

Chapitre 2

Pour séduire, il faut d'abord se plaire à soi-même

Une fois le bilan fait, passez à la phase positive : plan d'attaque sur le plan physique et vestimentaire.

Changez votre look.

Comment se sentir bien dans sa peau

Penser que « ça ira bien comme ça », qu'on vous « prendra comme vous êtes et puis c'est tout » est un leurre. Les grands tee-shirts larges qui ne révèlent rien de vos formes et les caleçons noirs, c'est pour la gym, les filles.

Les « je m'habillerai quand j'aurai maigri », stop !

Vous avez toutes quelque chose de beau à mettre en valeur, qui va vous rendre séduisantes ou sympathiques et attirer l'attention.

Allez donc chez le coiffeur pour une nouvelle coupe, teignez vos cheveux en rouge, achetez un soutien-gorge mauve arachnéen ou une petite robe noire très seyante qui laisse dépasser vos dentelles.

Une de nos amies, Sophie, qui est vraiment, mais alors vraiment obèse (au moins 150 kilos), a trouvé son style (inimitable !) : elle est hors normes, elle s'habille hors mode, avec des voiles et des tissus, de grandes robes, mais toujours décolletées. Elle a des yeux verts très myopes mais elle met toujours des lentilles. Elle se maquille le visage et prend grand soin de sa chevelure et de ses pieds… qu'elle a ravissants. Elle porte des babouches et des mules depuis dix ans, bien avant que ce ne soit la mode, et fait des effets de cheville. Elle rit tout le temps et parle d'amour en roucoulant… Elle ne doute pas qu'elle peut séduire, et elle a de très beaux hommes à ses pieds. Elle ne fait plus de régime depuis dix ans et sa maison est toujours ouverte aux amis, alors ne dites pas que vous ne pouvez pas !

Ce qu'il faut surtout éviter, c'est d'être ordinaire. C'est le pire. Le genre « je suis moche mais qu'est-ce que je suis intelligente… à la place », stop aussi ! Pour développer votre niveau d'intelligence sensuelle, lisez donc un livre érotique qui va débrider vos hormones et vous rendra clignotante. Tout ce qui pourra déclencher cet état de « peps » indispensable à la séduction est le bienvenu !

Le refuge derrière la cérébralité, le « j'étais une ado intello-momoche et je continue », on peut en sortir à tout moment, il suffit de le décider. La chenille peut devenir papillon avec les conseils d'une très bonne copine bien plus jolie ou expérimentée que soi et sur laquelle on peut compter ! Pourquoi s'entourer de binoclardes grincheuses et mal disposées à l'égard des hommes ? N'hésitez pas à faire appel aussi à des professionnels, coiffeurs, maquilleurs, stylistes, etc.

Celle que vous évitez car vous la trouvez trop mode, trop sexy, trop féminine, est justement *la* bonne personne, qui connaît toutes les ficelles de beauté et peut le mieux vous aider. Si vous lui demandez gentiment, et avec ouverture, elle va vous guider, elle sait ! C'est si amusant de « déguiser » sa copine en jolie pin-up !

Quelques consignes : les filles, faites l'effort de porter une jupe, des hauts talons (ils détestent les chaussures épaisses) et des collants ou mieux des bas qui tiennent tout seuls ou avec des jarretelles, parce qu'il y a toujours un moment où vous bougez et bon, voilà… Ne mettez pas de jupe longue, même largement fendue, ça ne leur plaît pas.

En revanche, le pantalon de cuir noir très collant, ils aiment bien aussi ! La petite robe noire toute bête, un peu courte, ça marche toujours…

Attention aux killers : les ongles noirs comme si vous veniez de refaire le moteur de votre voiture et le vernis écaillé sont des tue-l'amour.

L'homme est visuel, on ne le répétera jamais assez, il aime voir un bout de votre anatomie qui le fait fantasmer sur le reste. Vous lui montrez une épaule, il imagine vos seins, vous lui montrez un genou, il remonte en pensée le long de la cuisse.

Notre amie Jeanne, bien foutue, a une façon catastrophique de s'habiller. Elle est toujours dissimulée derrière des vêtements qui ne laissent rien paraître de sa plastique, et il faut avoir un œil très exercé pour apercevoir quand elle enlève sa veste ses courbes particulièrement bien profilées. Elle ne soigne pas sa vitrine, elle refuse de mettre en valeur ses avantages ! Inutile de dire qu'elle ne trouve pas !

Les attributs sexuels, les jambes, les fesses, les seins, une taille de guêpe, les hommes y sont toujours sensibles, et les cacher est un péché !

Il faut savoir que, chez les hommes, 40 % aiment les poitrines généreuses, 35 % les fesses bien pommées, 20 % les jambes bien galbées, et que seuls 5 % s'intéressent à votre visage. Ça remet les idées à leur juste place !

Un décolleté, une jupe et des hauts talons, c'est du 100 % succès garanti. C'est bête, mais allez réformer les hormones ! Les mâles sont fabriqués comme ça… Alors jouez le jeu. De plus, c'est tellement amusant et réconfortant de voir l'effet produit. À moins que vous ne préfériez rester seule pour toujours.

Rappelez-vous qu'il n'y a pas d'amour sans séduction.

Personne n'est parfait, jamais. La perfection n'a rien à voir avec le bonheur, regardez la vie de Cindy Crawford et Naomi Campbell, un vrai champ de mines ! Ce ne sont pas les plus belles femmes qui séduisent les hommes, sur la durée s'entend, ce ne sont pas les plus maigres qu'ils ont envie de serrer dans leurs bras, ce sont les plus douces.

Entre beauté et sensualité, les hommes préfèrent la sensualité. De plus, les femmes très belles ne sont pas forcément de très bonnes maîtresses, car elles n'ont pas appris à faire d'efforts envers l'autre. De la même façon, ce ne sont pas les plus beaux mecs qui remportent forcément nos suffrages, y compris au lit.

Il y a des filles qui ont la fesse molle et cellulitique, ça ne les empêche pas d'avoir plein d'amants qui les adorent. D'autres qui ne sont que muscles et fermeté vivent dans un désert absolu et passent leurs soirées au Gymnase Club faute de mieux.

Malheureusement, sous la pression des images de magazines féminins, beaucoup de filles qui ne ressemblent pas à des mannequins se trouvent affreuses et en souffrent. Cela les paralyse. Elles pensent qu'au moment du déshabillage elles vont être horribles et que l'homme tout à coup surpris va partir en courant. Comme s'il ne devinait pas approximativement à travers les vêtements l'état de la marchandise ! S'il y est allé, c'est que ça lui plaisait.

Les femmes qui prennent les hommes pour des miros se mettent le doigt dans l'œil. Il y a même au Club Med un GO dont la spécialité est de dire à cinq cents grammes près le poids de chaque nana qu'il croise. Infaillible.

Beaucoup de petites malignes se remettent en forme et en beauté avant d'annoncer à leur mari qu'elles divorcent, ainsi elles peuvent tout de suite passer à la phase ultérieure :

la chasse au prochain mari. D'autres, plaquées par leur époux parti courir le guilledou, attendent d'être belles pour se remettre en chasse. Et comme, pour elles, être belle signifie rajeunir de vingt ans et perdre quinze kilos, ce n'est pas demain qu'elles vont se mettre à vivre.

Pas besoin d'attendre d'avoir perdu votre surcharge pondérale pour vous y mettre, c'est vivre l'amour et le faire qui vous fera maigrir, sauf si votre thyroïde est vraiment trop déjantée, mais c'est une autre histoire !

Annie a rencontré son mari un soir où elle était dévastée : « J'étais crevée de ma journée de boulot, je ne tenais plus sur mes jambes, je ne rêvais que d'une chose, me coucher et dormir. Ma voisine et amie Eva m'a téléphoné pour m'inviter. Elle a tellement insisté que, pour lui faire plaisir, je me suis rhabillée à la va comme je te pousse, traînée jusque chez elle complètement ébouriffée, sans maquillage, l'œil glauque, à mille lieues d'un plan sexy. Il y avait là un mec que je trouvais "pas mal", pour le peu de vision qui me restait. Contre toute attente, je lui ai tapé dans l'œil. » Ils se sont mariés il y a un an, ça valait le coup de faire un petit effort pour changer de vie.

Si vous êtes en manque d'amour et de sexe, cessez de vous renfrogner en vous répétant à longueur de journée que vous êtes vieille et moche. Non ! Au contraire, essayez de voir ce qu'il y a de bien dans votre vie, dans votre physique, et mettez-le en valeur.

Sortez, c'est ça qui va vous remettre en forme, dans une bonne dynamique psychique, donc vous rendre séduisante.

Ne loupez jamais une occasion de sortir, vous dormirez plus tard dans la semaine ou dans une autre vie, on ne va pas passer sa vie à la dormir ! Plus on dort, plus on a sommeil, alors inversez vos biorythmes, mettez-vous en mouvement, la joie est la meilleure vitamine du monde.

Ne vous planquez pas derrière votre petit doigt, soyez lucide : chaque occasion de sortir que vous refusez, c'est pour mieux vous cacher parce que vous vous sentez moche, c'est la peur du jugement qui vous paralyse, c'est une conduite d'échec. Après, vous viendrez pleurnicher que vous êtes seule alors que tout sera votre faute. Sa vie, on se la choisit en grande partie, on l'ouvre ou on la ferme sur le monde et sur l'amour. Chassez de votre esprit l'idée qu'il faut attendre. Toutes ces femmes qui attendent, qui attendent… Attendre quoi ? Attendre ce n'est pas vivre. La vie est courte, agissez comme si vous étiez éternelle mais n'oubliez jamais que vous pouvez disparaître demain. Ne perdez pas de temps.

Seule une femme sur 5 millions a un corps de mannequin. S'il n'y avait que ces « heureuses élues » pour connaître une vie amoureuse et sexuelle, l'espèce humaine serait vite en voie de disparition. Vive l'amour !

Chapitre 3

Changez votre disque dur et habillez-vous la tête

Positivez

La mort, la vieillesse, les contrôles fiscaux, les problèmes de boulot, les déboires sentimentaux, tout ce qui est négatif, oubliez ! Il faut po-si-ti-ver. Laissez de côté vos vieux spectres morbides, on n'attire pas les mouches avec du vinaigre.

Il n'est pas rare, par exemple, de voir une femme raconter à un homme doté de qualités d'écoute toutes ses opérations chirurgicales. Le mec, « opération », ça lui fait penser à quoi ? À cicatrice ! Il est immédiatement assailli de visions d'horreur, il l'imagine dans un film gore ou couturée comme dans un remake de *Frankenstein.* S'il n'est pas sadomaso, il s'enfuit à toutes jambes. Les mecs, hôpital, opérations, cicatrices, ça leur fout les jetons, rien que de penser aux vapeurs d'éther, ils tombent dans les pommes. Et ensuite, elles s'étonnent...

Mesdames, évitez de raconter vos cystites, vos aménorrhées et votre hystérectomie, à moins que vous ne sachiez le faire de façon hyper drôle. Attention, tout le monde n'est pas Valérie Lemercier.

Les hommes aiment bien les femmes qui ont une approche de vie positive. Si eux se permettent d'avoir parfois une approche négative, de râler à cause des impôts ou des PV, faites-les rire et changer d'humeur, ils vous en seront très reconnaissants.

Si vous êtes en colère contre la gent masculine en permanence, pour des raisons liées à des souvenirs émotionnels, comment voulez-vous générer de bonnes vibrations ? Changez votre attitude intérieure et vos opinions sur les hommes, n'attribuez pas à tous les hommes le mal qu'un seul vous a fait. Les gens en colère provoquent le rejet et la mauvaise humeur de ceux qui les entourent. Il faut positiver l'image de l'autre en vous, et vous verrez que ce petit travail de réajustement va créer des miracles.

Si vous êtes négative, tout le monde le ressentira et vous fuira. Jeune fille, si, au restaurant, un homme vous dit que vous êtes jolie, vous n'êtes pas obligée de lui planter votre fourchette dans la main, il est peut-être sincère. Sinon pourquoi le dirait-il ? Ce n'est pas parce que vous vous trouvez moche que vous l'êtes. Les crocs de la fourchette risquent bien de décourager définitivement le dernier de vos soupirants.

Positivez ! Positivez ! Positivez ! Au lieu de vous lamenter sur ce que vous n'avez pas, réjouissez-vous de ce que vous avez. Dans nos pays privilégiés, vos petits problèmes de solitude sont des problèmes de riches. Et même si vous avez des soucis d'argent, préféreriez-vous vivre en Inde avec soixante roupies par mois ? Pensez toujours à la chance que vous avez.

L'avion a un peu de retard ? Dites-vous bien qu'il y a un siècle, il vous aurait fallu six mois pour un trajet que vous parcourez en quinze heures.

Il pleut ? Pensez qu'il y aura de l'herbe en Normandie au lieu de râler ! Vous préféreriez des cactus et des chameaux ? Dites-vous qu'au contraire, grâce à cette pluie, au printemps prochain il y aura des vaches et des pommiers en fleur.

Pour l'amour, c'est pareil. Ayez la love attitude ! Faites votre miel de toutes les petites minutes de bonheur qui passent à votre portée : un sourire, une rencontre, un mot gentil chez le marchand de légumes (surtout si c'est le beau Marocain de la rue de Passy), un petit pull dans la vitrine qui vous met le cœur en fête, tout est source de satisfaction et d'espérance quand on sait positiver… Et c'est avec cette énergie positive que vous attirerez les gens.

La joie

Pitié, pitié, soyez un peu gaies et légères. Si vous commencez toutes vos phrases par « Quelle chance j'ai de… » ou « Je suis contente de… », vous finirez par être ravie de votre existence et joyeuse. Ça changera de toutes ces tournures négatives qui plombent la conversation et l'ambiance.

Jean félicitait une de nos amies parce qu'elle commence toutes ses phrases par : « C'est super de… Comme je suis heureuse de… » Ça lui remontait le moral !

Les hommes et les femmes ont toujours préféré la compagnie des gens positifs qui les rechargent en énergie au lieu de les épuiser. Si cette gaieté est réelle et profonde, c'est un plus.

Appuyez-vous sur les stocks de petits bonheurs qui s'offrent à vous tout au long de la journée. Si vous vous êtes levée du pied gauche, allez vous acheter un bouquet de fleurs qui ensoleilleront votre journée, dégustez un merveilleux gâteau au chocolat, marchez dix minutes dehors. Écoutez « Rires et chansons » dans votre voiture. Repensez à vos dernières vacances ou dîners sympas, ne faites appel qu'à des souvenirs heureux ou rigolos.

Pour les compulsives, offrez-vous le petit truc qui vous remettra les idées d'équerre. Une paire de chaussures ou le dernier Travis vous fera la vie plus belle.

Il gèle à pierre fendre et il fait nuit à seize heures ? Allez chercher le dernier catalogue de Nouvelles Frontières, organisez vos prochaines vacances aux Bahamas.

Prenez des places pour une pièce de théâtre drôle.

Regardez *Sex and the City*, achetez *Cosmo*.

Appelez un copain ou une copine qui a de l'humour et qui vous en cédera un peu. Organisez une fête, faites les courses avec les amis, cuisinez de nouvelles recettes.

Achetez-vous un parfum, sentir bon ça vous changera l'humeur. Faites-vous masser, vous vous sentirez précieuse.

Allez chez l'acupuncteur pour qu'il vous stimule le point de la joie (deux centimètres au-dessus du coude dans l'intérieur du bras).

Tout, tout, n'importe quoi, mais faites quelque chose !

NE VOUS RENFROGNEZ PAS, NE VOUS ISOLEZ PAS

« Je ne fréquente pas les juifs, les cathos, les aristos, les socialos, les étrangers, les Anglais, les Italiens, les... les humains et je n'aime que mon chat. » C'est le meilleur moyen de fermer la fenêtre de sa vie au monde, et de ne JAMAIS VOUS EN SORTIR !

Au contraire, aimez tout : les chants séfarades, les cantiques médiévaux, l'Internationale, le thé et le pudding, la pizza et le rock, et *tutti frutti*...

« Ce mec, je ne le vois pas dans le salon de ma mère », ce n'est pas le sujet. Il vous plaît ? Vous l'aimez bien ? C'est ce qui compte ! Ce n'est pas votre mère qui va vivre avec lui.

À 30 ans, subir encore les préjugés parentaux sur les personnes qui seraient de « bonnes » ou de « mauvaises » fréquentations, c'est grave.

Le monde est un village, ne le faisons pas plus petit qu'il n'est par notre étroitesse d'esprit...

Ne condamnez pas un homme d'un regard parce que ce jour-là il n'a pas le look qui vous plaît inconditionnellement, il sera toujours temps de le relooker, il a une tête et un cœur, quand même.

S'habiller la tête, ça consiste à ne pas être négative, à ne pas ressasser de vieux thèmes (même si vous n'avez que 16 ans, parfois vous reprenez les schémas des parents) tels que :

– je n'ai jamais de chance ;

– on ne me court après que pour mon physique ;

– les hommes ne veulent que du sexe ;

– si ça doit venir, ça viendra quand ça viendra (tu parles, à l'ère des communications interplanétaires !) ;

– je suis trop vieille ;

– je ne suis pas assez belle (s'il n'y avait que les canons des magazines qui vivent l'amour, ça se saurait).

Tout ça, ce sont de fausses barbes, avouez-le, vous avez la pétoche !

S'habiller la tête, c'est se dire :

– il est temps de s'y mettre ;

– si j'attends, il sera trop tard, donc c'est aujourd'hui que je commence à chercher ;

– la chance va me sourire ;

– si on me court après, c'est pour moi, ma personnalité et pas que pour mon cul ; et si c'est pour mon cul aussi, tant mieux !

– l'amour est au coin de la rue, et il n'y a pas d'autres limitations que celle de mon esprit ;

– je vais être active dans ma recherche et éteindre ma télé, sortir, je ne raterai pas une occasion de rencontrer des gens drôles, sympas et intéressants ; si je suis fatiguée, je prends des vitamines.

Soyez bien consciente qu'il n'y a pas d'âge, ni de lieu, ni de moment pour tomber amoureuse.

On peut toujours aimer, à tout instant, tant qu'on est vivante. Tant qu'il y aura des hommes…

Et c'est l'amour qui va vous rendre vivante !

Éteignez votre télé, ce n'est pas allongée sur le canapé en mangeant des chips, mille calories le paquet, que vous allez changer votre vie et la remplir d'imprévus. Ce n'est pas non plus en restant jusqu'à vingt-deux heures au bureau que vous aurez des choses palpitantes à raconter… À moins que vous ne restiez pour draguer sur les sites de rencontre.

Cessez de vous cacher, de raser les murs, de pleurer toute seule dans votre lit, les filles. Et vous, les hommes, rangez vos consoles vidéo.

Être dans la mouvance, dans le *mood*, dans la love attitude, ça veut dire être ouvert, réceptif, prêt à entamer un dialogue avec quelqu'un que l'on ne connaît pas, faire tomber ses *a priori*, penser le matin que cela peut être le jour où l'on va rencontrer l'âme sœur, s'habiller en conséquence, être soigné comme les jours où l'on sort, mettre une touche de rouge pour les femmes ou bien se raser et sentir bon, mettre une chemise propre et bien repassée pour les hommes.

Se laver les dents en pensant à l'amour, boire son café en pensant à l'amour, s'habiller en y pensant toujours, regarder les autres en y pensant encore, et toujours l'amouuuuuur comme disait Johnny !

Pourquoi croyez-vous que les chansons parlent toujours d'amour ?

Au besoin, entraînez-vous à sourire en vous regardant dans la glace, car le sourire à soi-même et aux autres est une attitude mentale qui augmente votre énergie et qui va attirer les autres plus facilement que si vous êtes renfrognée. Soyez toujours prête à réagir et à faire un grand sourire pour encourager les bonnes volontés.

Être dans la mouvance, c'est avoir une vie qui n'est pas uniquement centrée sur le travail, une vie qui s'ouvre sur les amis, les dîners, le théâtre, le sport, la danse. Donnez le petit coup de téléphone aux amis pour dire : « Coucou je suis là, je suis vivante et je vous aime. »

Être dans la mouvance, c'est une *attitude mentale* d'ouverture à la vie, à l'amour, aux relations de toutes sortes. « Je me garde pour le bon et personne d'autre », non, car vous risquez de ne rencontrer personne si vous êtes trop sélective.

Clémence attend « le bon », du moins le croit-elle. Car elle ne fait qu'attendre et c'est bien là le problème.

1° Elle est toujours branchée boulot, elle travaille dans une multinationale d'informatique qui emploie 4000 hommes (une mine d'or !), elle n'en regarde aucun. Pour elle, le boulot c'est le boulot, elle ne mélange pas les genres. Erreur…

2° Ses critères sélectifs sont impitoyables : pas au-dessus de tel âge, de tel poids, pas en dessous de tel salaire, pas d'enfants, pas divorcé, pas Scorpion, etc. Ça limite sérieusement le panel d'éventuels prétendants.

3° Dès qu'il y a un projet de sortie qui pourrait lui permettre de rencontrer des hommes, des copains, des amis, elle a toujours un empêchement, un alibi, un coup de fatigue : elle ne pense jamais à l'amour, elle n'est jamais dans la mouvance d'amour ! Conclusion, elle peut toujours attendre.

La mouvance d'amour se vit à chaque seconde, à chaque heure, à chaque jour, à chaque saison. En été, c'est plus facile, avec le soleil, nos hormones fonctionnent plus fort et les jours étant plus longs, les opportunités se font plus nombreuses. Mais les hivers ne sont pas à négliger, les pot-au-feu chez les amis peuvent déboucher sur des plans couette pour se réchauffer.

Trouver l'homme de sa vie mérite un effort d'énergie mentale, prenez des vitamines, du ginseng, du magnésium, ça vous aidera à être dans la mouvance de l'amour.

Il faut absolument dire aux femmes qu'elles ont DROIT AUX INITIATIVES. Oui ! Oui ! Oui ! C'est même un devoir. Les mecs sont d'accord. Ça leur ôte une épine du pied, ça leur évite de prendre un râteau.

La spécialiste, c'est Lili, elle a une technique très sûre. Par exemple, dans les séminaires de son labo pharmaceutique, si un mec lui plaît, elle l'aborde immédiatement et lui fait réciter son CV en trente secondes : « Est-ce que tu es marié ? Tu as des gosses ? Tu habites où ? Divorcé depuis combien de temps ? Tu as une copine ? Tu es seul ? !!!!! Mais qu'à cela ne tienne, moi aussi !!! » Et voilà, c'est parti, et comme elle est drôle, pétillante et sexy, elle n'a jamais pris de râteau. En boîte, ça ne traîne pas non plus, il faut préciser qu'elle est très sûre de son charme…

Bien sûr il y a la version soft, pour les moins sûres d'elles, on tâte le terrain, on parle plus de généralités (mais pas de banalités !) et on voit au fur et à mesure s'il y a réaction positive ou indifférence, ou un petit intérêt à cultiver soigneusement. Préparez quelques sujets d'actu, spectacles, derniers films, résultats de Rolland Garros.

Mais pas la politique, parfois ça tue ! Le mec peut avoir peur de se faire embrigader chez les trotskards néo-trucmuches ou les révisionnistes néo-nationalistes… Si vous abordez les sujets politiques, vous courez le risque de tomber à côté de la plaque et de vous faire un ennemi. La politique, ça fait peur et ça ne séduit plus. À moins de travailler à l'Assemblée nationale, bon truc pour rencontrer un maximum d'hommes, mais il faut les aimer politicards, affolés du pouvoir... et du reste !

Éternelle recette : l'humour, le sourire. C'est imparable, ça marche toujours des deux côtés. Soyez comme Lili : drôle, pétillante et sexy.

Si vous en êtes à votre troisième dîner/déjeuner en tête-à-tête, qu'il est toujours coincé et que vous en mourrez d'envie, lancez-vous, EMBRASSEZ-LE ! Prenez l'initiative, il vous en sera reconnaissant, sinon dans vingt ans on y est encore. Certains hommes ont plus besoin d'aide que d'autres.

Certes, si vous avez 60 ans, schéma d'éducation oblige, on vous a appris qu'on va au bal où l'on fait tapisserie en attendant que l'homme vienne vous chercher. C'est le contraire qu'il faut faire ! Rester à attendre de façon passive est un très mauvais plan. Et ça ne brûle pas beaucoup de calories !

50 % DU BOULOT POUR LA FEMME

Beaucoup d'hommes aujourd'hui sont dans l'expectative.

François dit : « Moi je pars toujours perdant, je sais très bien qu'à la base ce sont les femmes qui me choisissent. J'ai bien compris que, quand je crois que je fais tout le boulot, en fait ce n'est pas moi, ce sont elles. Je n'ai désormais là-dessus plus d'illusions. »

Donc François est complètement déconcerté face à une femme passive qui va attendre qu'il prenne les initiatives.

Aujourd'hui les femmes ne doivent pas rester passives, c'est à elles de créer la relation en faisant 50 % de la démarche. Sinon elles peuvent attendre longtemps. On en connaît...

Aux femmes de créer des occasions de sortie, de faire des dîners où l'on s'amuse, d'ouvrir les yeux et les oreilles sur les « partenaires potentiels », de faciliter l'approche grâce à tous nos conseils, d'être (ce qu'ils disent tous) *engageantes*.

Ne restez pas dans votre coin à bouder, à déprimer, en voyant que rien ne se passe. Engagez !

50 ANS, [illegible] FEMME

Ne restez pas dans votre coin à bouder, à [illegible] en voyant que tout le monde s'amuse [illegible]

Chapitre 4

Qui, où, quand, comment : mettez au point une stratégie

La stratégie

C'est vous qui êtes la metteuse en scène, la productrice, la scénariste et la directrice de casting de votre vie.

Sortez de votre train-train !

Définissez votre recherche et adaptez votre stratégie. Un peu de logique : les athlètes, on les rencontre au gymnase, pas dans les bibliothèques.

Antoine avait comme petite amie aux Beaux-Arts une superbe nana, Stella, qui lui disait : « Je t'adore, mais je veux un polytechnicien. » Elle a planté ses quartiers dans le bistrot qui est juste en face de l'École polytechnique. Quelques années plus tard, Antoine voit passer une Jaguar rutilante, Stella en descend, lui saute au cou, et lui présente son polytechnicien de mari. Voilà un exemple de désir bien ciblé et de stratégie bien adaptée.

Dans la vie il y a deux solutions : ou vous savez ce que vous voulez et vous mettez au point le plan d'attaque le mieux orienté pour atteindre votre but ; ou vous ne savez pas ce que vous voulez et là, vous devrez vous ouvrir à *toutes* les possibilités.

Dans les deux cas, ne soyez jamais limitative, n'éliminez aucune opportunité qui se présente à vous. Laissez votre rigueur au placard. Ouvrez-vous à la vie !

Ne cherchez pas un clone de vous-même. S'il aime le golf et que vous ne savez pas y jouer, ça peut être l'occasion d'apprendre. Bannissez les *a priori* négatifs, style : « Je n'aime que les blondes, les brunes sont trop passionnées », ou : « Je n'aime pas les chauves. » Ça signifie que vous renoncez à sortir avec Yul Brynner, Agassi ou Barthez. Dommage…

« Je ne vais pas dans un endroit comme ci, comme ça. » Et pourquoi pas ? Au contraire ! Explorez ! Réinventez-vous ! Toutes les occasions sont bonnes !

Maintenant, il y a Internet : faites des soirées pianotage, partagez-vous l'exploration des sites entre copains ou entre copines. Sonia aime les blonds, Cathy aime New York, c'est un critère de recherche systématique : One-and-only pour Sonia, AOL pour Cathy, l'une cherche pour l'autre et lui signale les annonces intéressantes. Voir « Faire Internet » (p. 68).

Dites que vous cherchez

Aux États-Unis, on vous demande si vous avez quelqu'un et quand vous répondez non, tout le monde se met en chasse pour vous.

En France, personne n'ose rien demander. Du coup il ne se passe rien et vous pouvez « crever la gueule ouverte » ! Donc les filles, si vous ne dites pas que vous cherchez quelqu'un, comment voulez-vous qu'on le devine ? Annoncez la couleur, battez le rappel ! Claironnez-le avec joie, pas honteusement sous le manteau, il n'y a pas lieu de rougir de vouloir commencer une nouvelle vie.

Célia faisait régulièrement de la gym à son club et copinait gentiment avec Caroline. Un jour, enfin, elle lui avoua qu'elle n'avait pas de petit ami. Caroline connaissait justement un charmant monsieur très sportif qui voulait une compagne sportive comme lui. Après deux dîners, ils ont commencé un nouveau marathon.

Donc parlez-en aux copines, parlez-en à tout le monde…

Annie cherchait d'une part un comptable, d'autre part un fiancé. Sa copine Liliane lui a présenté un comptable à marier, et ils se sont additionnés.

Si vous n'en parlez pas vous-même, comment voulez-vous que les autres se mettent en chasse pour vous ? Vous n'avez rien à perdre. De même, si vous n'avez qu'un amant de poche ou une *casual relationship* qui ne remplit pas votre vie, dites que vous cherchez autre chose, sinon vous éloignerez toutes les opportunités de rencontre.

L'idée selon laquelle « ça doit être magique, c'est le destin qui doit me l'envoyer, ça a plus de valeur si c'est le hasard », ce sont de vieux oripeaux romantiques qui n'ont jamais été vraiment d'actualité. Pensez aux marieuses d'antan qui forçaient le destin pour vous.

Les femmes seules sont victimes d'une injustice flagrante : quand un homme divorce, « pauvre chou, il faut s'occuper de lui ! », il est aussitôt invité dans toutes les soirées et très sollicité, parfois même « harponné ». Tandis que la femme qui divorce devrait, résurgence du veuvage ancestral, prendre un certain temps avant de convoler à nouveau. De plus, elle n'est plus invitée par les couples, car elle devient une rivale. Elle peut pleurer longtemps dans son lit avant de recevoir des invitations.

Le côté : « Faut pas chercher, c'est comme ça que ça viendra », vous pouvez attendre longtemps. C'est comme ça qu'on se retrouve avec des toiles d'araignée dans sa culotte ! ! ! ! ! ! ! (Oh ! Shoking !).

Qu'esquecéksa ? Étymologiquement, *thérapie* c'est « se soigner » et *boîto* c'est les boîtes de nuit. Vous suivez ?

Il faut sortir et danser… Et ne pas toujours se méfier de tout…

Les humains ont inventé la danse pour les rencontres amoureuses. Ça existe dans toutes les sociétés de tous les pays du monde et même chez les animaux c'est un prélude à l'amour. Le paon fait la roue, les pigeons se dandinent en tournicotant sur les trottoirs, même les éléphants y vont de leur menuet. Alors allez-y !

Chaque danse est le reflet de son époque, soyez dans le coup, dansez, même mal, mais bougez. Au besoin prenez trois leçons. Ne vont dans les boîtes de nuit que les célibataires – les couples constitués regardent la télé –, vous avez donc un champ d'exploration systématiquement autorégénéré.

À vous de trouver la boîte qui vous plaît et qui attire le style de gens que vous aimez. Le choix est très large, la France regorge de dancings, il y en a pour tous les goûts et tous les âges… Ne boudez pas les guinguettes, une valse sur un air d'accordéon c'est du dernier chic.

Si vous n'êtes pas allée dans une boîte de nuit depuis votre adolescence, la première fois vous allez être affolée par le bruit, l'ambiance survoltée, la compétition avec les canons qui se déhanchent sur la piste, bref, tout cet univers vous semblera impitoyable. Ne cédez pas à la panique, ne rentrez pas chez vous, surmontez le malaise initial, courage, tout va s'arranger.

Monique avait été entraînée par une copine dans un night-club branché de la capitale. Après un quart d'heure dans cet environnement infernal, elle n'avait qu'une seule idée : retrouver sa couette. Mais la copine l'en a empêchée, elle est restée et a repris goût à la danse, au Coca-rhum, et a attiré l'intérêt d'un danseur aussi paniqué qu'elle, soulagé de rencontrer « l'âme sœur » ! Elle est depuis devenue une adepte des boîtes, s'amuse beaucoup, danse beaucoup, et plus si affinités !

Pour les femmes, il est évident qu'il ne faut jamais y aller toute seule. Le vieux tabou de la tapisserie, ou le style chasseuse solitaire dans la nuit, « Mrs Goodbar », n'est pas l'image rêvée, les hommes croiront immédiatement que vous venez uniquement pour une prestation horizontale. À vous de voir…

Le meilleur chiffre, c'est trois. Trois copines se soutiennent, elles rient, une danse pendant que les deux autres discutent ensemble, elles ne se sentent jamais ridicules, jamais plantées, et elles peuvent attirer un, deux ou trois hommes. Plus de trois copines : danger. Ça fait peur aux hommes, ça fait clan, tribu.

La boîte est un lieu où l'on peut se lâcher, on est même là pour cela, les codes sociaux sont abolis. Si un mec vous plaît, n'hésitez pas à le lui faire comprendre. Les petites épaules rentrées dans le cou, ce n'est pas bon. Le style dégingandé non plus. Exprimez-vous, mais dans des proportions raisonnables. Les mouvements de crinière sont particulièrement appréciés, car ils suggèrent une certaine sensualité. Sexy, oui, chaleureuse, oui, mais pas déjantée !

Les cours de rock and roll, de tango, de salsa (ou autres danses de salon) sont un must.

Il y a plein d'hommes qui ont compris que c'est un bon plan. Ils sont tout de suite en situation de prendre dans leurs bras une dulcinée.

Si vous êtes en pleine dépression, ou en plein chagrin d'amour au cœur de l'hiver, si vous vous morfondez pour un Irlandais glacé comme un iceberg, une solution radicale : le soleil. Pas les UV en cabine, le vrai soleil.

La Tunisothérapie, la Marocothérapie, la Grécothérapie et autres Turquothérapies. Ce n'est pas le soleil qui manque sous les Tropiques. Foncez, il y en a pour tous les budgets, surtout hors saison. Ça ne vous coûtera pas plus qu'une séance de shopping compulsive un samedi après-midi rue du Commerce, et ça vous profitera bien davantage.

Évidemment, mieux vaut y aller avec un copain ou une copine. De préférence ne partez pas seule, mais partir est mieux que rester. Bien sûr, l'éloignement n'annule pas les problèmes, mais ça vous aère les esprits, ça vous fait voir la vie sous un autre angle et ça vous donne des occasions de rencontre que vous n'auriez pas autrement. Parfois, un voyage vous fait tourner une page de votre vie et déclenche d'autres projets.

Les clubs de vacances sont un endroit où les hommes seuls… ne restent pas longtemps seuls.

De plus, les aéroports et les avions sont des lieux de brassage intéressants. Déjà, aimer les voyages, c'est bon signe. Avec les délais d'attente pour les contrôles renforcés, vous avez le temps d'œuvrer. Les gens se parlent bien plus depuis qu'il y a des problèmes de sécurité. Et si vous montez dans le même avion, c'est tout bon !

Mesdames, si vous rencontrez un beau Turc aux yeux verts, vous n'avez pas besoin de l'épouser avant de le déguster.

Pour guérir, il faut se faire plaisir, et pour se faire plaisir, il faut être libre. L'éloignement vous donnera une liberté d'esprit, d'action et vous sortira de vos carcans sclérosants. Profitez-en, partez ! *Vamos amigos a la playa!*

Tous les prétextes sont bons pour faire la fête. Organisez une fête parce que votre salle de bains vient d'être terminée, fêtez votre dernière cigarette (ça vous motivera pour ne pas rechuter), arrosez la fin de votre puzzle géant de célibataire endurcie, partez à Venise avec votre ex-mari pour fêter votre divorce, ou organisez une méga-divorce-party avec lui et tous vos amis communs qui n'auront plus le dilemme de savoir qui choisir de vous deux.

Célébrez tout : le printemps, l'éclipse de lune ou de soleil, vos anniversaires, le bac du gamin, votre nouvelle Polo... Tout est bon pour élargir votre cercle relationnel dans la joie et la bonne humeur.

Invitez, invitez, invitez ! Improvisez des dîners, organisez des fiestas, on s'en fout si votre vaisselle est dépareillée, des assiettes en carton feront l'affaire. Des gobelets en plastique ? Peu importe, du moment que le vin est bon.

Invitez vos voisins, ils viendront avec des chaises, sinon des coussins par terre donneront un caractère oriental à votre réception.

Votre budget ne vous permet pas de trop dépenser ? Ce n'est pas grave. Sollicitez vos invités en attribuant à chacun le soin de préparer l'un une tarte, l'autre une quiche, le troisième une salade et prévenez qu'il y aura concours et remise de prix au meilleur cuisinier : vous verrez arriver de délicieux pâtés de foie de volailles, des couronnes de poissons en gelée, des mousses au chocolat avec la cuillère qui tient debout dedans. Si chacun prépare un plat, vous n'avez plus que le César du meilleur cuisinier à remettre sous forme d'un petit cadeau, humoristique de préférence, pour amuser la galerie.

Organisez des soirées de célibataires où chaque copain amène une copine qu'il aime bien mais sans en être amoureux, et où les filles viennent accompagnées d'un ami libre et éminemment casable. Il faut mettre en commun les ressources humaines. Une de nos soirées de célibataires a été un gros succès : sur vingt-cinq couples de copains qui se sont réunis, quatre couples d'amoureux ont vu le jour. C'est pas beau, ça ?

Organisez des soirées rétro avec vos vieux disques et vos vieux potes.

Ou une fête latino avec le *mojito* qui coule à flots (vous êtes pompette en trois minutes en croyant que vous avez bu du sirop à la fraise).

Pour le Jour de l'An, mettez sur pied un réveillon costumé. Choisissez un thème de déguisement, les peintres célèbres par exemple : Caillebotte est une bonne source d'inspiration et Renoir est parfait pour celles qui sont un peu rondelettes, elles remporteront un franc succès. Autre thème, les stations de métro : vous vous retrouverez déguisée en « Porte Dorée », avec soutien-gorge oriental à paillettes et voiles dorés, en « Porte Maillot », habillée en cycliste avec maillot jaune, en « Montrouge » caressant tendrement une bouteille de Bordeaux, et en « parmentier » avec des colliers, des bracelets et un diadème de pommes de terre. Le jeu consiste à deviner, dès qu'un nouvel invité arrive, en quelle station de métro il est costumé. Ça chauffe tout de suite l'ambiance, tout le monde sympathise très vite et échange ses idées, la glace est brisée dans les cinq premières minutes de la soirée, et ça fait des souvenirs inoubliables. Prévoyez un petit cadeau pour le déguisement le plus réussi.

Les boums, les anniversaires, les mariages sont un super-bon plan. Combien de coups de foudre ont eu lieu à la mairie, la larme à l'œil ? Faites-vous beaux, pomponnez-vous et allez-y !

Les concerts sont des endroits très propices aux rencontres… à condition qu'ils ne soient pas de musique classique… car il faut se taire !

Vous ne le savez peut-être pas, mais vous êtes à la tête d'un réseau relationnel faramineux : votre milieu professionnel, votre famille, vos frères et sœurs, vos vieux amis d'école, etc. À vous d'en prendre conscience et d'en profiter. Derrière les 500 000 employés de la multinationale qui vous emploie se cache un trésor : tout le réseau amical que chacun des employés peut vous faire rencontrer, car chaque personne a elle-même un réseau.

Éliane, tout juste divorcée, deux enfants, a mis ses compétences professionnelles de chasseuse de têtes au service de sa quête sentimentale : elle a bien compris qu'elle devait mettre en place un plan d'attaque. Elle a attrapé son carnet d'adresses et mis en branle tout son réseau en prévenant qu'elle cherchait un nouveau fiancé, et ça a marché ! Faites-en autant, n'ayez aucune honte, tout le monde vous trouvera attendrissante, et non pas ridicule.

La cafétéria de la fac ou de votre boîte est un endroit éminemment stratégique, quelle que soit l'heure, il est facile d'y engager la conversation.

Ne boudez pas les pots de boulot, c'est le moment de discuter loisirs et pôles d'intérêts extra-professionnels, vous pouvez avoir de bonnes surprises : la secrétaire fait du trekking dans l'Himalaya, le DRH de la spéléologie en Patagonie, le juriste projette de faire les châteaux de la Loire en hélicoptère et le magasinier construit un planeur dans sa salle à manger. Autant d'activités, autant d'ouvertures possibles pour des rencontres.

Sylvie était la comptable idéale, ennuyeuse à souhait, sérieuse à n'en plus pouvoir, petites lunettes, jupes à carreaux. Dans sa boîte, une collègue l'a poussée à aller au Club Med, elle a découvert la plongée sous-marine, qui l'a passionnée. Et ça a transformé sa vie. Elle a flashé… sur un plongeur, elle a croqué son livret de caisse d'épargne pour s'offrir des stages de rêve, elle est même devenue très jolie, très musclée et très amoureuse ! Une vraie révolution ! Avant, elle ne voulait pas quitter Melun à cause de son chat, maintenant elle fait des stages en mer Rouge à longueur d'année… À bon entendeur !

Les frères et sœurs, cousins, cousines connaissent eux aussi un maximum de gens. Dans une même famille, tout le monde ne peut pas être introverti, il y en a forcément un qui compense les autres, et il se fera un plaisir de partager ses relations. Même s'il habite Djakarta, allez-y, franchissez les frontières.

Recherchez vos copines d'école, vos flirts de vacances (Palavas-les-Flots, 1980), vos camarades de fac, vos anciens collègues de bureau, ils seront ravis de vous retrouver. Reprenez contact avec eux et annoncez la couleur : « Je cherche l'âme sœur. » S'ils ont des amis célibataires, ils se feront un plaisir de vous les présenter. Après, c'est à vous de jouer, forcez le destin, il y aura forcément un jour l'autre moitié de la pomme…

Informez, klaxonnez, réclamez, il y a des célibataires sur le marché qui vous sont destinés et si vous le faites intensément, votre carnet de rendez-vous sera rempli pour des mois. Vous deviendrez celle qu'on sollicite. Vous n'avez rien à perdre : même si vous ne trouvez pas votre fiancé parmi les candidats, vous pourrez toujours élargir votre cercle d'amis qui eux-mêmes, à leur tour, vous feront rencontrer des gens, etc.

Attention, il y a peut-être parmi vos proches quelqu'un qui est déjà amoureux de vous sans que vous le sachiez. Ou quelqu'un que vous connaissez depuis longtemps dont la situation familiale a changé et qui est prêt à vous regarder autrement. Il suffit d'un déclic. Si un de vos vieux amis ou collègues de travail vous plaît, faites le premier pas, qu'est-ce que vous avez à perdre ? Il n'est pas si difficile de faire germer une idée dans la tête ou le cœur d'un homme. Plantez la petite graine.

La copine qui cherche pour vous

Vous avez bien dans votre entourage une copine qui peut chercher pour vous ?

Pourquoi une copine ? Parce qu'en général les femmes sont plus branchées que les hommes sur le sujet.

Les filles, avant de confier cette mission délicate, soyez certaines que la femme qui cherche pour vous le fiancé de vos rêves vous aime bien, vous apprécie, vous estime et saura « vous vendre ».

Il faut qu'elle soit généreuse et relationnelle.

Généreuse parce que certaines chipies peuvent être tentées de garder pour elles l'homme qu'elles viennent de dégotter pour vous, même si elles sont mariées. Elles entament sur votre dos une vie adultère ébouriffée et vous restez sur le marché. Donc, soyez perspicace !

Relationnelle, parce que si elle regarde toutes les séries télé tous les soirs et ne sort jamais, elle ne risque pas de trouver pour vous. Il faut qu'elle fasse souvent des dîners où elle invite un tas d'amis. Vous allez vous fondre discrètement dans l'assemblée, pour repérer le partenaire potentiel qu'elle vous destine. Pourquoi discrètement ? Pour le cas où il ne vous plairait pas !

Il faut qu'elle sache bien faire l'introduction et éviter de claironner : « J'ai invité Diane parce que, la pauvre, elle est si seule que j'ai eu pitié, alors pour lui changer les idées… » Non ! Vous n'êtes pas une pauvre fille qu'il faut sortir.

Pas question de vous laisser présenter comme une laissée-pour-compte ou une paumée qui n'a plus aucun soupirant. Vous n'êtes pas en solde. Ne vous laissez pas non plus présenter comme la tombeuse de service ni comme un cœur d'artichaut. Non !

Briefez-la bien sur les qualités de votre homme idéal pour qu'elle sache si elle a cet article en magasin : si c'est pour une histoire d'amour sérieuse, qu'elle ne vous ressorte pas tous ses vieux potes célibataires les plus névrosés en quête d'un coup pour une nuit. Et si vous voulez une relation longue durée avec un non-fumeur, qu'elle s'abstienne de vous présenter un sapeur.

N'affichez pas une demande d'amour de biche égarée, ça ne le fait pas !

La copine qui cherche pour vous doit avoir de l'imagination et de la persuasion, qu'elle sache par exemple convaincre son mari d'inviter ses copains de travail pour vous les présenter, si elle-même est en panne de candidats.

Votre amie doit savoir faire votre pub et dire quelle merveille de tendresse, de générosité, de délicatesse vous êtes, quelle personne de haut niveau elle va présenter à son cercle d'invités.

La copine qui cherche pour vous a le don de faire circuler l'information, elle adore marier les autres, c'est un peu son bonheur aussi quand ça marche.

Le matchmaker

Dans certains milieux aisés, certains mondains ont des dispositions naturelles pour marier les autres. En anglais, on les appelle des *matchmakers*.

Comme ils n'ont pas grand-chose d'autre à faire, vu que ce ne sont pas des cas sociaux, il ne faut pas hésiter : sollicitez-les. Ils seront ravis et se mettront aussitôt à boulonner car ils adorent échafauder des scénarios romantiques à souhait pour lesquels ils se dévouent corps et âme. Ils spéculent à longueur de temps sur les chances de marier tel ou tel copain avec tel ou tel caractère, telle blonde avec tel brun, les artistes avec les producteurs, les géantes avec les nains et plus si affinités, c'est une forme de générosité créative.

Si vous n'avez pas un exemplaire de ces matchmakers, il faut en chercher un ou une. Ils se sont fait une réputation et même une spécialité, ils ne se cachent pas, au contraire. Ils ont le sens de la communication et une vie sociale intense. Faites appel à leur talent, formulez clairement ce que vous cherchez, ils feront immédiatement un listing mental des spécimens qu'ils ont en magasin. Ils ne se découragent jamais, sont tristes tant qu'ils n'ont pas trouvé et leur plus grande fierté sera de vous avoir casée.

S'il n'a pas l'occasion d'organiser une rencontre entre amis, dans le cadre d'une réception mondaine, le matchmaker pourra vous organiser une *blind date*, traduction littérale : rendez-vous amoureux en aveugle. Un rendez-vous précis est fixé en tête-à-tête entre deux personnes qui ne se connaissent pas... Toutes les surprises sont possibles, bonnes ou mauvaises. Généralement, le matchmaker s'applique à formuler une bonne combinaison qui a des chances de marcher. Si l'autre ne vous plaît vraiment pas, tant pis, vous mangez votre saumon aux pâtes fraîches et vous vous cassez. On vous le dit et vous le répète, ne ratez jamais une occasion de rencontrer.

Le matchmaker sait développer son sens du recyclage : si un couple ne prend pas, il ne jette pas le matériel, il organise une nouvelle combinaison. Attention tout de même à ce qu'il ne vous refile pas les fonds de cuve !

Le matchmaker adore entendre les deux versions du bonheur des deux amis qu'il a unis. C'est sa récompense.

Si vous n'avez ni réseau amical, ni carnet d'adresses, ni copines qui cherchent pour vous, ni matchmaker, tout est à faire.

Un bon système pour se créer un réseau amical est d'entamer une nouvelle activité qui va vous mettre en relation avec un nouveau milieu sportif ou culturel.

Vous ne savez pas nager? Apprenez donc, inscrivez-vous à la piscine la plus proche. Vous rencontrerez des habitués et vous finirez par sympathiser avec eux.

Inscrivez-vous à des clubs: peinture à l'huile, aquarelle, dessin, ateliers d'écriture, œnologie, clubs d'anglais, clubs d'informatique, c'est plein d'hommes. Souvent, les mairies organisent des cours gratuits.

Vous ne connaissez rien au bridge ni au tarot? Une bonne raison pour vous y mettre. Une de nos amies avocate, solitaire et introvertie, a rencontré un ancien officier de marine dans un club de bridge. Elle a maintenant une vie de rêve, passe son temps à faire des croisières « spécial bridge » avec son amoureux.

Les associations sont une mine pour les rencontres.

La France est la championne de la vie associative, elle regorge de clubs de tous ordres. Vous pouvez y trouver toutes les activités possibles: vélo, jeu de dames, modélisme, shiatsu, nautisme, yoga, fengshui, etc.

Vous pouvez aussi monter vous-même votre propre association si une activité vous tente. Ce sera en tout cas une occasion de croiser énormément de gens, d'avoir une bonne raison de les contacter.

Ne loupez pas les musées, les vernissages, les cinémathèques et ciné-clubs de tous ordres.

La Fnac et autres Virgin sont des lieux de rencontres, avec des sujets de conversations intéressants... à condition de ne pas s'enferrer dans des discours stériles. Car il y a des intellectuels passionnants et d'autres à mourir d'ennui… Dans les librairies érotiques, vous serez tout de suite dans le vif du sujet, et si le cœur vous en dit, vous pourrez tout de suite passer aux travaux pratiques.

Sortez, bougez, activez tous les réseaux possibles :

– copinez avec les mamans à la sortie de l'école, allez boire un café avec elles une fois les bambins largués à la maîtresse ;

– faites de la gym dans les salles de province, les relations sont moins anonymes qu'à Paris où chacun regarde son propre nombril ;

– sympathisez avec les patrons de restau, ils peuvent vous présenter des gens intéressants, ce sont les matchmakers des bars ;

– allez dans les cafés sympas boire des bolées de cidre quand il y a des soirées musicales ou à thème ;

– participez aux journées de vide-greniers qui renforcent les relations de voisinage ;

– tenez-vous au courant de toutes les activités en allant vous renseigner à la mairie, à la Maison des jeunes, au syndicat d'initiative, en lisant les journaux régionaux qui contiennent toutes les informations ;

– lisez les petites annonces locales et passez vous-même des annonces : passionnée de bonsaïs cherche spécialiste en japonaiseries, aquariophile cherche petits poissons rouges, archéologue échangerait sa lampe-tempête contre un piolet, etc.

– ne manquez pas les fêtes locales : 14 Juillet, Noël de la mairie, etc. ;

– lisez la presse spécialisée pour sortir, les kiosques sont bourrés de journaux vous indiquant les endroits, les événements et les salons destinés aux célibataires ;

– inscrivez-vous dans une chorale ou dans un club de poésie.

Les jokers

N'oubliez pas non plus les anciennes techniques :

– les petites annonces de rencontres (ça marche très bien en province et aux États-Unis) ;

– les agences matrimoniales ;

– les clubs de rencontres.

Les must

Le roller est un must (si vous avez de bons genoux) : chavirages et échanges tactiles garantis !

Les bars chics et les *happy hours* sont propices aux rencontres de dix-sept à vingt heures : les célibataires sortent du boulot, ils n'ont pas envie de rentrer chez eux, ils en ont marre de la gym, ils veulent se détendre. Un espace de disponibilité totale pour les deux sexes. C'est en train de devenir un phénomène de société. Les femmes n'y viennent jamais seules, toujours à deux avec une copine. L'embarras du choix !

EXPLOREZ INTERNET

Ça vient de sortir, c'est tout nouveau.

En deux ans, on est passé de « j'épouse mon voisin » à « j'épouse la terre entière ». Internet, c'est autant d'hommes (ou de femmes), autant de vies possibles.

Internet est en train de changer la vie des gens. En fait, Internet est le nouveau grand outil de communication romantique.

Aurélie de Machin de Trucmuche, mariée vierge, divorcée dans le même état ou quasi, sans aucune autre expérience sentimentale à son actif, se trouvait fort seule lorsque son mari l'a plantée. À l'occasion d'une exploration sur le Net dans le cadre de son travail, elle est tombée sur un site de rencontres (Caramail) qui nous l'a transformée intégralement : elle s'est complètement décoincée, a changé de look, est devenue sexy et pétillante, alors qu'elle était plaintive et en mal d'amour auparavant. Une vraie résurrection ! Ses vieilles idées de « je ne sors dîner qu'avec l'homme que j'épouse » se sont quelque peu modernisées, et elle apprécie de s'être extirpée de l'ornière sociale où ses parents trop guindés l'avaient maintenue.

Caroline voulait trouver un mari. Elle s'est mise à explorer Jdate, un site juif qui l'intéressait plus particulièrement : aujourd'hui elle passe sa vie au Texas, en Turquie, à Prague, à Las Vegas dans une suite royale, etc. « J'arrive dans la vie d'un homme, tout est rose, je vis des moments de princesse, et quand je rentre chez moi, s'il ne rappelle pas, *next* ! » À 37 ans, elle s'est complètement ouverte sur le monde, elle a une vie si géniale qu'elle ne souhaite plus vraiment se caser.

En 1999, la vie d'Elsa a changé. Elle venait d'élever son fils toute seule pendant vingt ans, il quittait le domicile maternel, elle avait le syndrome du *empty nest*. Au cours d'une soirée de blues avec sa sœur, histoire de se changer les idées, elles ont commencé à pianoter sur Internet. Le lendemain, 187 réponses !

Elle a tout appris sur le terrain et elle accepte de nous faire part de ses conseils éclairés.

Les bonnes recettes d'Elsa

Pour trouver des sites intéressants, sachez chercher avec les bons mots clés : rencontre, annonce, matchmaker... Faites-vous aider pour dénicher vos services préférés.

Les *chat rooms* : on y parle en code, c'est incompréhensible, on ne sait pas qui parle à qui, comme dans une conversation à table où personne n'écouterait personne. Apparemment, ça débouche rarement sur des rencontres.

Les sites d'annonces: sur les sites franco-français, 1200 annonces d'hommes pour 300 annonces de femmes est la proportion courante.

Certains sites sont remplis d'annonces de très jeunes et très séduisants Beurs ou Blacks qui cherchent à épouser des Françaises installées… C'est à vous de voir. Ils n'ont pas de préjugés d'âge, c'est toujours bon à savoir.

Les sites français sont bordéliques, sans aucune classification interne. Quand vous avez 1300 annonces à éplucher, ça décourage ! En revanche, les sites d'annonces internationaux offrent des possibilités adaptées et intéressantes, classées par âge, par pays, par goûts, même par signes astrologiques. Deux très bons services à signaler: matchmaker.com et one-and-only.com, on peut y placer une annonce gratuite.

Votre avenir repose sur votre habileté à faire une belle annonce.

Comment faire une belle annonce ?

La photo

Faites-vous faire une belle photo qui sera mise sur disquette chez le photographe (un ami possédant un scanner peut vous le faire aussi). La photo est indispensable, vous recevez trois fois plus de réponses avec photo que sans.

Certaines femmes ont tendance à envoyer des photos bronzées d'il y a dix ans… ça frôle l'abus de confiance !

Le texte

Rédigez une annonce aussi claire et véridique que possible. Ne faites jamais bêtement une liste impersonnelle de vos intérêts, ne dites pas: « J'aime la musique », dites: « J'aime la musique afro-cubaine et Bette Middler » par exemple. Donnez des détails vivants sur votre vie, montrez en quoi vous êtes différente des autres. Si vous aimez le cinéma, dites quel genre de films vous préférez. Si vous aimez lire, dites quels sont vos auteurs favoris. Parlez de vos passions et de vos buts dans la vie. Quel genre de travail faites-vous ? Quels sont vos hobbies ? Faites-vous du sport ? Êtes-vous proche de votre famille ou de vos amis ?

Quand vous rédigez votre annonce, soyez naturelle, ne cherchez pas à employer les mots les plus parfaits. Montrez ce que vous avez d'unique dans votre personnalité à travers votre style d'écriture, ça peut être drôle, mignon, tendre ou très opérationnel. Aidez vos interlocuteurs à trouver une base commune, un potentiel commun et l'inspiration pour établir le contact.

Une fois que vous avez dévoilé vos intérêts, dites ce que vous recherchez. Pour éviter les malentendus et les pertes de temps, formulez une demande bien précise. Exemple : « cherche homme 45-55 ans, non marié, non fumeur, tristes et dépressifs s'abstenir ». Montrez-vous très spécifique. Exemple : « cherche homme indépendant, romantique, charmeur, relax, facile à vivre, audacieux, sportif, mais non-golfeur ». Ne soyez pas trop fermée sur les demandes, vous désirez un grand blond et c'est peut-être un petit brun qui fera votre bonheur.

Décryptage des annonces

Si vous répondez à une annonce, demandez toujours la photo, ne croyez jamais la description, les hommes sont très complaisants avec leur physique, ils vous disent : « Je ne suis pas mal du tout, plutôt beau mec » et on voit arriver un petit chauve avec un gros ventre… (Ma copine me dit qu'un petit chauve avec gros ventre peut être très séduisant, pardon les petits chauves !)

Lisez attentivement le texte, ne croyez pas toujours tout, ne prenez pas tout pour argent comptant. Les hommes transforment facilement les détails biographiques. Ils peuvent mentir sur leur compte en banque, leur situation professionnelle ou maritale, mais ils trichent moins sur leurs sentiments. Ils disent plus de choses sans retenue sur e-mail que dans la vie, ils tapent de façon spontanée, ils envoient le mail : trop tard, c'est parti, ils n'ont pas eu le temps de réfléchir et de se censurer. Ils osent exprimer des émotions plus intimes (parce qu'ils ne nous voient pas) et c'est exactement ce que nous, les femmes, nous souhaitons, n'est-ce pas ?

Que l'émotion ne vous empêche pas de lire attentivement le texte : sachez distinguer les vraies fautes d'orthographe des fautes de frappe, mais surtout jugez le niveau culturel d'après le style.

Il faut savoir qu'après 45 ans, hommes ou femmes ont tendance à se rajeunir, certains se retirent même dix ans d'un coup, surtout dès qu'ils dépassent les 55. À l'inverse, les très jeunes se rajoutent 10 ans très facilement.

Certaines femmes ont tendance à se sous-estimer : quand elles se disent moyennes, elles sont jolies, ravissantes,... et même parfois superbes.

Quand l'homme met trop en avant une qualité morale, sachez, mesdames, que c'est justement là qu'il y a un problème. S'il se dit :

– hypersensible : traduisez égocentrique qui ne supporte rien ;

– généreux : quand vous le rencontrerez, regardez bien s'il laisse un pourboire à la serveuse ;

– littéraire : il lit deux livres par an.

Ne soyez pas intolérante ou trop critique, mais vigilante ! Ouvrez l'œil et les oreilles.

Attention les filles, les hommes ne sont pas débiles, ils savent parfaitement bien que quand une femme se dit :

– littéraire, elle lit réellement des livres ;
– hypersensible, ils traduisent par emmerdeuse ;
– « j'ai beaucoup souffert », ils partent en courant ;
– indépendante : économiquement oui, mais, pour l'amour, ils n'en croient pas un mot, ce n'est pas la peine d'essayer de les berner !

Les termes « mince » ou « ronde » ne recouvrent pas la même réalité selon que c'est un homme ou une femme qui les emploie. Une expérience intéressante a été faite : on a demandé aux hommes ce qu'ils voulaient chez la femme de leurs rêves, tous ont répondu mince ou sportive. Quand on leur a montré des photos de femmes, ils ont tous choisi des femmes bien en chair. Le concept de minceur chez les hommes est beaucoup moins mince que celui que les femmes ont en tête…

Apprenez à détecter les plans galère, par exemple un fou d'arts martiaux qui va à la messe tous les jours, non ! À moins que ce ne soit votre truc à vous…

La réponse

Lorsque vous êtes vraiment intéressée, répondez sans tarder, les « mecs bien » sont très sollicités.

Sachez que celui qui met trop de temps à répondre est très occupé, surbooké, débordé et entretient plusieurs correspondances. Il peut arriver qu'en trois jours vous ayez six messages de la même personne et puis pouf… plus de son, plus d'images… Ne prenez pas cela pour un truc trop personnel, vous ne connaissez pas la situation de la personne. Il peut y avoir le compulsif qui se dépêche de rencontrer quelqu'un parce que sa nana le largue, il a peur d'être seul, il veut en trouver une autre avant la rupture totale, faire la jonction, et puis si ça s'arrange, il disparaît… jusqu'à la prochaine crise.

Souvent, c'est la femme qui guide le style des échanges et qui réfrène les dérapages, les hommes, eux, sont toujours très pressés d'introduire du sexe dans la conversation. Il faut solliciter les autres zones de leur cerveau, tout le monde y gagne.

Apprenez vous-même à écrire joliment, et si vous imprimez vos e-mails et vos réponses vous aurez toute une correspondance romantique, à conserver précieusement pour vos vieux jours... Si vous tombez sur « bal1415 », sachez que vous aurez une magnifique vie épistolaire médiévale.

Le premier visu

On n'est pas obligé de se rencontrer tout de suite, on peut faire traîner des mois, juste sur l'échange de correspondance, c'est une période très séduisante. La première rencontre est un moment décisif. Comme on a déjà vu sa photo sur Internet, on saura le reconnaître... On prend des risques calculés tout de même !

La difficulté, bien qu'on se connaisse déjà un peu, c'est qu'il faut franchir le pas. Beaucoup se dégonflent au dernier moment et préfèrent se réfugier derrière l'anonymat de l'écran.

Une recette : parlez au téléphone, les conversations vont créer une proximité et abolir les dernières peurs.

Si vraiment ça résiste, plaisantez pour décontracter le réticent : « Si vous ressemblez à Elephant Man, venez avec un grand chapeau, je ne vous verrai pas ! » En désespoir de cause, promettez que vous ne le violerez pas... le premier jour.

Premier contact, pas de panique, soyez naturelle, laissez parler votre intuition, mais utilisez aussi votre sens de l'observation : regardez comment il se comporte. Attention, sachez que si certains mettent la gomme pour le premier rendez-vous, dès le deuxième ils se relâchent.

Si la magie n'opère pas lors de la première rencontre, ne vous inquiétez pas, c'est souvent réciproque, le surfeur du web ne harcèle pas sa proie, rien à voir avec *Liaison fatale*. Faites-en un bon copain, c'est la meilleure sortie à lui ménager. Ou encore mieux, présentez-le à d'autres qui cherchent autour de vous.

N'ayez pas peur du *serial killer*, statistiquement vous avez autant de chances de le rencontrer que de gagner au Loto, et ce n'est pas forcément sur Internet que vous le rencontreriez. Le *serial killer* fait aussi ses courses au supermarché.

En revanche, vous n'êtes pas obligée d'ouvrir votre porte à n'importe qui. N'introduisez personne tout de suite chez vous, dans votre *sweet home*. Les premières rencontres, c'est mieux en terrain neutre, une jolie terrasse de café fait très bien l'affaire, mais pas celle du coin où l'on vous connaît, car votre réputation sera vite faite si l'on vous voit toutes les semaines rencontrer un homme différent !

Aux États-Unis, il est très admis socialement de se rencontrer sur Internet, surtout quand on a passé la quarantaine ou qu'on a une demande très spécifique. En France, on a encore des préjugés, on pense que ça ne fait pas bon effet de chercher à rencontrer quelqu'un, surtout quand on est une femme. Mais si on attend que le hasard opère, on peut pleurer jusqu'à la fin de ses jours.

Le IIIe millénaire vient de commencer et ça veut dire un millénaire de communication et la liberté pour les femmes, on n'est pas en Algérie, que diable !

Patricia a rencontré l'homme de sa vie sur Internet et il correspond parfaitement à ce qu'elle cherchait : trekking, marche, aviron, méditation, un ciblage très spécifique pas facile à trouver autrement que sur le web.

Certains couples qui se sont rencontrés sur Internet se sentent obligés de le cacher et s'inventent une autre rencontre… chez le boulanger ou ailleurs.

Les gens que vous rencontrez sur Internet ne sont ni mieux ni moins bien que les autres, ce sont des gens comme vous et moi.

Au début, ce sont surtout les informaticiens de la Silicon Valley qui se connectaient pour le travail ou les stock-options. Insensiblement, comme ils étaient isolés dans le ghetto de la *high technology*, ils se sont mis à chercher l'âme sœur par Internet.

Maintenant c'est le monde entier, et ça, il ne faut pas le rater. Et pourquoi en avoir honte ?

Désormais, la correspondance amoureuse se fait le plus souvent sur Internet : qui a le temps de prendre papier/stylo/enveloppe/timbre et d'aller à la boîte aux lettres ?

Faute de sauter au cou de tout le monde, Elsa s'est fait des tonnes de copains aux quatre coins de la planète qui ne rêvent plus que d'une seule chose : s'acheter un appartement à Paris dans son quartier !

Elle reçoit des montagnes d'e-mails tous les jours, c'est le côté joyeux d'Internet, grâce à AOL ou ICQ et aux messages instantanés, elle sait à toute heure du jour et de la nuit qui est en ligne en même temps qu'elle, et elle est en direct avec ses amis du monde entier. Le soir, pendant qu'elle mange sa soupe et sa salade, elle parle avec son pote de Portland (un infirmier qui a fait fortune dans la bourse sur Internet) qui, lui, en est à déguster ses céréales du petit déjeuner et lui propose de lui donner des cours de ski nautique sur le lac de Seattle. Qui sait, un jour…

En tout cas, Internet est très positif, ça vous fait sortir de votre quartier. Vous y rencontrerez plein d'hommes.

Mark, un bel Américain, ne cherchait pas l'amour, mais il projetait un voyage en France, il s'est fait plein de copines par Internet, et il a été reçu à Paris, à Nice, à Monaco. Son voyage a été super.

Romain dit : « Quand je vais au supermarché, j'ai peu de chances de trouver dans mon caddy la femme de mes rêves. Sur Internet, je fais mon casting. »

Internet est une ouverture relationnelle qui est déjà un pas vers une sortie de solitude.

Internet peut être bien utilisé, mais il faut être prudent et sélectif.

Sachez que les réponses que vous recevez sont à la hauteur de votre personnalité, tant sur le plan de la vigilance que de la qualité humaine. Internet n'est qu'un moyen de communication comme un autre, il arrive dans notre vie ce que nous portons en nous, c'est nous qui induisons les hommes à la séduction.

Chapitre 5

Avant de prendre, il faut savoir donner

LES FEMMES SONT DEVENUES TERRIBLES

« La chasse est ouverte » est l'expression employée toutes ces dernières années par des jeunes femmes, souvent assez belles, et qui effectivement partent en chasse le vendredi soir dans les boîtes de nuit : c'est la chasse au mari, la chasse à l'amant, la chasse au mec.

Il faut avoir vu ça une fois dans sa vie pour le croire ! Cela relève de la battue au rhinocéros en Afrique de l'Est, elles épient, guettent, évaluent le gibier, planquent au bon endroit, le piègent. La seringue hypodermique à la main, elles l'ajustent et tirent.

Une fois que la proie est maîtrisée, elles l'apprécient, la soupèsent, l'évaluent : moins bien que la dernière fois, quel âge, quel poids, quelle denture ? Et hop ! La tête est accrochée au tableau de chasse du lodge.

C'est un comportement complètement nouveau. Les pauvres hommes transformés en gibier sont affolés, ils n'ont plus de repères.

Entendu sur NRJ :

Matthieu, 19 ans : « Les nanas, on ne sait plus ce qu'il faut leur dire, si t'as le malheur de t'approcher, t'es pas sûr que tu vas pas prendre un pain… »

L'animateur : « Véronique, c'est quoi vos critères pour choisir un mec ? »

Véronique : « Uniquement physiques. »

Matthieu (désespéré) : « Oh là, là ! »

L'animateur : « Allez, courage, courage, Matthieu... »

D'un coup d'œil, elles jugent les hommes, les jaugent, les soupèsent, les évaluent, les critiquent intérieurement... et ils le sentent bien. Aujourd'hui elles s'arrogent tous les droits, ils sont devenus leur proie ! Pauvres hommes !

Est-ce une revanche au nom de siècles d'oppression ?

Assistons-nous à l'apparition du matriarcat à la mode américaine ?

Elles sont exigeantes sur le plan esthétique et professionnel. Loosers, s'abstenir. Elles sont impitoyables et agressives. La Madone accueillante est une denrée rare. Comment expliquer cette mutation ? Les femmes sont dans la comptabilité. L'amour passe après le plan de carrière, surtout chez les filles de 30 ans, car elles sont en compétition avec les garçons depuis la maternelle et ne peuvent plus changer de schéma. Elles attendent des hommes qu'ils aient des qualités au moins égales sinon supérieures aux leurs. Sinon elles tuent ! L'expression « je gère mon couple » (comme on gère un PEA) en dit long sur le romantisme des nouvelles *working girls*.

Les générations plus anciennes, elles, sont en colère : contre l'abandonnisme, les pensions non payées, les démissions paternelles, les lâchetés, les petits égoïsmes. Depuis mai 68, les femmes ne veulent plus être dominées, elles renchérissent dans l'agressivité par peur de se soumettre, même inconsciemment.

Résultat, les hommes ont peur et se défilent, ce qui rend les femmes encore plus agressives, dépitées qu'elles sont de ne pas pouvoir tout dominer. C'est ainsi qu'on voit apparaître ces chasseresses armées jusqu'aux dents, embusquées, prêtes à tirer sur le faisan d'élevage lâché le premier jour de la chasse. Pauvres hommes !

C'est un pouvoir qui veut changer de main, et ça ne marche pas, parce que l'amour n'est pas une question de pouvoir, c'est une question d'amour.

L'EGO DES HOMMES

À force de dire qu'ils sont les salauds, les monstres, les vilains, les méchants, nous, les femmes, nous avons créé une image négative des hommes sur le plan collectif. Allez donc faire un tour dans certains pays musulmans et vous verrez si nos hommes ne sont pas adorables, gentils, bien élevés et pleins de qualités comparés aux machos d'autres cultures. De plus, comme nous attirons ce que nous craignons, c'est le meilleur moyen de rencontrer la foule des « mauvais ». Non, les filles, il est temps de changer, car les hommes en ont marre d'être considérés comme les méchants et leur ego souffre terriblement de cet ostracisme et de ces suspicions constantes…

Cessez de faire des brainstormings avec les copines, du genre : « Les mecs sont comme ceci, comme cela, des monstres, etc. »

Si vous voulez être traitées comme des princesses, comportez-vous comme des princesses et ils auront les égards que vous attendez parce que vous les méritez. Mais pourquoi espérez-vous être traitée avec délicatesse si vous avez le comportement d'une mégère doublée d'une harpie, débitant comme une mitraillette des propos désobligeants à l'égard du sexe « protecteur » ? Croyez-le, il y a beaucoup de harpies autour de nous et elles s'étonnent de faire fuir les hommes et d'être seules ? Quelle surprise !

Non, non, non, il faut redonner courage aux hommes, redorer leur ego, reconnaître leurs qualités (quand elles existent !), nous ne sommes pas toutes des victimes impuissantes.

Et d'ailleurs, nous avons, nous aussi, nos inconvénients. Juste avant les règles, par exemple, le SPM (syndrome prémenstruel) qui nous transforme en acharnées du ménage, prêtes à fondre en larmes pour une tasse pas rangée dans le lave-vaisselle. Et dans ces cas-là qui nous supporte ? Nous prend dans ses bras ? Nous console ? C'est l'homme ! Qui sort les Kleenex ? Qui nous prépare un thé – pas toujours bon mais c'est le geste qui compte ? Qui nous répare notre ordinateur patiemment jusqu'à trois heures du matin ? Qui fait notre comptabilité quand nous confondons le TGV avec la TVA et l'IVG avec la CSG ? L'homme quand même ! Qui peut nous aider à être nous-mêmes, complètes et épanouies, l'homme encore ! Beaucoup de jeunes mémères à chien, aigries avant l'âge, feraient mieux de manifester leur affection à un homme qui en vaille la peine plutôt qu'à leur teckel à poils durs qu'elles portent aux nues.

Savez-vous qu'il y a plus de chiens que d'enfants dans Paris ? !

Passons à l'ego de *votre* homme. Sachez que rien n'est plus fragile !

L'avez-vous déjà vu se fermer comme une huître parce que vous lui faisiez des reproches ? Oui, forcément, car à la moindre anicroche, il rentre dans sa coquille. John Gray, dans *Les hommes viennent de Mars et les femmes de Vénus*, appelle ça la « caverne ».

L'homme est déjà fatigué par un environnement hostile, si de plus, en tête-à-tête, vous l'asticotez, ne vous attendez pas à des miracles !

Si vous voulez obtenir de sa part attention, délicatesse et soutien, ce n'est pas en lui versant du vitriol dans son petit déjeuner que vous y arriverez.

Sachez conforter l'ego d'un homme avec des compliments et des encouragements, des regards admiratifs, des sourires encore, ce n'est pas parce que vous l'avez déjà

« un peu » séduit qu'il est acquis et qu'il faut montrer une face bougonne en permanence. Dites-lui ce que vous aimez en lui, de la même manière que vous aimez qu'il vous fasse des compliments.

Cessez de pratiquer le « si je ne dis rien, c'est que c'est bien », c'est nul et pas très communicatif, et cela sous-entend qu'on ne doit communiquer que sur du négatif, c'est très répandu.

Sachez qu'un homme est aussi séduit par le sentiment de bien-être intérieur que vous lui procurez en l'admirant. Il se sentira bien parce qu'il aura, grâce à vous, une bonne image de lui-même. Un homme est plus sensible à une image intérieure qu'à son reflet dans la glace.

Exprimer des sentiments positifs et des compliments, ça se travaille et ça s'apprend, même si on est issu d'une famille où la critique est un sport. Car il y a des familles où critiquer passe pour une forme d'intelligence. De plus l'esprit critique est à la mode. Mais votre bonheur exige de changer des schémas qui ne vous appartiennent pas en propre, et des compliments bien sentis sont très agréables à faire… et à recevoir. Pourquoi s'en priver !

Développez votre côté sympa, gentil et tendre

Non, les hommes n'aiment pas forcément les chipies, ni les garces, c'est une légende, ils aiment les femmes sympas, marrantes, intéressantes, faciles à vivre, pas compliquées, joyeuses.

Sophie dînait récemment avec un copain qui lui disait : « Qu'est-ce que c'est agréable, une femme qui sait tout de suite quel plat elle veut commander, qui ne change pas d'avis tout le temps, qui ne fait pas revenir le garçon dix fois pour des caprices, c'est rafraîchissant et on gagne un temps fou. »

Le genre emmerdeuse qui peut faire des scandales à tout bout de champ, ils n'aiment pas du tout, pas plus que nous n'aimons les râleurs qui recomptent dix fois la note pour voir si on ne les a pas roulés ou le radin en pourboire pour la serveuse.

Essayez d'être à l'écoute de l'autre, n'emmenez pas forcément votre partenaire chez le Chinois du coin s'il a envie d'un steak, ni chez un Italien s'il est au régime.

Le côté « mon désir passe forcément avant celui de l'autre », ce n'est pas de bon augure. Cherchez à faire plaisir ! Ne dites pas automatiquement non à toute initiative de l'autre.

Évitez d'être geignardes, beaucoup de femmes le sont systématiquement : trop chaud, trop froid, mal au ventre, le décor ne plaît pas, il n'y a pas de Coca light, tout ce qu'il faut pour gâcher la soirée de l'homme – qui ne peut rien à tout ça.

Pensez aux petites attentions ou aux petits cadeaux, ne le prenez pas pour le « cochon de payant ». Vous pouvez proposer de payer le taxi par exemple, si l'homme vous a emmenée dans un restau super dont il a réglé l'addition.

Posez-vous la question de savoir si vous avez été sympa ou pas, certaines femmes sont tellement dans le jeu de la séduction et du pouvoir, allant même jusqu'à la domination, qu'elles ne se rendent plus compte de leurs excès. Un peu de lucidité…

On n'a pas dit poire et victime, on a dit sympa.

Les hommes se plaignent souvent que les femmes ne sont pas tendres. C'est vrai que les femmes, voulant être fortes, deviennent acerbes et harpies. Les filles, on peut être forte et gentille à la fois.

Dès que vous êtes attentionnée avec un homme, vous gagnez une plus-value. Ça le fait fondre, car il retrouve une once de féminité dans la gentillesse. Normalement c'est quand même bien une qualité de femme, combien d'entre nous l'oublient ?

Cette gentillesse a disparu. C'est peut-être dû à la difficulté de vivre seule dans l'angoisse, de se battre pour le quotidien.

Beaucoup de femmes pensent que l'homme doit se « démerder tout seul », autant en matière de séduction que dans d'autres domaines. Elles refusent de l'aider et se disent : « Pourquoi est-ce que je ferais ça pour lui alors qu'il ne ferait pas la même chose pour moi ? »

Vous allez peut-être hurler, féministes de tous poils (dont nous faisons partie), mais si une femme ne commence pas à donner, elle ne reçoit pas, c'est clair. Cette vieille idée d'éducation selon laquelle pour séduire le mec doit en baver et faire tous les efforts : non, non et non !

De toute éternité, l'énergie féminine, c'est la douceur, la tendresse, l'énergie vénusienne. Et maintenant que les femmes se comportent comme des chipies, elles voudraient tout de même être bien traitées par les hommes ! Pourquoi l'homme serait-il adorable alors que vous êtes désagréable et agressive ? Ce principe de ne pas faire un geste si c'est le mec qui vous reçoit chez lui et de ne surtout pas aller chercher une carafe d'eau dans la cuisine, eh bien non ! Si l'homme est en train de repeindre son appartement, rien ne vous empêche d'attraper un pinceau et de lui donner un coup de main. Ça peut se terminer très agréablement sur la moquette, les cheveux dans le pot de peinture. Et alors ?! Ce n'est pas grave !

Dites-vous bien que les femmes, en prenant leur indépendance économique (ce dont on ne les félicitera jamais assez), ont libéré les hommes d'obligations ancestrales. Tout à coup, elles ont fait passer le message : « T'as pas besoin de t'occuper de moi, je tiens debout toute seule. » Résultat, ils se frottent les mains. Au départ, ils y ont trouvé quelques inconvénients parce que ça leur enlevait un rôle auquel ils tenaient un peu. Mais ils se sont très vite aperçus que ça leur fait des charges en moins, ils peuvent se reposer. Un peu comme pour les trente-cinq heures : quand on a travaillé soixante-dix heures par semaine, on s'y fait assez vite !

Il est très difficile de revenir en arrière aujourd'hui, de leur dire brutalement que nous sommes des petites choses fragiles dont il faut s'occuper. Faire rentrer ça à nouveau dans leurs schémas mentaux alors qu'on leur a dit le contraire pendant vingt ans sur un ton revendicateur… Y'a du boulot ! Pourquoi iraient-ils s'emmerder spontanément ? Pour une seule raison : nous faire plaisir… uniquement si on le mérite.

Ah ! C'était bien agréable quand ils avaient des égards. Arrêtez de la jouer « je suis grande, je peux me débrouiller toute seule ». Le cynisme est à la mode. Il semble que ce soit devenu un jeu très urbain de montrer qu'on n'est pas faible, qu'on résiste et qu'on est « fort ». C'est exactement le contraire qu'il faut faire. Il faut montrer qu'on est capable d'amour, capable de DONNER…

Un ami nous a raconté qu'il garde un souvenir merveilleux d'une femme qu'il a rencontrée. Ils ont passé la nuit ensemble, au petit matin il est tombé malade, une forte fièvre l'a soudain saisi… Cette femme lui a donné de l'aspirine, fait de la tisane, tenu la main, mis des compresses froides sur le front, elle s'est occupée de lui comme une femme féminine. Il en avait encore les yeux mouillés quand il en parlait.

C'est dans la conduite normale des femmes de cajoler, soigner, bichonner, poulotter, materner, câliner, c'est une pulsion naturelle que l'on s'efforce de refouler. Nous avons, nous les femmes, un énorme travail collectif à faire pour retrouver tout cela, sans redevenir la femme potiche d'avant. On peut rendre service sans déroger aux sacro-saints principes féministes, on peut se montrer généreuse tout en gardant sa liberté et son indépendance économique.

Un must : les mots d'amour.

Laurence est une spécialiste du mot d'amour, elle fait preuve d'une grande créativité avec Bertrand qu'elle appelle « mon éléphant de Birmanie », « mon roi du Siam », « mon Rakkham le Rouge », « homme de ma vie », « amour de ma vie », etc. Du coup, il se sent inspiré et l'appelle « mon amour des îles », « ma lionne enflammée », « mon cœur », « ma vie ».

Avares du mot doux, creusez-vous un peu la cervelle !

saints principes féministes on peut se montrer généreuse tout en gardant sa liberté et son indépendance économique.

Un usage des mots d'amour.

Laurence est une spécialiste du mot d'amour, elle fait preuve d'une grande créativité avec Bertrand qu'elle appelle quand elle [illegible] : « mon Rakham le Rouge », « homme de ma vie », « amour de ma vie », etc. Du coup, il se sent inspiré et l'appelle « mon amour des îles », « ma flamme enflammée », « mon dieu », « ma vie ».

Avares du mot doux, creusez-vous un peu la cervelle !

Chapitre 6

Parlez avec les yeux et le sourire

Bon, on vous a remis les idées d'équerre, vous êtes dans le bon *mood*, dans la love attitude, avec le bon état d'esprit. Vous êtes prête, ouverte, engageante.

Maintenant, passons aux travaux pratiques.

La séduction, c'est une disposition intérieure que les autres perçoivent. Mais ça passe aussi par des trucs un peu techniques.

LE REGARD

Le premier truc, c'est le regard.

Morale catholique oblige, on nous a appris qu'il faut baisser les yeux. Nos directeurs de conscience ont bien compris que tout se passe d'abord dans le regard. Faire baisser les yeux, c'est le meilleur moyen de neutraliser tout appel. Ainsi, les talibans imposent aux femmes de porter une grille devant les yeux : elles étaient déjà empapillotées de la tête aux pieds, mais avec les yeux elles pouvaient encore séduire… Il faut faire le contraire de ce que les cathos et les musulmans intégristes disent : NE SURTOUT PAS BAISSER LES YEUX !

Si la femme détourne le regard comme on le lui a appris au couvent des Oiseaux, il ne se passe rien. Les hommes sont comme nous, ils aiment bien être regardés. S'ils voient une effrontée qui ne les quitte pas des yeux, ils se disent :

« Ah ! Intérêt ! » Et puis, il faut bien qu'il y en ait un des deux qui commence !

Pour la première approche, tout ou presque passe par le regard.

Le regard, c'est le secret de l'âme et son reflet. Si vous dévisagez un homme en vous disant : « Quelle beauté, quel charme », il va forcément sentir votre appréciation, il sera flatté. Il s'intéressera à vous.

Les nanas ont le droit de regarder les hommes dans les yeux, et plutôt deux fois qu'une. Lorsque vous avez remarqué quelqu'un, vous faites un *focus*, la pupille se dilate, c'est un phénomène reconnu scientifiquement. Si on invente tous ces maquillages pour les yeux, ce n'est pas par hasard, c'est pour accentuer le regard. Pour commencer, un petit coup de Rimmel est le bienvenu, sortez vos lentilles ou balancez vos vieilles montures hors d'âge et achetez-vous de jolies lunettes. Les lunettes sont un accessoire érotique à condition de bien savoir les choisir. Si vous devez absolument en porter, investissez dans du seyant. Si vos cils sont trop clairs, les teintures de cils sont recommandées. Le grand luxe : la permanente de cils. L'esthéticienne est votre amie !

Il y a des choses que les femmes ne comprennent pas : qu'est-ce qui fait que maintenant il n'y a plus cette énergie masculine et que les hommes ne draguent plus autant qu'avant ? C'est parce qu'elles ne regardent plus les hommes. S'il n'y a pas regard, il n'y a pas connexion. C'est tout con.

Elles vont dans une salle de gym bourrée de mecs au mètre carré, et elles font comme s'ils n'existaient pas, et comme elles les ignorent, il n'y a pas de contact visuel, pas de chimie, pas de rencontre.

Donc première étape : matez, zieutez, jetez des œillades partout et scrutez les mecs *au-delà du temps social recommandé*. Là, l'homme comprend. Le beau pharmacien derrière son comptoir, vous le fixez droit dans les yeux en lui demandant des préservatifs, c'est un peu direct mais il est là pour ça, il les a à portée de main… Sourire.

La coquetterie dans l'œil qui vous traumatise est peut-être votre atout de séduction majeur à condition de savoir la gérer sous certains angles et pas sous d'autres moins flatteurs.

Cultivez vos œillades les plus séduisantes. Pensez à Fanny Ardant ou à Lauren Bacall !

Concentrez votre regard, les yeux dans les yeux de « l'élu », sans scanner tous les autres hommes qui passent à votre portée, faites-lui sentir qu'il n'y a *que lui* qui vous intéresse.

Le jules de Marie lui dit : « Tu es terrible, quand tu sors dans la rue, tu regardes les hommes dans les yeux, c'est épouvantable de faire ça, surtout quand tu es avec moi. » En souriant, elle lui répond : « Je fais la même chose que toi, mon chéri. »

Le sourire

Deuxième truc : le sourire.

Combien de gens sourient ? Très peu !

Très important de sourire. À condition d'avoir de belles dents, pas des chicots pleins de nicotine ! Le mieux alignées possible, sinon investissez dans l'orthodontie. Ça coûte cher, mais c'est tellement important d'avoir un beau sourire, même pour le travail ! Vous pouvez être un canon, si vous avez de mauvaises dents, tout s'écroule dès que vous ouvrez la bouche, et Dieu sait si on a souvent l'occasion de l'ouvrir : pour sourire, pour rire, pour parler, pour manger. Un petit coup de rouge à lèvres *glossy*, laqué, brillant, fruité, un festival de couleurs et de goûts, ça coûte 5 euros, ça prend un huitième de seconde et ça change votre vie.

Rien de plus attirant qu'un beau sourire rayonnant, découvrant une belle rangée de dents blanches...

On ne vous parle pas d'un rictus forcé comme si vous aviez avalé un portemanteau. Il faut savoir sourire de l'intérieur, pour que votre sourire soit communicatif. C'est une disposition face à la vie que les autres « achètent ». Ça donne immédiatement envie aux garçons de vous embrasser. Et plus si affinités.

Le rire

Troisième truc : le rire.

Le sourire plus l'humour : ça donne la banane.

Pas besoin de lire *Le Rire* de Bergson et les *Notes sur le rire* de Pagnol pour vous décrocher la mâchoire. Essayez de voir la vie du côté drôle, développez en vous la propension à la rigolade, recherchez toutes les occasions de vous moquer de vous-même, des autres, de la vie, du système, de tout ça. C'est une question d'attitude ! Tout peut être vu sous un angle drôle, même les choses les plus sinistres : regardez Charlie Chaplin qui a réussi à nous faire marrer avec *Le Dictateur*.

Certaines femmes sont plus douées que d'autres pour le bonheur. Essayez d'en faire partie. Sinon fréquentez-les, prenez-en de la graine, évitez les gens sinistres, c'est contagieux. Supprimez de votre carnet d'adresses les gens qui vous ennuient !

Riez de bon cœur, à gorge déployée mais pas vulgairement, faites-vous plaisir ! Le « ha, ha ! » très distancé n'est pas de mise. Laissez-vous aller, au besoin buvez une coupe de champagne ou deux, c'est euphorisant, et dites-vous que le rire séduit toujours. Les marrantes et les rieuses attirent énormément les hommes, ne vous croyez pas obligée de jouer les Princesse de Clèves jusqu'à la fin de vos jours. On décoince ! La dépressive sous Prozac, sauve qui peut !

Évitez de dire dès le début: «Je suis en dépression depuis quatre ans», personne ne le supporte vraiment. On en parlera plus tard. Évitez la tristesse à tout prix. Décidez une bonne fois pour toutes que la vie est drôle, joyeuse, amusante. Ne focalisez que sur les trucs rigolos.

Si vous arrivez à faire sourire l'homme que vous rencontrez dans les trois premières minutes, c'est gagné: il vous considère comme une personne vivante. Grâce à cet humour partagé, il se détend et sait qu'ultérieurement il pourra passer d'autres bons moments... parce qu'en général ça va bien ensemble, les bons vivants.

Chapitre 7

Pas de sens interdits

FAITES VIBRER VOS SENS

Nous avons tout notre corps pour échanger, dialoguer, communiquer, ressentir, se reconnaître, se plaire, se frotter.

Mais certaines femmes vivent comme des handicapées des sens.

Il serait temps de passer à la rééducation.

La vue

Parfois, les femmes sont aveugles. Leur aveuglement est psychologique, elles ne voient pas avec les yeux parce que leur esprit ne veut pas voir.

Quant à celles qui voient, elles ne regardent pas ce qu'il faut : souvent, leur problème, c'est leur esprit critique. Elles sont des acheteuses dans l'âme, le premier coup d'œil, c'est l'analyse. Elles ont l'œil laser, elles veulent la perfection et n'acceptent pas les choses dans leur beauté naturelle. Leur handicap, c'est la critique et l'intolérance : elles regardent un paysage, elles pensent aux engrais ; elles se promènent dans un jardin anglais, elles s'inquiètent du ramassage des feuilles mortes et du prix de revient du jardinier.

Idem quand elles voient un homme, elles le scannent : « Merde, il a une dent de travers, ça ne peut pas aller. » Elles ont un regard sur l'extérieur d'un être et pas sur l'intérieur. Si ce qu'elles voient avec les yeux ne leur plaît pas, elles ne vont pas regarder ce qu'il y a de beau dans la personne. Elles ont des critères esthétiques et sociaux qui tuent.

Les filles, ayez le regard bienveillant, plein d'amour et d'indulgence, voyez ce qui est possible, sachez lire les messages corporels de certains hommes peu démonstratifs qui n'arrivent pas à exprimer tout ce que vous leur inspirez. Si vous saviez combien l'amour peut transformer un homme, le rendre plus beau et plus épanoui, vous apprendriez à lire. Ouvrez vos mirettes intérieures.

L'odorat

En général, les femmes sont assez olfactives, mais pas toujours à bon escient. Là encore elles se sont mises à copier les hommes : Elles sont devenues techniques au détriment de leur affectif. Le cérébral a pris le pas sur le sensoriel. Exemple Lydia : elle est « nez » dans une grande entreprise de cosmétiques. Mais quand on l'interroge sur son métier, elle ne répond que par chiffres d'affaires, bilan, cotations en bourse, exportation, balance du commerce extérieur et autres OPA. Pas un mot sur le plaisir des sens, l'apprentissage des perceptions olfactives, la dimension sensuelle de son activité très particulière. À l'écouter, on se demande quel plaisir sensuel elle peut éprouver dans l'exercice de sa profession et où va se nicher réellement sa féminité.

Les filles, développez votre nez pour les bonnes choses. Il y a tant d'arômes, tant d'effluves, de senteurs, de fruits, de fleurs.

L'odorat peut déclencher des bonnes sensations intérieures, c'est grâce à l'odorat que vous vous souvenez avec délices du « sent-bon » à la violette de votre grand-mère, rien que de repenser à l'odeur de sa poudre de riz, vous êtes transportée.

L'odeur d'une brûlerie de café peut vous enjôler, le délicieux arôme du gâteau au chocolat qui sort du four vous fait saliver. L'odorat est un des sens les plus fabuleux à exploiter.

Faites comme notre amie Véronique, créatrice de parfums : quand elle vous embrasse, elle reconnaît tout de suite le mélange vanille/ylang-ylang dont vous venez de vous envelopper ; quand elle entre chez vous, elle reconnaît la marque de cire sur votre armoire normande ; à table, elle renifle la cuisine avant de la déguster, ça lui donne deux fois le plaisir de manger. Il faut voir comme elle prend son pied rien qu'à sentir.

Les folles du ménage, ouvrez votre nez à autre chose qu'aux mauvaises odeurs, et arrêtez de tout annihiler à coup d'eau de Javel.

Apprécier l'odeur du partenaire fait partie du processus amoureux. Après les ébats, êtes-vous capable de ne pas vous laver pour le plaisir de garder le parfum de l'amant sur votre propre peau et vous en délecter tout le restant de la journée comme un secret que vous êtes seule à porter ?

L'ouïe

D'autres n'utilisent pas leur ouïe. Écoutez une belle symphonie, le chant des oiseaux au petit matin, un reggae qui vous donne envie de danser ; c'est grâce à l'ouïe que vous pouvez acquérir le sens du rythme et communiquer à votre corps toute une dynamique amoureuse.

Sachez écouter les voix, ce qu'elles ont d'unique chacune. Il y a des voix qui sont véritablement du velours dans le creux de votre oreille.

Parfois une voix ou une intonation vous met en transe. Vous cherchez pourquoi elle vous fait cet effet-là et d'un coup vous réalisez qu'elle vous rappelle un de vos amoureux ou, pire, votre père ou votre frère. Ayez l'oreille, soyez à l'écoute.

Ne faites pas comme le père de Michel : à force de ne pas écouter, il finit par ne plus rien entendre. Attention, une surdité psychologique peut vous amener à devenir sourd pour de bon.

Le goût

Et le goût ? Les mamans qui ne font pas de la bonne cuisine à leur enfant tout petit ne développent pas chez lui la gourmandise et le palais raffiné des gourmets de la vie. Halte aux hamburgers-frites, découvrez les cuisines des pays du monde entier, les épices raffinées, apprenez à faire une cuisine saine mais bonne au goût, cela développe les papilles et permet d'explorer aussi le « goût » des autres.

La bonne chère induit la notion de plaisir donc de sexualité. Dès la naissance on tète le sein de la mère et on en garde un souvenir impérissable. Ensuite, durant toute notre vie, l'oralité est liée à cet amour originel dont on ne se remet jamais vraiment de l'avoir perdu. Développer la palette des goûts, c'est tendre le plus possible vers ce plaisir originel.

D'ailleurs le mot amour vient de ham-ham, qui veut dire miam-miam. Aujourd'hui encore on emploie le même mot pour dire « j'aime une personne » ou « j'aime le canard à l'ananas ».

L'amour s'exprime par l'oralité. La mère qui chahute avec son bébé pour lui prouver son amour le mordille en lui disant « je te mange, je te mange ». C'est parfois poussé à l'extrême puisqu'un Japonais a assassiné sa fiancée et l'a réellement bouffée !

Le toucher

Certaines bloquées n'ont jamais le réflexe du contact de la peau. Tenir une main, masser une épaule, caresser une joue d'enfant ne sont pas des gestes spontanés pour elles. Pétrir une poignée d'amour, n'en parlons pas ! Développez vos facultés tactiles, faites des expériences du bout de vos doigts, touchez le bois de votre bureau, le métal de votre théière, la peau d'une pêche, les tissus de vos rideaux, etc.

Réapprenez la perception, rééduquez votre toucher, et vous verrez, quand vous caresserez votre homme, que sa peau n'est pas la même d'un bout à l'autre de son corps, il y a des différences de finesse, de douceur, de texture, de densité, de fermeté, et rien qu'à travers votre toucher, vous saurez qui il est.

Le toucher c'est un grand vecteur de sensualité entre hommes et femmes ; même si ça peut sembler une évidence à certaines, il y en a d'autres qui feraient bien de s'en souvenir. Les filles, touchez les hommes, ils ne demandent que ça ! Servez-vous de vos mains pour exprimer de la tendresse.

Maintenir ses sens en état d'éveil permanent, premièrement ça fait du bien, et deuxièmement ça donne un sens à la vie, pour soi et pour les autres.

Quand on sait bien utiliser ce merveilleux outil qu'est le corps, on sait se donner et donner aux autres.

Sollicitez les sens de l'autre

Passons maintenant à votre capacité à solliciter les sens de l'autre. C'est la clé de votre succès. Qu'est-ce que c'est que la séduction sinon savoir émoustiller les sens de l'autre ?

Et là aussi il y a des progrès à faire pour certaines.

Le décolleté

Un jour, ma nièce Sido, 25 ans, belle blonde plantureuse et dynamique mais un peu trop « pataugas et sac à dos », débarque chez moi complètement déprimée : depuis trois mois elle en pinçait pour un copain de fac qui ne pensait qu'à Dieu. Elle aurait bien aimé qu'il pense à autre chose... mais ne savait comment s'y prendre pour l'amener sur le terrain convoité. Comme une boutade, je lui dis : « Achète-toi une guêpière et des bas. »

Elle, incrédule : « Oh ! Ça marche ? »

Moi : « Demande à ton oncle. »

Elle se tourne vers l'oncle en question qui, rosissant, a bien été obligé de lui avouer que « oui, ça marche ! »

Si vous avez un décolleté pigeonnant, attendez-vous à faire des ravages. Pas besoin d'étaler votre « laiterie » (shocking !), juste la naissance de vos seins suffira à les faire fantasmer.

Si votre décolleté manque un peu de peps, investissez dans des soutiens-gorge à coussinets, le Wonderbra, les bustiers avantageux, le frou-frou évocateur, les dentelles légèrement transparentes. À bas les soutifs de sport et les culottes de boxeuse qui n'ont pas la faveur de ces messieurs. Deux petits pigeons bien rebondis : succès garanti. Il faut balconiser, attirer l'attention sur le décolleté !

De nombreux essais en cabine sont recommandés, maintenant les dessous sont très étudiés. Certaines professionnelles de la lingerie vous seront d'un grand secours, allez plutôt dans les petites boutiques spécialisées. Certains hommes aiment les plates androgynes, ils sont peu nombreux. Si vous avez trop peu de poitrine, arrangez-vous pour qu'elle soit mise en valeur par des chemisiers de voile portés à même la peau.

Autre solution : prenez la pilule, certains dosages arrondiront votre poitrine.

N'hésitez pas à vous pencher ou à frôler.

N'ayez pas peur d'attraper froid, apprenez à jouer avec votre pashmina, allumez le chauffage s'il le faut mais montrez votre décolleté, c'est un atout majeur et prioritaire ! ! !

En été, les tee-shirts montants, non ! Sauf s'ils sont mouillés…

Onduler de la hanche

Certaines femmes sont douées naturellement, c'est dans leurs gènes, et leur démarche s'infléchit encore plus sous le regard masculin. D'autres marchent comme des adjudants au pas ou comme des bûcherons, et là il y a du boulot... Cours de salsa, de danse du ventre, de danse afro-jazz, séances intensives de boîtothérapie, à vos claquettes !

Jetez vos Timberland, mettez des jupes et des ceintures, ça aide à être consciente qu'on est une femme, c'est une question d'attitude intérieure aussi : la hanche attitude !

Chaloupez sur des hauts talons, bien sûr ça demande de la pratique et de l'entraînement, mais l'équilibre revient au bout d'un moment, rappelez-vous nos mères. Ça ne vous empêche pas de reprendre vos baskets une fois de temps en temps. D'ailleurs, sachez que les hommes haïssent les grosses chaussures, ils tiennent au charme ancestral de la pantoufle de vair sur le petit peton de Cendrillon.

Certaines femmes ne savent plus bouger des hanches parce qu'on leur a appris qu'il ne faut pas être trop suggestive. Mais, dans ce qui nous préoccupe, au diable la bonne éducation ! Regardez Isabelle Adjani dans *L'Été meurtrier*, on voit bien qu'elle a des gènes orientaux, elle fait ça naturellement, sa démarche fait des ravages.

À quoi croyez-vous que les hommes pensent en vous regardant onduler de la hanche ? Cherchez bien ! Vous n'avez pas deviné ? Quand ils vous voient chalouper, même les prix Nobel de physique ont une baisse de QI momentanée, ils se disent que si vous ondulez bien verticalement, vous devez sans doute le faire aussi bien horizontalement, d'où fantasmes. *Move your bust*, renouez avec votre sensualité.

Marie-Claire, corps de rêve, championne de golf, pas un kilo de trop, la mèche blonde irréprochable, intelligente, drôle, tout pour elle... sauf le déhanché complètement dépourvu d'hormones femelles. Elle ne sait pas faire. Mais quand elle a vu chez Castel Catherine friser de la prunelle, Caroline faire ondoyer son opulente chevelure et Leila onduler de la hanche, elle a compris qu'elle était une Martienne et qu'il était temps de faire chalouper sa vie.

Les cours de danse du ventre

Musique orientale, ventre dénudé, colonne vertébrale ondulant de façon suggestive, nombril évocateur, c'est la danse du ventre, le grand must érotique des civilisations arabes. Suivez des cours de danse du ventre et prenez-en de la graine. C'est le top pour débloquer les bassins raides, les épaules coincées, les cous engoncés. C'est une activité très agréable. Pendant le cours, les femmes sourient, s'amusent à redécouvrir une façon jolie de bouger leur corps, elles s'ouvrent à des mouvements fluides et ondulatoires des plus suggestifs.

On réapprend à mouvoir le haut du corps, à bouger indépendamment la tête, les bras, les épaules, on fait même des exercices spéciaux pour les doigts et les mains. Un vrai travail pour découvrir une façon différente de bouger.

C'est beau, ces corps de rondes de tous âges qui deviennent pulpeuses, avec ces jupes amples et ces ceintures à sequins qui font un petit bruissement métallique et qui accentuent les mouvements du corps. Une expérience intéressante et une nouvelle discipline à considérer pour celles qui sont un peu trop masculines ou trop coincées. On apprend à retrouver une grâce naturelle, à reconnecter avec sa féminité. Du condensé d'hormones, de la pure séduction !

Le goût des autres

On parle ici du goût que les autres vous trouvent quand ils vous dégustent amoureusement.

Ce que vous mangez et buvez a une influence sur votre goût personnel, on veut dire : votre haleine, le goût de votre bouche, la fluidité de votre salive. Parce que vous espérez bien être embrassée quand même !

Vous avez intérêt à soigner votre chimie personnelle par une alimentation saine. Les constipées ou les prozaquées ont souvent une mauvaise haleine, bouche sèche, salive épaisse, beurk ! Il n'y a aucune fatalité, il faut lutter sur tous les fronts.

Les odeurs évoluent avec l'âge. Plus on vieillit, plus on doit apporter de soin à ses odeurs et saveurs personnelles. À 16 ans, on vous retourne sous toutes les coutures, vous sentez le bébé Cadum, même vos odeurs marines sont légères. Plus on vieillit, plus on sent facilement le thé au lait par exemple pour être gentil... Veillez à ce que le lait ne soit pas suri !

Un homme peut être dégoûté à tout jamais par votre haleine, sans oser vous le dire, et vous risquez de passer à côté d'une histoire d'amour pour un détail...

Donc dentiste, fil dentaire, bains de bouche parfumés. En ce moment il existe un truc d'enfer : les feuilles d'arôme de Freddy, de la gélatine imprégnée d'essences essentielles de géranium et de menthe, c'est divin. Pour 3 euros on sent bon de la bouche, et les autres le sentent encore plus que vous, et votre haleine les charme.

La peau

De penser que l'on va toucher votre peau, déjà vous frissonnez... Ah ! les caresses futures ou passées...

Mais il faut donner envie à l'homme de vous toucher. Pour cela, votre peau se doit d'être le plus parfaite possible. Virez-nous ces minuscules verrues et aspérités, les dermatos font ça très bien.

Il faut toujours investir pour améliorer sa peau, qu'elle ait l'air saine. Si de plus elle est douce, c'est le top.

Certaines ont une bonne hérédité, tant mieux. Mais ça n'empêche pas l'entretien. Tartiner votre corps de crème tous les jours, c'est normal. Regardez à la salle de gym, les filles s'enduisent toutes avant de s'habiller. Le mollet desséché en hiver, elles le traitent par la douceur et les huiles essentielles. Il faut les voir se masser la cellulite avec ardeur pour avoir la peau lisse. Sans devenir non plus la maniaque qui passe trois heures tous les jours à traquer le moindre duvet, à inspecter son vernis et qui devient la reine des casse-pieds, être soigneuse, ça vous change tout dans la vie. Être douce, on vous dit, de partout. Certaines esthéticiennes font merveilleusement bien l'épilation brésilienne (les Brésiliennes ont inventé « la ficelle dedans », il a bien fallu qu'elles s'épilent *intégralement* pour ne pas avoir des poils qui dépassent de partout). Ça met les hommes en transe.

La voix

Si on vous dit Jeanne Moreau, Delphine Seyrig, Fanny Ardant, Marilyn, la Callas, Édith Piaf, à quoi pensez-vous immédiatement ? À leur voix inimitable, incomparable, à leur phrasé très particulier. C'est un souvenir très présent, totalement lié à l'idée que vous vous faites de leur personnalité.

Une belle voix, c'est très important. Une chanteuse peut donner la chair de poule. Une beauté blonde avec une gouaille de camionneuse, c'est un choc. Toute cette génération de jeunes filles ravissantes, grandes, bien habillées, qui parlent en zy-va avec un accent banlieusard graillonnant, et avec des « euhh » et des « ouais euh... » à la fin de chaque phrase... Les critères de séduction évoluent d'une génération à l'autre ! L'intonation FIP a été une bonne référence pendant longtemps...

Certaines femmes se sabotent avec une tessiture aiguë, trop forte, saccadée ou au contraire monocorde, pas chantante, alors qu'elles sont très mignonnes. Dans l'éducation anglaise, on apprenait aux jeunes filles de bonne famille à placer leur voix pour se marier plus facilement.

Les gnangnans de petite fille, ça peut plaire pour jouer, mais les femmes-enfants ne sont plus tellement à la mode, une maturité collective est arrivée, la femme-poupée est *out*. Dans les années soixante, il était recommandé d'être une potiche. Bardot, c'était la femme-enfant, objet sexuel d'une époque, c'était le rêve des types qui réussissaient, pour prouver leur puissance. Mais de nos jours, il faut que les femmes s'affirment, y compris dans leur façon de parler.

La voix, ça se travaille... Si la vôtre n'est pas belle, faites-vous opérer du nez ou prenez quelques cours de chant, apprenez à respirer, à placer votre voix, à en changer la tonalité, à gommer un accent peu élégant.

Donc, voix de velours, les filles ! Un souffle plus ventral que nasal, c'est plus agréable et plus érotique. Pensez aux longues conversations que vous aurez au téléphone, jouez du trémolo, faites-vous enjôleuse...

Le parfum

Le monde olfactif est aussi essentiel que le visuel : le parfum naturel d'un être peut déterminer un attachement ou un amour éternel.

C'est une question de chimie personnelle. Sur notre peau, on catalyse les odeurs de façon différente, on a tous des rejets et des odeurs préférées qui sont directement liées à notre mémoire olfactive.

Nous avons tous une odeur personnelle spécifique, mais la nature ne nous a pas tous gâtés. Avoir une odeur naturelle agréable, ça suppose une bonne hygiène alimentaire. Le coup de « je veux être naturelle » est obsolète.

On vit dans un monde d'odeurs et de parfums, surtout en France. Benjoin, camphre, roses de Damas, jasmin, myrrhe... Un univers entier à explorer.

Peu importe le budget, on trouve toujours des senteurs, des fragrances, des arômes, des essences, qui nous enchantent.

Allez faire vos achats de parfums avec quelqu'un qui vous guide et faites des essais.

Claudie n'achète jamais ses parfums sans faire tester par plusieurs de ses copains, ses ex ou son patron, ce qu'ils en « sentent ». S'ils n'aiment pas, elle n'achète pas. Vive les échantillons ! Évitez de porter le même parfum que votre mère, soyez personnelle, originale, créative. Vous devez trouver un parfum qui vous identifie entre toutes les autres, et être unique dans le nez de votre homme. Le parfum est un signal que vous envoyez directement, c'est pour ça que c'est important.

Autres parfums : pour une étape ultérieure, les parfums intimes. Les femmes hindoues boivent des thés aromatisés aux épices, à la cardamome et autres, leurs jus-z-intérieurs en sont parfumés, jusqu'où va le raffinement ! En revanche, le déodorant intime, non, les hommes n'aiment pas. Ils préfèrent les odeurs naturelles à cet endroit-là ! Abusez des thés parfumés !

Les siroteuses d'expressos sentent le café de partout, même quand elles transpirent... Buvez un grand verre d'eau après pour diluer.

Attention à la viande des Grisons, elle transforme vos aisselles en centrale olfactive et vous fait passer pour un vieux Mongol qui ne se serait pas lavé depuis trois générations. Relisez donc le merveilleux livre de Patrick Süskind, *Le Parfum*.

Et souvenez-vous que le musc est fabriqué à partir d'organes sexuels de certains petits rongeurs, et ça rend les hommes fous.

Le tabac

Attention au tabac, c'est un gros killer dans la séduction amoureuse.

En bon matchmakers que nous sommes, nous avons organisé la rencontre de Marc avec Sophie. Dès le lendemain, nous sommes venues aux nouvelles : Sophie de son côté était persuadée d'avoir fait un carton, nous avons aussitôt appelé Marc. Il a été formel : « C'est impossible, elle pue le tabac ! »

La fumée envoûtante de la cigarette de Marlene Dietrich, le long fume-cigarette de Rita Hayworth ont fait long feu.

Le tabac est devenu un critère important et même primordial dans les annonces des sites de rencontres. C'est comme dans les trains, il y a les wagons fumeurs et les wagons non-fumeurs. Pour la rencontre entre hommes et femmes, la discrimination est la même, beaucoup d'hommes ne sont pas prêts à subir la fumée d'une partenaire qui les empeste ou les fait vivre la fenêtre ouverte.

S'ils ont eux-mêmes arrêté de fumer, c'est encore plus terrible de supporter les odeurs de tabac froid et les cendriers remplis de mégots. En boîte de nuit, il y a des femmes qui puent la clope à vous donner la nausée. C'est mal parti pour elles... Les petites pastilles à la menthe ne suffisent pas à escamoter une haleine douteuse, le mélange nicotine/menthe peut être pire que tout. Quant au baiser-tabac, beurk !

Les filles, arrêtez de fumer, ça sera bon pour votre santé, pour votre porte-monnaie et pour votre succès. Ça vous donnera le teint plus frais, les dents plus blanches, une meilleure mémoire, des réveils plus allègres et vous trouverez bien le moyen de ne pas grossir : faites l'amour par exemple.

LE LANGAGE DU CORPS

On ne parle pas qu'avec la bouche ! Selon Desmond Morris, la communication verbale c'est 25 % seulement, la communication non verbale 75 %. Ça s'appelle le langage corporel : une suite de petits gestes significatifs que l'autre devrait normalement savoir traduire.

Mesdemoiselles, à vous de jouer avec vos mains et avec vos bijoux, de faire des petits gestes qui attirent l'attention sur vous, sur votre corps : touchez-vous vous-même, caressez vos poignets, le jour où vous avez une petite jupe courte, croisez et décroisez vos jambes, frottez-les l'une contre l'autre. Jouez avec vos épaules, changez de position sans pour autant donner l'impression d'être frappée de la danse de Saint-Guy. Ne restez pas inerte et inexpressive.

Michael a été tétanisé quand il a vu Cynthia, perchée sur un tabouret de bar, glisser son pied dans l'anse de son sac tombé à terre et relever sa jambe vers l'avant comme une danseuse pour le ramasser. Deux ans plus tard, il en parle encore. Ça, c'est du langage corporel !

La bouche en cœur, c'est un must. En le regardant droit dans les yeux, c'est encore mieux.

Des trucs tout simples : vous posez votre main sur son avant-bras puis vous l'enlevez, vous recommencez, l'homme intérieurement hurle : « Aaaahhh ! Elle m'a touché ! » Un *body contact*, c'est très important.

Une main sur l'épaule en dit plus long qu'un discours d'entrée à l'Académie française.

Sachez traduire le langage corporel.

Si l'homme assis à son bureau se penche en arrière et croise ses mains derrière la nuque, il y a fort à parier qu'il se sent détendu en votre compagnie. Mais si chaque fois que l'homme s'approche de vous sur la banquette, mademoiselle, vous reculez, l'homme va interpréter : rejet, et s'éloignera de vous. S'il entre dans votre périmètre de territoire intime, c'est qu'il a envie de vous. Et cessez de penser que vous allez passer pour une femme facile si vous le laissez faire.

Des cuisses qui se frôlent sur la banquette, une proximité de plus en plus grande, une approche tactile, une main autour de votre taille, ça, c'est du langage corporel engageant.

L'INDUCTION, SOYEZ SUGGESTIVE

Notre copine Thérèse peut être avachie dans un canapé, l'œil éteint, l'air exsangue, la mèche pendante et le crayon planté dans le chignon, arrive un mec et elle a tout d'un coup l'œil qui frise, le sourire à 360 degrés, la voix qui chavire, elle retrouve son pétillant, sa verve et son glamour instantanément. C'est le diable en jupon qui se réveille, elle a une approche très directe, elle clignote de tous ses feux, la pyrotechnie faite femme. On l'a même vue faire un show alors qu'elle était aphone pour capter l'attention de tous les hommes présents. Et ça marche ! Elle a un truc, elle attrape le poignet de l'homme et lui parle de choses drôles, un peu lestes à l'occasion, en le regardant de façon très appuyée, son visage à dix centimètres du sien. Elle semble tellement gourmande que c'est communicatif. Elle parle de son amour des bonnes choses, évoque sa sensualité sans réserve, bref, elle fait passer le message et ça passe ! Sa façon de dire : « Hello ! Baby » fait chavirer les hommes. Sharon Stone peut aller se rhabiller.

Quoi de plus facile que d'être suggestive lorsqu'on est en tête-à-tête, votre comportement à table en dit long… N'hésitez pas à lui faire croquer un petit bout de votre feuilleté aux morilles, c'est aphrodisiaque en plus… Trompez-vous de verre systématiquement, buvez dans le sien, en laissant la marque de votre rouge à lèvres, il comprendra très bien le message, il frémira en posant ses lèvres là où vous avez posé les vôtres. Rapprochez votre cuisse de la sienne, et retirez-la pour mieux la remettre à la première occasion. Parlez de la sensualité des plats et de l'extrême sensibilité de vos papilles gustatives, votre plaisir de manger suggérera immédiatement que vous êtes une bonne vivante et que tous les plaisirs de la vie vous intéressent. Si vous êtes en très grande forme, vous pouvez planter votre index dans la sauce de son tournedos Rossini, et le sucer suavement.

Quand vous dansez, c'est encore plus facile de lui faire comprendre qu'il vous plaît. Effleurements des corps, main passée dans les cheveux ou sur la nuque, soufflez-lui une haleine parfumée dans le nez, les petites feuilles d'arôme s'imposent, les fumeuses s'abstiennent. Gardez sa main dans la vôtre un peu plus longtemps que nécessaire.

Il y aussi la technique bazooka de Lauren : difficile de ne pas la voir, elle est très mignonne, très sophistiquée, les cheveux rouges, habillée panthère, le parfum enivrant qui laisse une trace de son passage trois heures après (Angel de chez Thierry Mugler). Elle danse, elle bouge, si elle voit un mec qui lui plaît, elle l'agrippe, attrape son bras, qu'elle enroule autour de sa taille de guêpe, et lui balance une de ses trouvailles humoristiques dont elle a le secret qui laisse le mec groggy, mais flatté. Elle l'a scotché !

La phrase choc, c'est toujours un bon plan, quand c'est bien trouvé, pas vilain, pas cynique, pas trop moqueur mais un peu quand même…

Sa recette, c'est : phrase choc + langage corporel hautement suggestif = éruption volcanique.

En sortant du dancing, tenez votre jupe collée contre vos cuisses comme Marilyn, en gloussant : « Oh, il y a du vent, c'est affreux, je n'ai rien sous ma robe ! » Votre cotation à la Bourse de l'amour devrait faire un bond instantanément.

S'il n'a pas compris avec tout ça, changez de partenaire. C'est peut-être un handicapé du bonheur. Touchez-le, touchez son bras, sa main, régulièrement… S'il se met à son tour à vous toucher, c'est gagné… Il ne s'arrêtera plus de sitôt, vous lui aurez donné la clé. Les filles, devenez des toucheuses, des papouilleuses, des peloteuses, ils aiment ça, tous les hommes sont des nounours.

Chapitre 8

Séduire, c'est savoir écouter et communiquer

QU'EST-CE QUE JE DIS POUR COMMENCER ?

Tout le monde n'a pas d'emblée l'esprit de repartie de Lauren et son sens de la formule choc. Si vous n'avez pas ce talent, ça peut venir, faites un effort, c'est un don qui se cultive.

Pour y arriver, il vous faut être attentive, avoir de l'intuition, deviner en un clin d'œil à qui vous avez affaire pour pouvoir faire mouche. Quand l'autre parle, écoutez-le avant d'attirer son attention, laissez traîner vos oreilles, ayez le sens de la situation.

Osez vous mêler à une conversation de groupe, même si vous n'y êtes pas conviée, en apportant une petite touche d'humour. Pas besoin d'avoir été présentée pour commencer à parler partout, dans un bar, dans le bus, à la station de taxi.

Dans les cocktails et les vernissages où vous ne connaissez personne, engagez la conversation, faites des commentaires sur le buffet, la nourriture, proposez d'attraper une coupe de champagne pour votre voisin, allumez la cigarette qui cherche du feu, demandez : « Vous êtes ami avec qui ici ? »

Dans les salles de sport, si vous êtes en peine avec une machine de cardio-training, n'hésitez pas à demander de l'aide, de préférence au sportif qui vous a tapé dans l'œil.

Si vous êtes seule dans un restau, n'hésitez pas à entamer la conversation avec un solitaire, il vous en saura gré.

Dans les magasins, volez au secours de l'homme inexpérimenté en panne devant le rayon des produits d'entretien.

Si vous êtes en grande forme, allez direct au rayon sous-vêtements hommes, vous pourrez toujours demander conseil à un client qui vous plaît pour choisir les sous-vêtements de votre fils, par exemple. Un excellent sujet de conversation pour débuter. En échange, au rayon surgelés, aidez-le à composer un menu équilibré, vous pourrez même l'inviter à décongeler une brochette de gambas chez vous, dans la foulée. N'oubliez pas la crème fraîche et la flambée au cognac, il en sera tout chaud.

Partir du principe qu'un homme est plus timide qu'une femme

Quand je dis à mes copains que les hommes sont timides, ils me disent : « Mais oui ! Les femmes ne pensent jamais qu'on peut être encore plus sensible et qu'on a encore plus peur qu'elles de se prendre des bananes. »

Le mec qui n'a pas peur de se prendre un râteau, c'est justement celui qu'elles doivent éviter : c'est le multi-partenaires qui en a tellement fait que pfou... sur la centaine de nanas qu'il a draguées, il en a eu cinquante et loupé cinquante, quelle importance ! Ça n'attaque pas son ego. En revanche, les hommes qui ont eu peu d'expériences, cible idéale pour les femmes qui veulent convoler, sont plutôt timides.

Il faut que les femmes aient conscience que les hommes ne savent pas toujours comment s'y prendre au début. Ils se demandent : « Comment j'attaque ? Comment éviter le râteau ? » Ils sont tétanisés.

Si on a deux timides au départ, on ne va pas aller bien loin.

Donc pour une femme, il est aussi important de soigner sa timidité. D'ailleurs, après 25 ans, ce n'est plus de mise dans le monde actuel.

Il faut se jeter à l'eau ou au besoin boire du vin pour supprimer les inhibitions, ça aide (on va faire un contrat avec les marchands de vin), et avoir des initiatives de communication : des questions directes et des compliments : « J'aime bien votre cravate ! » Les hommes maintenant ont toutes sortes d'animaux sur leur cravate, autruches, éléphants, pingouins, et on les soupçonne de les mettre pour nous faire parler, profitez-en pour les « cravater ».

Les femmes ne sont pas supposées déshabiller le mec psychologiquement, ni poser des questions ouvertes, mais croyez-nous, la minauderie ça ne passe plus, on est des femmes intelligentes, on est allées à l'école.

Beaucoup de femmes ne savent pas faire parler l'homme de lui-même, or l'homme nous dit *tout* dans les cinq premières minutes. Il faut brancher intime dès le début.

Si vous cachez tout sur vous-même et ne lui posez pas de questions personnelles, comment voulez-vous connecter intéressant ?

Si vous faites la parade style : « Je connais tous les restaus branchés de la capitale, toutes les meilleures adresses de boutiques, Monaco sur le bout du doigt, tout sur les îles et Cuba », le mec va se dire : « Je ne suis pas aussi branché qu'elle, je suis nul, et largué, qu'est-ce qu'elle peut bien trouver à un plouc comme moi, je ne fais pas de compétition dans ce domaine ! » Il ne se dira pas : « Si j'achète *VSD*, j'en saurai autant qu'elle », il va se débrancher, et vous aurez raté une occasion de connaître quelqu'un à un niveau profond. N'ayez pas peur. Parlez de vous et de lui. Ne restez pas en superficie, plongez !

C'est à la femme de montrer qu'elle est intéressante, pour lui s'entend. Comment montrer qu'on est intéressante ?

En s'intéressant à l'homme. Les femmes se disent : « Il faut que je sois comme ceci ou comme cela pour un homme », et en même temps elles oublient de considérer le mec. En fait, ce qu'elles veulent, c'est capter son regard, mais elles oublient que c'est à *elles* d'initier l'échange visuel.

Le grand secret : regarder un homme en face, pour ce qu'il est. Il en est souvent étonné, vous lui faites un cadeau avec ce vrai regard intérieur. Évitez l'examen critique : « Tiens, il a un bourrelet là, il n'a pas les pompes qu'il faut… » C'est insupportable, cet état d'esprit, et très hexagonal aussi… Les chaussures ça se change, et les bourrelets ça fond. Un peu d'indulgence. L'amour, ça peut vous transformer quelqu'un. Aidez les hommes !

Les connexions et le potentiel commun

L'idée, c'est de chercher dans tous les axes ce qu'on a en commun et d'accréditer l'idée que la relation est possible.

Il faut d'abord accepter de faire connaître et de révéler son passé, ses références actuelles, ses endroits préférés, ses goûts, et créer des connexions :

– J'ai passé toutes mes vacances d'enfance dans le Périgord.

– Moi aussi.

– J'adore la Normandie depuis toujours, et j'y vais souvent.

– Moi aussi, où allez-vous ?

– À Honfleur, j'adore !

– Moi aussi !

– Je suis allé dans telle école…

– Moi aussi.

– J'adore manger japonais, ah ! les sushi !

– Moi aussi.

– Je ne supporte pas le rose.

– Moi non plus…

– Mon dernier voyage à New York, ça ne m'a pas plu.
– Moi non plus...
– La dernière expo des impressionnistes, j'ai adoré.
– Je vais y aller !

Si vous n'aimez rien de ce que l'autre aime, et vice versa, laissez tomber... Ne vous forcez pas à être quelqu'un d'autre que vous-même et ne foncez pas dans les impasses.

Ce n'est déjà pas facile de s'entendre avec quelqu'un du sexe opposé, surtout quand on arrive avec des valises bien chargées, si en plus on n'a aucun goût identique, en cas de conflit on se rattrape à quoi ?

Pensez qu'il y a des couples qui n'ont rien en commun, sauf l'argent : il aime les bateaux, elle a le mal de mer, il élève des chevaux, elle déteste, ils ne passent aucun week-end ensemble, quel intérêt ? ! La joie de partager des activités que l'on aime, qu'y a-t-il de meilleur ?

Parfois, on ne sait pas si on aime... parce qu'on ne connaît pas. Ouvrir, découvrir et se faire un avis personnel, ça ne peut que vous enrichir intérieurement. Avis aux spécialistes du « j'aime pas parce que je ne connais pas ».

La curiosité de l'autre et l'écoute

Quand on va dans les séminaires de développement personnel, on constate que les gens s'imaginent avoir pour objectifs un meilleur boulot, une belle bagnole, de la reconnaissance sociale et toutes sortes de buts matériels concrets ayant trait au luxe ou au progrès. La vérité est qu'ils se trompent de besoin. En réalité, ils veulent tous ces signes extérieurs de richesse pour s'attirer de l'amour. Leur aspiration inconsciente, c'est d'être aimés.

C'est en cherchant à connaître un individu, en partageant son intimité et ses émotions que vous allez pouvoir créer un lien.

Le fait de sentir que l'autre est curieux de vous et veut savoir qui vous êtes et ce que vous faites de votre vie, ça fait vraiment du bien, on se sent exister davantage.

Combien de femmes manquent de curiosité sur la vie des hommes ? Nombreux sont ceux qui adorent raconter les histoires de leur enfance, leurs moments les plus heureux, il suffit de les brancher sur des lieux de vacances de leur jeunesse par exemple, et hop ! Ils démarrent. Ils osent se raconter plus intimement et sans en avoir conscience puisqu'on parle du passé. Ça crée une connexion. Ainsi, vous pouvez avoir des informations sur leur personnalité et des clés.

Sachez creuser un peu les sujets dans leurs dimensions sensibles et affectives. Les hommes ont tendance à être factuels, c'est un refuge, c'est leurs hormones, ce n'est pas leur faute. Entraînez-les sur un terrain plus intime.

Posez régulièrement des questions. S'il vous raconte par exemple une course qu'il a gagnée ou une mutation dans son boulot, demandez-lui : « Qu'est-ce que tu as ressenti à ce moment-là ? Quel effet ça t'a fait ? » Écoutez aussi avec vos yeux, faites des hochements de tête approbateurs et encourageants, ne coupez pas la parole, même si vous êtes véloce de la langue.

Attention à ne pas confondre curiosité et indiscrétion, mesdames. Si vous sentez une esquive sur un sujet, n'insistez pas lourdement en reposant la même question : il ne veut pas répondre, il a droit à son jardin secret. Les hommes sont plus pudiques que nous. Sachez sentir les domaines d'exploration autorisés, ne vous engagez pas dans les sens interdits, c'est une question de sensibilité.

Certains hommes répondent systématiquement par l'humour lorsque vous leur posez des questions. Ils ne veulent pas parler d'eux, donc ils blaguent. C'est une armure, un rideau baissé sur les émotions, ils en sont restés au stade pudique de leur adolescence, ils n'ont pas grandi. Si à la quatrième rencontre, ils sont toujours dans le même état d'esprit, dommage pour eux. Ils ne sauront jamais ce qu'est une relation intime et authentique, ils n'auront que des relations superficielles.

Certaines femmes croient que mettre des obstacles dans la communication, cela crée une aura de séduction. Faux ! Ça va créer une distance et un agacement parce qu'on n'arrive pas à savoir qui est l'autre. Si on joue au chat et à la souris et à cache-cache, on est bien avancés. Ce sont les connexions et les références communes qui créent une séduction.

Les petits jeux de manipulation vont à l'encontre des sentiments vrais, il vaut donc mieux les éviter. À la curiosité de l'autre, répondez donc par la franchise, on gagnera du temps, de la sérénité, de la confiance en soi et en l'autre.

Ayez quelque chose à dire

Les filles, vous pouvez toujours vous balader en arborant des seins comme des obus et des jambes interminables, si l'homme s'ennuie comme un rat mort au bout de deux heures de conversation, c'est foutu. Il couchera avec vous, certes, mais il ne vous épousera pas ! Réveillez-vous !

L'homme veut entendre parler de sujets intéressants, profonds, inédits, nouveaux, apprendre des choses qui le mettent en joie, le font frémir, l'intriguent !

Et pour cela, vous devez vous intéresser à tout, à la vie, au cosmos, à la mode, aux insectes, à la géographie et au tourisme, à l'histoire de notre temps, à la cuisine, les femmes ne veulent plus la faire mais les hommes veulent toujours se régaler. Il faut explorer des domaines que vous ne connaissez pas, vous réinventer, éviter les histoires de bureau, la routine, avoir l'esprit en éveil. Journaux, radio, télé, cinés sont là pour ça aussi. Offrez-vous une encyclopédie sur CD-Rom, vous passerez des nuits de découvertes exaltantes.

Une ou deux fois par mois, allez voir un spectacle, mais oui, vous serez au lit avant minuit, ça ne finit pas forcément tard et c'est moins cher que vous ne croyez. Cherchez sur lastminute.com des billets dernière minute de tout et n'importe quoi, il y a vraiment des occases et on n'est pas obligé de prendre les meilleures places. Allez dans ces cafés philosophiques et ces cafés psy où les conversations vont bon train et vous permettent d'écouter et d'apprendre, si ce n'est de vous exprimer. Fréquentez les slams, ces cafés de poésie où vous pouvez vous exprimer, déclamer des textes ou écouter les autres réciter des poèmes. Beaucoup d'émotions en perspective. Regardez les autres vivre. Échangez, communiquez, le monde est un immense livre grand ouvert. Pensez aussi que vous apprenez des foules de choses de la part de gens qui ont des passions diverses. Ne pleurez pas après votre steak-frites quand vous êtes au bout du monde, explorez les cuisines exotiques, c'est une approche basique pour comprendre d'autres civilisations.

Si vous n'avez pas encore eu le temps de vous cultiver, ayez au moins l'intelligence de ne pas vous engouffrer dans les banalités.

Si vous êtes habitée par un vide sidéral, vous éprouvez au moins des émotions. Votre sensibilité remplacera votre manque de culture. On apprend à tout âge, il n'y a pas de date de péremption pour le cerveau. Soyez curieuse !

En vacances, parlez avec votre voisin de serviette, il vit une vie différente de la vôtre. C'est un inconnu ? Tant mieux !

Ouvrez votre esprit. Ensuite seulement vous ouvrirez votre clic-clac.

On ne fait plus assez de compliments.

Les bons usages semblent se perdre. En France surtout l'*understatement* paraît de rigueur. Il est courant de dire : « Oui, ce n'était pas mal », même quand on vient de voir un spectacle fantastique avec des danseurs qui chauffaient une salle en délire.

Donc il faut remercier l'homme pour l'excellente soirée qu'il vous a fait passer, excellente grâce à lui, bien sûr, et à sa rayonnante présence, remercier des petites attentions prodiguées, s'extasier sur le bouquet de fleurs qu'il vous offre et ne pas le poser négligemment dans un coin de la cuisine (je les mettrai plus tard dans un vase, je suis occupée), remercier de l'écoute dont il a fait preuve et de l'aide que cela vous a apportée.

C'est bon pour les relations de faire des compliments sur une convivialité, une présence à un moment donné, une bonne mine, un nouveau parfum, un joli pull ! Pour cela il faut observer, écouter, prêter une attention à l'autre, remarquer ce qui est bien et ne pas le minimiser, au contraire. Lorsque quelqu'un se sent découvert, apprécié, regardé, reconnu, ça change tout dans la relation. Le mépris, la critique, la moquerie n'ont jamais engendré de relations paisibles, harmonieuses et… amoureuses.

On ne vous dit pas non plus de vous extasier chaque fois qu'un homme fait un mot d'esprit, comme si c'était aussi drôle que du Coluche, et dire que c'est « fantastique ». Non, on parle d'une réelle attention, sensible, exprimée avec des mots laudatifs. Revoyez au besoin votre dictionnaire pour élargir votre vocabulaire de mots positifs et appréciatifs… et DITES-LES ! Vous verrez, ça change tout, les sourires gênés du début seront bientôt suivis d'un merci. Et lorsque vous aurez une critique à formuler, elle sera mieux acceptée dans la mesure où vous savez aussi faire des compliments.

En corollaire, si l'homme vous fait des compliments sachez les accepter. S'il vous dit que vous avez bonne mine, ne répondez pas : « C'est mon nouveau fond de teint. » S'il trouve votre robe très seyante, évitez de lui répondre : « Bof ! C'est un vieux chiffon à 100 francs. » Souriez et remerciez. Ça l'encouragera à recommencer. Et ne dites jamais que vous n'aimez pas les compliments, c'est complètement faux… forcément !

Oser parler de sexe avec tact

Oser parler de sexe, c'est le meilleur moyen de lui faire savoir que ça vous intéresse.

On ne vous dit pas d'étaler votre vie privée et les prouesses de vos amants précédents. Effet désastreux garanti ! Ne critiquez pas non plus la nullité horizontale de votre ex-mari, ça lui fera penser que vous lui réserverez le même traitement… après.

En revanche, vous pouvez très bien évoquer des anecdotes sur la vie sexuelle de certaines personnes publiques, ça lui donnera des idées et un éclairage sur vos options et votre vraie nature.

Exemple : dans un dîner parisien, Lola a rencontré Mark, un journaliste new-yorkais très informé sur la vie sexuelle des Clinton, qui lui donnait au creux de l'oreille les détails croustillants de l'affaire, théorisant sur le fait que tant qu'il n'y a pas pénétration, il n'y a pas d'acte. Lola l'a initié aux considérations françaises, selon lesquelles faire l'amour n'est pas uniquement limité à la pénétration. Il en profitait pour se rapprocher de plus en plus de Lola et lui touchait le bras, la taille, pour appuyer ses dires… bien entendu. Il ne leur a pas été difficile de glisser sur un terrain plus personnel. Parler de sexe avec tact, ça donne des idées et ça encourage à se lancer.

Reportez-vous donc aux ouvrages d'Isabelle Lacamp

qui sait si bien parler de sexe de façon raffinée et torride : l'épée de jade n'a aucun secret pour elle…

N'hésitez pas à être un peu coquine dans vos propos, le message passera. Ils sauront que c'est feu vert. Et en prélude, parlez de vos préférences gastronomiques. On vous l'a déjà dit, ça mène directement au sujet de la gourmandise, donc du plaisir et de la sexualité. C'est un grand classique.

Si au bout de six mois vous passez les nuits ensemble… à discuter… et qu'il ne s'est toujours rien produit, passez à la vitesse supérieure, racontez-lui vos fantasmes ou vos exploits, ça finira par le décoincer.

Dire qu'on écrit un livre sur la séduction semble hautement aphrodisiaque… Vos auteures préférées n'ont jamais eu autant de succès, ce qui prouve bien que parler de sexe et d'amour est une excellente « introduction ». Si vous n'abordez jamais le sujet et que vous piquez un fard dès qu'il mentionne « ça », il va vous prendre pour une oie blanche ou une coincée.

Parlez de sexe bien sûr, mais pas trop non plus, sinon il va penser que vous l'invitez directement, il va vous mettre la main aux fesses, vous allez jouer les outragées en disant que vraiment c'est un goujat et qu'il ne comprend rien aux messages subliminaux. Pas si subliminaux que ça d'ailleurs. Si vous en parlez trop pour faire femme libérée, il vous prendra pour une salope : ils sont primaires, les hommes, le dilemme de la maman ou la putain a encore de beaux jours…

Certaines femmes sont tellement paniquées à l'idée de souffrir sentimentalement qu'elles préfèrent jouer la carte « Je suis super-sexy et pas du tout sentimentale » pour se protéger. Résultat, elles passent à côté d'hommes qui ne prendront pas le temps de découvrir ce qui se trame derrière cette liberté apparente et ce faux refus de sentiments.

Il est recommandé de faire les travaux d'approche, conversation, séduction, regard et tout le grand jeu, puis de laisser son numéro de téléphone portable et de partir, suite au prochain épisode. On n'est pas pressée, à moins que vous ne soyez une spécialiste des *one shots* : « Il était si beau, si craquant, je ne passais qu'une nuit à New York, je n'ai pas résisté… » C'est circonstanciel, ça se comprend !

Certains hommes ont du mal à imaginer que les femmes ont plusieurs facettes, parfois ils se retrouvent en face d'engins qu'ils ne savent plus comment piloter.

Ayez du tact, ne confondez pas parler de sexe et parler de cul, ce n'est pas du tout la même chose. Vous ne devez jamais parler de cul devant un mec, vous pouvez avoir des conversations crues entre nanas, style : « J'aime les grosses balles, les petites boules, les gros kikis », etc., mais seulement entre nanas. C'est privé. Parce que si l'homme entend : « J'aime les petites bites d'une certaine couleur », il va être choqué et se sauvera.

De même, une nana qui rencontre un mec très sexuel qui ne parle que de cul ne va tout de même pas croire que le mec peut devenir très sentimental… Il y en a qui ne parlent que de cul parce qu'ils ne sont capables que de ça. Si un mec parle de cul, c'est qu'il est branché cul tout simplement. Pas de seconde lecture !

Que veulent donc les hommes ?
Ne rajoutez pas d'obstacles ni de haies

Il est clair, en ce moment, qu'on constate une sorte de crise dans la vie des hommes : ils sont moins dans la conquête amoureuse parce qu'ils ont dû mettre beaucoup plus d'énergie dans leur boulot, chômage oblige, c'est la compétition permanente.

Par ailleurs, les nanas d'avant n'étaient pas aussi difficiles à conquérir. Aujourd'hui, elles sont plus armées, plus intelligentes et éduquées intellectuellement, elles ont appris à penser par elles-mêmes, elles se sont aperçues qu'elles étaient tout aussi capables que les hommes d'investir des domaines qui leur étaient jusque-là interdits. Elles sont aptes à gagner leur vie, à ouvrir des comptes bancaires, à gérer des portefeuilles d'actions.

Ce n'est plus la chasse gardée des hommes. Donc, ils s'en trouvent extrêmement insécurisés. Ils doivent batailler sur tant de plans que beaucoup sont découragés à l'avance. Aujourd'hui, « gagner le cœur de sa belle » est devenu un enjeu de taille et bien plus périlleux, d'autant que la belle en question a parfois du venin au bout de la langue.

Les hommes ne sont plus sûrs de l'intérêt que les nouvelles femmes leur portent. Donc, mesdames, il faut les aider, surtout ceux qui nous plaisent vraiment. On n'est plus au Moyen Âge, aujourd'hui les croisades, c'est dans le boulot. À la maison, il faut que ce soit le repos du guerrier. La vieille croyance judéo-chrétienne disant que « plus les choses sont difficiles, meilleures elles sont, et si j'en bave sur cette terre, je gagnerai mon paradis » n'est plus d'actualité. Et pourquoi ne pas avoir son paradis, là, à l'instant, tout de suite ?

Le manque de respect entre les hommes et les femmes est un mal endémique, longtemps les hommes ont manqué de considération pour les femmes. Récemment, ça s'est inversé, et bien des hommes pourraient être épouvantés d'entendre ce que certaines femmes se disent entre elles sur leur compte.

Ce que veulent les hommes, c'est être respectés, admirés, complimentés, chouchoutés. Tout comme les femmes. On veut tous la même chose : de l'amour, de la tendresse, du respect.

Ce n'est pas parce qu'un vilain méchant vous a fait du mal un jour dans votre vie que vous devez faire payer l'addition à tous les autres. Les hommes ne sont pas des chevaux de dressage qui doivent être instrumentalisés, ne faites donc pas de leur vie une course d'obstacles.

S'il frappe à votre porte, ouvrez, s'il téléphone répondez, si vous avez envie d'appeler, faites-le, et ne vous rajoutez pas d'obstacles non plus.

Cependant, il faut garder un certain équilibre entre ce que vous donnez et ce que l'autre est capable de vous donner. Évidemment, il ne faut pas être celle qui écrit tout le temps, appelle tout le temps ou envoie tous les e-mails. Mais de grâce, facilitez-leur le travail. Pour eux, les initiatives sont moins spontanées que pour nous. Ils passent beaucoup moins de temps que nous à échafauder mentalement la relation parce que ce n'est pas dans leur nature, testostérone oblige...

Certaines femmes partent du principe que tous les hommes sont des salauds, et par conséquent, ils doivent payer la faute de tous les hommes depuis la nuit des temps : « Tu es né pécheur, pécheur tu resteras. » C'est nul et c'est un alibi pour faire des vacheries, ça n'est pas digne de nous...

Donc, les dîners annulés à la dernière minute juste pour le mettre en demande et le déstabiliser, non ! Mettez un bémol, développez vos facultés de gentillesse et de tendresse, le principe selon lequel un homme doit « en chier » est aussi erroné aujourd'hui que l'idée selon laquelle une femme doit souffrir pour accoucher.

Cette vieille guerre des sexes existe depuis Adam et Ève, il est temps d'en sortir, il est temps de passer à des relations plus harmonieuses...

Soyez toujours accessible

Être accessible, ça veut dire deux choses : premièrement être ouverte dans les rencontres en direct, pas arrogante ni froide. Deuxièmement être joignable.

Ayez un peu de simplicité, ne laissez pas mariner le mec, style : « J'entends qu'il laisse un message sur mon répondeur, je suis en transe mais je me force à ne pas décrocher pour qu'il n'ait pas l'impression que je suis trop disponible. »

Brancher son portable et répondre, ça c'est être ouverte ! Si on est là, on décroche. Si on n'est pas là, le répondeur prend le message et on rappelle. Il faut être simple, si on commence tout de suite les jeux du chat et de la souris, la sincérité ne sera pas au rendez-vous... des deux côtés, car l'homme sent bien qu'on joue. Et il peut jouer lui aussi.

Alors le style : « Je le laisse trois jours sans nouvelles, comme ça il est mort d'inquiétude », évitez ! Car oui, il sera mort d'inquiétude, mais franchement où est l'intérêt ? Surtout si la relation a bien démarré et que vous avez promis de l'appeler demain... S'il en faisait autant, vous trouveriez que c'est ignoble, ne lui faites pas ce que vous ne voudriez pas qu'il vous fasse.

Il vous en voudra et ne sera plus amoureux à cause de ça. Et même, il sera de mauvaise humeur, en colère, se sentira manipulé, ce qui est vraiment le cas.

L'homme est plus direct, s'il ne décroche pas, c'est qu'il s'en fout ou qu'il est réellement trop occupé. Mais s'il est raide fondu d'amour, croyez-nous, il va répondre.

En revanche, sachez que s'il vous appelle à trois heures du matin pour venir faire un câlin, c'est que vous n'êtes pas la seule sur sa liste.

Être *open* en communication, ça laisse supposer un minimum d'organisation, des cartes de visite claires, un e-mail, un téléphone fixe et un portable.

Mesdames, organisez-vous pour être joignables tout en donnant quand même la sensation que vous êtes des femmes occupées. Car ils aiment bien penser que vous avez une vie remplie d'événements, d'amis, et que vous n'êtes pas là, à la sortie du terrier, prêtes à tirer sur le premier lapin qui montre son nez.

Être accessible, ça peut vouloir dire aérer son emploi du temps, ne pas répondre quand il vous invite pour le premier dîner : « Pas demain, j'ai abdos-fessiers, pas jeudi, je bouffe avec mes copines, (sous-entendu les mecs sont interdits), pas samedi, je suis chez mes parents à la campagne, là non, là non, bon ben dans dix jours, là c'est bon je n'ai rien d'autre de prévu. » Certaines femmes font ça exprès, même si elles sont en train de regarder *X-Files* pour la vingtième fois. Elles croient se rendre intéressantes en montrant à l'homme qu'elles consentent à lui faire une toute petite place dans leur existence et qu'il va leur en être reconnaissant... Faux ! Au contraire, il va en tirer la conclusion que si vous êtes si peu disponible, ça ne vaut pas le coup de commencer une relation.

Être indépendante, oui, mais surbookée, non ! Se voir deux fois par mois, pour une liaison ça peut aller, mais pour commencer une vraie relation c'est un peu juste. Comment voulez-vous construire si vous ne vous voyez jamais ? Donc entre le trop et le trop peu, sachez doser.

On ne vous demande pas d'avoir un emploi du temps aussi vide qu'une morne plaine. Ça peut faire peur de rencontrer quelqu'un qui n'a personne à aimer.

S'il vous plaît, soyez authentique et naturelle, les jeux de cache-cache, ça fatigue tout le monde.

La peur du râteau

Oser les initiatives de séduction à l'égard des hommes, ça comporte un risque nouveau pour les femmes : se prendre un râteau.

Pour celles qui ne connaissent pas l'expression, imaginez un râteau sur lequel vous marchez et vous prenez le manche dans la figure, ça fait très mal.

Si vous draguez un homme et qu'il vous envoie aux pelotes, ça fait mal aussi. Mal au cœur, mal à l'ego.

Premièrement, il faut savoir évaluer la possibilité du râteau.

Ce n'est pas difficile, c'est déjà dans les yeux.

Si vous fixez l'homme et qu'il vous regarde à la dérobée, se détourne et revient, cela peut être par timidité : il ne sait pas comment faire. Essayez une mise en scène, forcez le destin pour arriver à un rapprochement, reportez-vous à « La technique du départ » et « Faire parler l'homme de lui-même ».

Mais si vous constatez qu'il y a une absence *totale* d'intérêt, ce n'est pas la peine de rêver, ni d'insister.

Attention à ne pas faire comme Audrey : totalement en manque d'affection, elle se trouve dans le cadre de son travail en relation avec un type très gentil, très amical, attentionné et délicat. Elle en déduit qu'il est sensible à son charme et elle attend qu'il se déclare, tout en rêvant la nuit aux merveilleux moments qu'elle va passer en sa compagnie. Voyant qu'il ne se décide pas, elle lui écrit un petit mot d'amour. Le type la rappelle, éberlué, et remet les pendules à l'heure : « Il y a certainement eu un malentendu, je n'ai jamais eu d'intentions de ce genre. »

Audrey, furieuse, lui écrit une deuxième lettre, d'engueulade cette fois, car elle estime qu'il a donné des signaux encourageant sa démarche. Elle a pris pour argent comptant un comportement social de gentillesse et d'amabilité, à la limite un peu féminin, qui ne lui était pas spécifiquement destiné. Ça porte parfois à confusion.

Certains hommes d'ailleurs séduiraient une chaise juste pour le plaisir de séduire. Il y a aussi les allumeurs, un peu sadiques sur les bords. Attention, soyez lucides.

Certaines femmes vont systématiquement se jeter dans des expériences blessantes :

– par tendance masochiste;
– pour apporter une touche de piment à une existence qui manque d'excitation;
– par goût de la conquête pour la conquête.

Certaines femmes cherchent à conquérir des hommes qui leur sont de très loin supérieurs en argent, en culture, en succès, en renommée. Elles ont l'impression de s'approprier les qualités de l'autre et espèrent ainsi guérir leur propre ego. Elles se disent que si elles persévèrent, elles vont bien arriver à quelque chose. Ce n'est d'ailleurs pas uniquement l'apanage des femmes.

Parfois, il y a des coups de foudre irrésistibles qui vous tombent sur la tête et qui vous rendent folles.

Attention, il ne faut pas confondre une petite émotion avec le grand amour ou l'envie du grand amour. Une poussée d'adrénaline ne vous fait pas tenir une vie entière.

Si vous avez pris un râteau, ce n'est pas grave, ne dramatisez rien, on s'en remet. Ça ne veut pas dire que vous êtes nulle, c'est simplement qu'il n'y a pas interaction de phéromones. Remettez-vous en selle tout de suite. Apprenez aussi à avoir plus d'humour sur vous-même, ça se travaille, c'est un état d'esprit. Ni le rejet ni le ridicule ne tuent, on peut en rire soi-même et avec les autres. Il faut dépasser les blessures de l'enfance et de l'adolescence, ne plus être narcissique (ça, c'est anti-humour et anti-séduction).

Il faut grandir et être capable de voir le côté drôle des choses et des situations.

On a tous peur de se faire rejeter, c'est évident. Les hommes aussi ont peur, même ceux qui semblent le plus sûrs d'eux. Donc, les filles, pas d'ambiguïtés, pas de petits jeux sadiques et changez vos critères débiles.

Carla se posait des questions sur Yvan : « Je ne peux quand même pas sortir avec un type qui porte des chemises à carreaux et un sac à dos, est-ce que tu crois que ça le fait ? » Le Yvan en question était tout de même chirurgien, avec en prime une gueule à la Belmondo jeune ! Et elle n'en voulait pas à cause de ses chemises ! Heureusement, des copines sympas lui ont remis les idées en place, ils filent le parfait amour.

En France, on fait une sélection par le look, ça limite énormément. Comme si une coiffure ou une paire de chaussures ne se changeaient pas. Et on peut passer un charmant après-midi à explorer les magasins avec lui. Relooker un mec, c'est rigolo… (Quand il veut bien se laisser faire !)

Prenez des risques dans votre vie, changez votre état d'esprit, si vous ne cherchez jamais à communiquer, à parler, à montrer un intérêt, comment voulez-vous devenir un virtuose de la séduction ? Le pire risque que vous courez, c'est que la personne ne soit pas réceptive à votre charme ou bien ne soit pas aimable avec vous. Et alors, on n'en meurt pas !

En revanche, on connaît toutes des histoires où la nana s'accroche alors que le mec lui dit clairement non. Il faut toujours écouter la personne qui vous dit non et la croire, attraper quelqu'un au forcing, il n'y a rien de pire. Une petite victoire temporaire à l'arraché, ce n'est pas séduire, ce n'est pas de l'amour, ça s'appelle de la manipulation et ce n'est pas l'objet de notre livre.

Si vous venez de vous prendre un râteau, arrêtez de vous répéter que c'était lui et pas un autre.

N'oubliez pas, il y a six milliards d'individus sur terre…

Les femmes sont capables de jouer les mystérieuses, on ne vous apprendra rien. Par manipulation, par apprentissage familial ou par peur de se révéler. Elles pensent qu'en ne répondant jamais directement à une question, elles vont se rendre plus attrayantes et qu'en entretenant le mystère, elles vont faire courir les garçons. Elles cherchent à en dire le moins possible, au besoin jouent les timides. C'est un mythe qui a la vie dure : elles pensent que si elles ne disent rien, le mec va se poser des questions ! Non, non et non ! Les mecs n'aiment pas jouer à *Questions pour un champion*, ils ne veulent pas que la relation soit un exercice de virtuose. Celui qui aime s'emmêler les neurones n'est justement pas celui avec lequel il est possible d'avoir une relation stable, il veut s'amuser, c'est un pervers qui adore les méandres d'une situation tordue. Mais il va s'en fatiguer et, de toute façon, il va vous lâcher parce qu'il a d'autres conquêtes sous le coude pour pouvoir continuer ses petits jeux.

Il faut être sincère pour ne pas partir sur des malentendus qui font bobo au cœur ensuite.

Bien sûr, vous n'êtes pas obligée de lui dire la première fois que vous le rencontrez que vous en êtes à votre quatrième divorce ni que vous avez eu cinq amants qui vous ont battue, et surtout pas dans les cinq premières minutes. Quand une femme apprend qu'un homme a déjà divorcé quatre fois, elle se dit : « Oh là, là ! Danger ! Il a quelque chose qui ne va pas. » L'homme se dit la même chose d'une femme qui a déjà divorcé deux fois. Car deux fois, ça commence à faire. Une fois ça peut être une erreur, deux ça devient louche, trois ça vient d'elle, c'est sûr, donc prudence !

Si vous voulez attirer un homme « bien », jouer la carte mystérieuse n'est pas une bonne approche, le mec va penser : « Tiens ! Elle est mariée. » Si vous cachez votre âge, le mec va penser : « Tiens ! Elle a bien vingt ans de plus qu'elle ne le laisse supposer. » L'homme ne va pas chercher midi à quatorze heures, il n'aime pas jouer aux devinettes. Il y a tout un tas de faux-semblants que les femmes pensent être des artifices intéressants. Ça pouvait l'être du temps de Molière, mais c'est fini. On libère l'information, il faut savoir être un peu moderne !

Aujourd'hui les femmes sont en prise directe avec les affaires et la réalité de la vie toute la journée, pourquoi deviendraient-elles floues et évanescentes le soir ? Les hommes ne s'y retrouvent pas.

Un domaine dans lequel il existe encore des tabous, c'est le fric.

Si vous êtes une nana qui émarge à 100 000 balles par mois, vous n'êtes peut-être pas obligée de l'annoncer dans les cinq premières minutes de la conversation, ça ralentit les ardeurs, le mec se dit : « Avec ma Smart, j'ai l'air d'un con », donc il n'y va pas du tout... On vous le redit, soyez authentique et délicate.

Le mensonge et la dissimulation

L'amour et l'honnêteté ne font pas toujours bon ménage !

Dans un lit, on est souvent trois : vous, l'autre et le mensonge.

« Mentir pour séduire » est un modèle extrêmement ancien, est-ce encore d'actualité ?

Si le premier jour, pour le charmer, vous lui dites : « Je suis folle de plongée sous-marine », et qu'il vous fait la surprise de vous emmener une semaine à Corfou, vous êtes mal.

Si vous racontez que vous aimez le football, (vous avez appris les noms de tous les joueurs de foot), alors que vous détestez ça, allez-vous faire semblant toute votre vie d'aimer le football ? Impossible !

Le mensonge, ça demande de la mémoire et de conformer votre attitude, mais la nature vous rattrape, elle prend le dessus.

Certains ouvrages pratiques incitent les femmes à mettre en place une véritable imposture. On leur enseigne dans ces manuels de séduction des tas de roueries qui ne correspondent pas forcément à leur personnalité. Ces roueries sont peut-être efficaces, mais pas au-delà de quinze jours. Travestir à longueur de temps son tempérament, c'est du trapèze volant !

L'homme rencontre une bombe sexuelle, trois semaines après il se retrouve avec une mamie en jogging qui l'attend en regardant la télé avec des bigoudis sur la tête, bonjour !

Idem pour la sucrée qui se transforme en panthère tous crocs et griffes dehors dès qu'elle relâche le contrôle de ses nerfs.

Ou la tendre qui devient une harpie, le fin cordon bleu qui l'envoie au McDo, la dynamique pleine de projets qui passe ses week-ends à faire le ménage, l'indépendante qui se révèle possessive et veut même empêcher l'homme de bosser une fois qu'elle l'a harponné.

Autre mensonge courant en amour : les femmes font semblant d'éprouver des orgasmes mirobolants avec des gémissements à faire trembler l'immeuble, laissant penser qu'il a trouvé la clé de leur plaisir, alors qu'elles pourraient faire des mots croisés pendant ce temps-là. N'oubliez jamais la scène de *Quand Harry rencontre Sally*, où Meg Ryan simule un méga-orgasme dans un restaurant pour prouver à Billy Crystal que c'est facile de faire croire à un homme qu'il est le meilleur amant de la terre.

Mesdames, pousser des cris de femelle en rut alors que vous êtes en train de faire votre liste de courses à Intermarché, c'est un très mauvais calcul. Car l'homme ne cher-

chera pas à s'améliorer, persuadé de savoir ce qui vous met en transes, et c'est vous qui serez perdantes, obligées que vous serez de simuler en permanence... Au secours ! C'est votre avenir sexuel que vous jouez, les filles. Et le jour où, excédée, vous lui avouerez que finalement il est nul au lit, vous perdrez dé-fi-ni-ti-ve-ment sa confiance. Ça, c'est un mensonge qui tue.

Les femmes mentent sur leur âge. Attention au jour où il tombera sur votre passeport. Elles cachent toutes leur poids, les rondes comme les maigres. Elles mentent aussi sur le prix des vêtements ou des bijoux qu'elles se sont offerts. Pourquoi ? Mystère féminin !

Les femmes mentent pour cacher le nombre réel de leurs ex-partenaires ou amants, de vraies « vierges » selon leurs dires ou alors... juste un ex-mari, un premier amour d'école et une grande passion très malheureuse, c'est très crédible. Mais quand on sait que vous avez eu 18 ans en 1968, époque où la liberté sexuelle n'était pas un vain mot. Il y a tant de sortes d'impostures féminines ! Auxquelles les hommes répondent par des mensonges, évidemment ! Car les hommes ne sont pas en reste au hit-parade de l'abus de confiance. L'homme ment par omission. Il ne veut rien dire pour ne pas être contrôlé. Il ment sur les histoires de cul, sur la multiplicité de ses relations ou sur ses supposés exploits sexuels, et il ment à propos du fric : soit par vanité, il dit qu'il en a plus qu'il n'en a réellement ; soit par méfiance, il dit le contraire.

Il oublie facilement de préciser qu'il est marié. S'il ne vous donne qu'un numéro de portable et non de maison ou de bureau, attention, c'est clair : il n'est pas libre.

Tandis que les femmes disent tout de suite qu'elles sont mariées, laissant à l'homme l'option de commencer une liaison en toute connaissance de cause, l'homme, lui, se garde bien de se dévoiler de peur que la femme ne renonce d'emblée. Les mots « je suis marié » font sur les femmes l'effet d'un sens interdit. Un vrai *turn-off* !

C'est fou ce qu'on peut rencontrer comme agents secrets dans les rues de Paris.

« Je travaille aux renseignements de Matignon. »

« J'ai fait Saint-Cyr et je suis détaché à l'Élysée. »

« J'étais au Koweït pendant la guerre du Golfe... »

Et pourquoi pas dans l'avion de Bush le 11 septembre pendant qu'on y est ?

Vous avez rencontré James Bond, l'Aston Martin est en bas de l'immeuble.

Il y a tout un tas de mecs qui ont des activités prétendues secrètes, qu'ils vous susurrent à l'oreille dans la première demi-heure, ce qui revient à les étaler sur la place publique. Et si vous-même étiez de la CIA ? Ça ne leur effleure pas l'esprit !

Mesdames, ne gobez pas tout, soyez un peu lucides, on ne rencontre pas des espions en missions spéciale toutes les cinq minutes.

Quant aux séminaires de week-end des soi-disant célibataires, demandez-vous si ce ne sont pas plutôt des séjours en famille. De l'autre côté, les épouses feraient bien de se méfier des voyages de trois ou quatre jours en Tunisie, offerts par des fournisseurs, auxquels elles ne sont pas conviées.

Beaucoup d'hommes prétendent qu'ils sont divorcés alors qu'ils ont juste envie de batifoler un peu, et de rentrer chez eux ensuite.

Autre mensonge courant : vous rencontrez un homme qui est de passage à Paris pour un week-end, il va repartir chez lui (à Pretoria par exemple). Message subliminal : brève rencontre. Si vous cherchez dans son portefeuille, vous allez découvrir qu'il habite depuis vingt ans dans le

XVe arrondissement. En fait, sa femme est partie accoucher du petit cinquième.

Il y a beaucoup d'hommes qui vous disent qu'ils sont en instance de divorce alors qu'ils n'en ont que l'envie passagère, et que vingt ans plus tard ils seront toujours chez maman. Ils se mentent et vous mentent, ça craint, danger !

Les hommes mentent aussi sur un sujet très grave : ils prétendent tous qu'ils ont fait le test du sida pour éviter le préservatif.

Comme 95 % des hommes ont peur des prises de sang, ils ne font jamais le test. Réclamez-leur le papier du laboratoire, sinon protection sans dérogation. On ne joue pas à la roulette russe quand on tient à la vie. Certains exhibent un vieux test qui date d'il y a trois ans, comme s'ils n'avaient pas eu de relations sexuelles depuis tout ce temps. C'est de l'auto-mensonge. D'autres vous affirment qu'ils sont sans risques puisqu'ils couchent avec une femme mariée, signe qu'il n'y a rien à craindre. Erreur fatale ! Médicalement, quand on couche avec un homme ou une femme, on couche avec tous ses partenaires et les partenaires de ses partenaires.

D'autres mensonges sont moins graves mais un peu puérils. Il y a quelques hommes qui mentent sur leurs véritables activités professionnelles, cherchant à se valoriser pour vous impressionner. Ne vous fiez pas aux signes extérieurs de richesse : une belle bagnole ne veut pas dire fortune, surtout si elle a été rachetée en quatrième main à un supercopain ! Ce n'est pas bien méchant, mais c'est un peu nul.

De même, les hommes s'attribuent volontiers des conquêtes féminines qu'ils n'ont jamais eues. À les entendre, ils sont tellement géniaux au lit qu'aucune femme ne leur résiste.

En revanche, les multi-partenaires (des deux sexes, parité oblige) mentent par omission, ils se gardent bien de vous dire qu'ils ont plusieurs « casseroles sur le feu ».

Dans le mensonge, l'homme et la femme sont à égalité, soit pour obtenir ce qu'ils veulent, soit pour enjoliver le réel, soit pour avoir la paix.

Attention, vous pouvez tomber sur des menteurs chroniques, et même de véritables névropathes. Il y en a plus qu'on ne le croit.

Dans tous les cas, les révélations seront d'autant plus mortelles que l'imposture aura duré longtemps.

Chapitre 9

La rencontre

Les sept premières secondes

Les sept premières secondes sont capitales ! ! ! C'est là que tout se joue. À un niveau inconscient d'abord. Le jeu de « je regarde la personne, je regarde au loin, je reviens à l'objet de mon intérêt et je détourne encore mon regard » est universel…

Quand on est très jeune, on s'entraîne dans les premières boums, je regarde, je ne regarde pas, et puis je regarde le bout de mes chaussures ou la moquette, longtemps, parce qu'on est timide, c'est normal, c'est le début, on s'exerce… Les filles en bande pouffent de rire bêtement en regardant les garçons puis chuchotent à l'oreille des copines en se détournant longuement, les mecs ne sont pas dupes. Mais quand on est grand, on est supposé savoir.

Que se passe-t-il pendant ces fameuses sept premières secondes ? Notre attention est attirée, nous regardons, notre pupille se dilate, envoyant un message d'intérêt à la personne, et en sept secondes, ça a été mesuré scientifiquement, tout un travail d'inconscient se fait. Notre cerveau devient comme un fabuleux ordinateur qui analyse des milliards de signaux, procède à un balayage d'informations hallucinant. La mémoire affective est sollicitée : inconsciemment, on connecte sur un tas de paramètres. Ressemble-t-il ou elle à quelqu'un que j'aime ? Est-ce qu'il ou elle correspond à l'archétype d'image sexuelle qui me plaît ? Est-ce qu'il ou elle a des choses en commun avec papa ou maman ? Est-ce qu'il me rassure ? Est-ce qu'elle me fait peur ? Est-ce qu'il m'envoie des signaux engageants ? etc. Résultat : une fantastique attraction réciproque qui va déterminer la qualité de la relation ultérieure.

C'est pour ce premier regard, ces sept premières secondes, que ça vaut le coup de se maquiller ou pour les hommes d'enlever leurs lunettes si elles ne sont pas terribles. C'est pour créer la magie ! Presque toutes les grandes histoires commencent par ce regard mutuel, ce flash inouï dont vous vous souvenez toute votre vie. C'est mieux qu'un shoot d'héroïne !

L'historique de la relation est inscrit dans les sept premières secondes. S'il n'y a pas ce fabuleux instantané, vous allez devoir ramer.

C'est exactement l'histoire de Joe et d'Ariane : « Il a instantanément flashé sur moi, et je l'ai vu dans son regard. Mais moi je n'avais absolument pas flashé sur lui. Il a ramé, ramé, ramé, il m'a fait une cour d'enfer. Au début, je me suis dit : Tiens, passer une nuit à New York avec lui c'est sympa, il est plutôt marrant ce mec. Dès le lendemain, j'appelais ma sœur pour lui dire : Oh là là, moyen, moyen, en plus il fume, et c'est la bagarre pour lui mettre un préservatif… Mais il a insisté, il m'a envappée avec des mots d'amour, *I miss you, I want to see you*, et je me suis dit : Tiens, il me parle de sentiments, c'est merveilleux cette approche romantique, (je ne connaissais pas encore l'approche américaine !). Après il ne me plaisait plus. Je me disais : Je m'en vais, ça ne va pas durer. La preuve, je suis partie en Asie, j'ai rencontré un Anglais. Mais Joe est revenu à la charge, m'a proposé le mariage, la passion pour la vie, il a perdu quinze kilos, il a arrêté de fumer, le grand jeu ! Ça ne m'a pas déplu, il m'a toujours eue par raccroc, à l'arraché, en me faisant du lavage de cerveau, en bossant comme un damné pour m'avoir. Je lui plaisais beaucoup, c'est évident, je me suis laissé faire parce qu'il en faisait des tonnes. Mais dès le début, il ne me plaisait pas. J'ai rompu un mois avant le mariage, il était temps ! »

Écoutez toujours votre première intuition. Si dans les sept premières secondes, il n'y a pas magie réciproque, attention danger. Il ne faut pas forcer, forcer et forcer, sinon vous serez toujours dans cette situation de forcer la relation et c'est souffrance garantie !

Attention : s'il y a magie, la première personne qui détourne le regard est celle qui a le contrôle. Il faut le savoir.

Les cinq premières minutes

Après les sept premières secondes, on a vu à quel point elles sont capitales, autre phase essentielle : les cinq premières minutes de la rencontre.

Vous ne le connaissez pas, et pourtant si vous savez écouter et poser les bonnes questions, l'homme va *tout* vous dire dans les fameuses cinq premières minutes, tout, son boulot, sa famille, ses enfants, etc.

C'est un moment rare de sincérité.

Les clés qu'il vous donne à ce moment-là sont intenses, c'est même incroyable ce déballage des cinq premières minutes. L'homme ne sait pas s'il va faire l'amour ou pas avec vous, s'il va avoir une relation longue durée ou pas, il ne sait rien : il ne se méfie pas, donc il parle. Il se dit : « Tiens, il y a quelqu'un qui m'écoute » et c'est tellement inhabituel pour lui. Dans le cadre du travail, il ne peut jamais marcher à découvert, et là, il va s'ouvrir : « J'ai divorcé parce que...» ou bien: «Jusqu'ici je n'ai rencontré que des femmes narcissiques (ou des femmes-enfant ou des déprimées ou des garces)» ou bien: «J'ai peur de me faire emprisonner en amour» ou toute autre chose importante à savoir pour le futur de votre relation. Si vous êtes vraiment à l'écoute, ils vous disent tout: leurs traumatismes, leurs espoirs et leurs rêves, leurs fragilités aussi.

L'expression consacrée, c'est: faire *connaissance*. C'est le mot juste: vous allez *connaître* l'autre, savoir à qui vous avez affaire. Dans les cinq premières minutes, vous cherchez confirmation de ce que les sept premières secondes vous ont appris, c'est un passage du subconscient au conscient. Un processus contrôlé se met en route, chacun veut être au top niveau pour plaire, la femme va roucouler, elle va laisser entendre à l'homme que son intention est de se laisser séduire. L'homme va la regarder de la tête aux pieds, lire les signaux sexuels qu'elle lui envoie, à quel niveau il peut se rapprocher et à quel niveau de sécurité elle se trouve. Mais l'homme n'a pas encore eu le temps d'élever ses défenses. Sa garde est complètement baissée, il se révèle, il se découvre. C'est le moment de la découverte. Il n'est pas inquiet, il ne contrôle pas, il n'y a pas d'habitude ni de routine, il est lui-même.

Les filles, ne manquez pas d'*écouter très attentivement et de mémoriser* ce que l'homme vous dit dans les cinq premières minutes, c'est le reflet exact de sa pensée. S'il vous dit: «Je suis marié», entendez bien qu'il n'a pas l'intention de divorcer, même si plus tard il vous dit le contraire. S'il vous dit: «Je n'ai pas envie de vivre à deux, le couple ça me gonfle», vous aurez du mal à le faire changer d'avis. S'il vous dit: «Je suis passionné de golf», ne sous-estimez pas son investissement dans ce hobby.

De grandes beautés attirent dans les sept premières secondes, mais comme elles sont très égocentrées, elles ne savent pas s'intéresser à l'autre et du coup ratent le test des cinq premières minutes. C'est pour cette raison que beaucoup de femmes très belles ne sont pas heureuses en amour.

La technique du départ

Les hommes ne savent plus comment s'y prendre, ils ont perdu le mode d'emploi. Donc, les filles, il faut les aider pour qu'ils ne soient pas trop désorientés quand ils vous rencontrent.

Interview d'une « débridée » : « Avant, quand j'étais jeune, j'étais timide et paralysée, mon jules me disait : "Je ne t'emmène plus dans les soirées si tu fais le piquet, tu ne parles à personne ça fait potiche." Après, j'en ai pris pour vingt ans comme mère célibataire, ça ne facilitait pas ma vie sociale et je n'avais pas l'occasion de sortir de toute manière. Maintenant je suis libre et je peux enfin sortir, j'ose, j'ose, j'ose tout, et ça marche. Je me suis rendu compte que ce n'est pas si difficile de sourire et d'interpeller un homme d'un regard appuyé. »

Si vous ne lui faites pas sentir qu'il vous plaît, pourquoi voulez-vous qu'il s'intéresse plus à vous qu'à une autre ? Et si vous n'êtes pas Julia Roberts en personne, il faut compenser par un entregent gai et séduisant. Évitez, comme notre copine Éliane, de lui faire passer son bac ou de lui faire un test de connaissances. Férue d'astrologie chinoise, elle lui assène sans ambages : « Tigre de 1950 ? C'est des dominateurs. » L'homme est totalement terrifié et insécurisé, il se sent tout petit et bien sûr qu'il n'y revient jamais. Ensuite, elle peut toujours ramer, le regarder avec des yeux de crapaud mort d'amour et le sourire à 180 degrés, le pauvre s'est senti si minable avec les vannes qu'elle lui a balancées (pour se montrer spirituelle) qu'il n'est pas près de s'en remettre.

Et comme elle n'a pas l'approche ondulatoire féminine...

C'est comme dire à un homme : « Je sens que vous êtes comme ceci ou comme cela » alors qu'on n'en sait rien. C'est terrifiant, le type se sent jugé alors qu'il n'a pas commencé à dire qui il est.

N'annoncez pas non plus votre QI largement supérieur à la moyenne et vos super diplômes, on sait que vous n'êtes pas une cruche.

Ne lui faites pas débiter son pedigree, son cursus professionnel et sa fiche d'impôts. La gestapo, non.

Il y a des histoires qui peuvent avorter monumentalement pour des questions politiques abordées à chaud, car c'est là que les hommes placent leur niveau d'idéal. Si on attaque d'emblée les sujets auxquels ils croient tenir profondément, il va y avoir tension dès le départ. Genre : « T'es de droite (ou de gauche), ça ne m'étonne pas, t'as l'air con. » Avec des phrases aussi définitives, on ne va pas aller loin !

Si une femme commence à parler d'elle-même, l'homme se tait car il a moins besoin que nous de communiquer. En revanche, soyez sûre qu'il se souviendra, lui, de tout ce que vous avez dit au départ.

Dans un autre genre, il y a les femmes qui ne disent rien, ne questionnent pas, style : « C'est l'homme qui doit faire tout le boulot donc je me tais. » On n'est plus au siècle dernier, on est des filles capables de s'exprimer intelligemment et une approche intelligente passe par l'écoute. Alors posez-lui d'abord des questions sur lui !

Attention : si vous êtes la première à parler, c'est vous qui avez le contrôle de la situation. Ça vaut bien un petit effort, non ? !

Envoyez des signaux clairs

En amour, les signaux, c'est un vrai sac de nœuds. Il y a des premières rencontres qui ne mèneront jamais à des premiers tête-à-tête à cause de signaux confus.

Les hommes disent : « On se sait plus à quoi s'en tenir, on croise une femme qui nous sourit, on y va le bec enfariné et hop, on se fait jeter. La fois d'après on n'ose plus y aller. »

Voilà comment certaines femmes minent le terrain de toutes leurs congénères.

En France, les nanas n'envoient pas des signaux clairs car elles ont peur de passer pour des filles faciles. Or les mecs veulent bien que vous soyez une fille *facile pour eux mais pas pour les autres*. Si un homme a l'impression que n'importe quel type qui va se présenter va arriver à ses fins, ça ne lui plaît pas du tout. Mais si vous faites une ouverture absolument spéciale pour lui, il en est flatté, il en a besoin.

Il faut absolument envoyer des signaux clairs. Les femmes qui envoient des signaux contradictoires immobilisent l'homme. Il ne bouge plus car il ne comprend pas et quand l'homme ne comprend pas, il ne veut pas se prendre la tête. Si c'est compliqué au départ, quel intérêt ? Très peu aiment se fatiguer les méninges.

Un mec a besoin de savoir qu'il vous plaît et qu'il a une chance d'y arriver.

Si dès le début, la nana commence à le faire douter de ses perceptions car elle calcule et n'est pas spontanée, c'est ce que les hommes appellent *un mauvais plan*.

Il y a un décalage entre ce qu'un homme veut d'abord (lui c'est clair, c'est du sexe) et ce qu'une femme veut (elle veut de l'amour ou une relation stable ou mieux un mariage). Comme les hommes ont peur de cette demande d'engagement, pour ne pas les effrayer, les nouvelles femmes *font semblant de s'en foutre et de ne vouloir que du sexe*. (Ce n'est jamais totalement vrai : la plupart des femmes lient le sexe au sentiment, alors que les hommes dissocient très bien. Leur amour se développe bien après… et pour d'autres raisons.)

Pourquoi mentent-elles ?

Les femmes espèrent que si elles prétendent officiellement ne vouloir que du sexe, les hommes vont avancer à leur insu sur le terrain de l'engagement et qu'elles vont finir par obtenir ce qu'elles veulent réellement au fond.

Résultat : les mecs ne comprennent plus la règle du jeu, c'est le brouhaha le plus total, ils sont tétanisés.

Il faut reconnaître que si la femme claironne : « Je cherche un mec qui s'engage », l'homme part en courant.

Mais, la bonne stratégie, ce n'est pas de mentir, d'emmener l'homme sur une fausse piste. Si la nana dit : « Je veux être indépendante, je suis une grande fille, je ne veux pas d'un mec en permanence », l'homme se dit : « Chouette, elle veut du sexe, un point c'est tout. » Quand, au bout de six mois, elle révèle que son vrai programme c'est de trouver l'amour dans une relation stable, il se sent floué, piégé. À ses yeux, elle a menti, donc il se tire. À vouloir être trop stratégique, on perd tout.

Bien sûr, vous n'êtes pas obligée dès le premier jour de dire : « Je veux me marier », parce qu'il y a des mots qui fâchent. Ne prononcez pas non plus les mots « grande passion et *tutti quanti* » parce qu'à ce moment-là le type se dit :

« Oh là, là, je ne suis pas vraiment à la hauteur, je suis un petit Français bien tiède. »

Si vous dites que vous êtes une grande amoureuse et que vous voulez du romantisme, sauve qui peut ! Ce n'est pas vraiment vendeur comme discours, vous passez pour une ringarde. L'homme se dit : « La passion, c'est sac de nœuds, salades et crises de nerfs garantis. »

Les amours ne sont jamais heureuses. C'est la mythologie française, tant dans les films que dans les romans. En France un amour doit forcément mal se finir. C'est culturel, pas de *happy end* ! Et quand on dit *passion*, ça signifie *drame* : « Je me tue parce qu'il me quitte. »

Aux États-Unis les conventions de rencontre sont très différentes. Dès le premier jour, le challenge est clairement annoncé. C'est comme un « deal », on sait ce que l'autre cherche. Vous pouvez afficher dès le début vos souhaits, dire : « Je veux une vraie relation et pas que du sexe », par exemple. Les hommes répondent par oui ou par non. C'est comme un menu, on passe commande. L'homme répond : « J'ai ça ou je n'ai pas ça à ta disposition. » Ça facilite la tâche et la phase d'exploration peut commencer. Très vite, si vous lui convenez, il vous offre la bague de fiançailles, ils sont romantico-traditionnels. Vous prenez le manuel de savoir-vivre 1945 en France et vous l'appliquez aux States, c'est bon, ils en sont là. Déclarez que vous voulez de la passion, que vous voulez être adorée et que vous allez l'adorer, le mec est aux anges.

Les Américains ont toujours un *happy end* en tête, quand ils disent *passion*, ils comprennent *bonheur*... ou *sexualité débridée*. Le mot passion ne recouvre pas la même notion, ils l'emploient avec toutes les femmes qui leur plaisent. La passion version américaine, ça veut dire que vous êtes dans cet état *I love you I miss you* très souvent... Tandis qu'en France la passion est un sentiment violent que vous n'éprouvez qu'avec un ou deux partenaires pendant toute votre vie.

En France, le jour où l'homme vous dit « je t'aime », vous prenez le téléphone, vous appelez toutes les copines pour leur annoncer : « Ça y est, il l'a dit. » Cette déclaration a valeur d'engagement, c'est l'événement de la décennie, trompettes et fanfares... Alors qu'aux États-Unis, c'est le jour où vous couchez, l'événement national. À la limite, l'homme vous dit « je t'aime » avant de coucher, il faut avoir du sentiment avant de toucher.

En France on a le côté réaliste de dire : « Je touche d'abord la marchandise, je vais voir comment ça marche et après j'aimerai peut-être, et au bout de quelque temps je verrai si j'aime vraiment. » Pour les Français, c'est du réalisme. Les Américains appellent ça du cynisme. On est des Latins normalement passionnés mais on est devenu encyniqués.

Conclusion : en France, il faut que les femmes soient vraies mais un peu plus habiles et subtiles. Qu'elles attendent le bon moment... mais pas des mois. De grâce, un peu moins de stratégie, un peu plus d'authenticité et de spontanéité.

Pas de familiarités

Le genre « tu connais pas le type et déjà tu es sur ses genoux » : zéro. Ça tue la séduction ! Il faut une graduation.

Bien sûr, la notion de familiarité, c'est une question de milieu et de code social. Les critères ne sont pas non plus les mêmes selon que vous êtes jeune ou moins jeune. Les jeunes sont plus familiers entre eux parce qu'ils ont l'habitude de vivre depuis la maternelle en tribus mixtes. Donc le côté « on ne se connaît pas, on se tutoie et on se fait la bise » d'emblée passe mieux à 20 ans que chez les plus âgés.

Mais une jeune femme qui arrive dans une boum, «Salut, salut, Paulo», elle ne connaît pas l'homme mais lui saute au cou, «Je suis la copine de machin, on s'embrasse», le type se dit: «Qui c'est cette nana qui me colle aux basques?»

Si c'est en boîte et qu'elle lui dit: «T'as ta bouteille? Tu me paies un coup?», l'homme saura assez vite à quoi s'en tenir. Et si elle lui pose la main sur la cuisse dans les deux premières minutes, elle ne se prendra pas une claque mais il y aura malaise.

On peut être libertine tout en se montrant bien élevée. Si on est du genre à coucher le premier soir pour ne pas perdre de temps, il ne faut cependant jamais être familière au cours des quelques premiers instants. Gardez cette distance, montrez au mec qu'ultérieurement vous allez être capable de respecter son territoire, c'est très important pour lui. C'est valable pour les deux sexes.

Attention, la familiarité n'est parfois pas loin de la vulgarité.

Osez parler de choses qui vous sont personnelles

Il a flashé dans les sept premières secondes, il vous a tout dit par inadvertance dans les cinq premières minutes, vous lui avez fait comprendre qu'il vous plaisait, c'est le moment de le harponner. Comment? En orientant la conversation sur un terrain personnel. Et ce n'est pas une mince affaire.

Même si vous avez la langue bien pendue et aucun problème de communication, vous aurez tout de même du mal à obtenir que l'homme ose parler de sujets intimes, s'ouvre et révèle sa vulnérabilité émotionnelle. Il y a un cap à franchir.

Le seul moyen, c'est que *vous* lui parliez de vous, de vos émotions, de votre ressenti, de votre vie personnelle, de vos expériences, passions et découvertes en tous genres.

Évitez les sujets sinistres, les difficultés économiques, les gens qui se font virer dans votre boîte en ce moment, votre ex-mari qui ne verse pas la pension, les problèmes de drogue de votre ado et votre dernière séance chez le psy. Non ! Évitez à tout prix. Soyez sincère, mais la liste des doléances réservez-la pour plus tard.

Beaucoup d'hommes restent complètement fermés, bloqués, ayant peur du jugement, de la moquerie, de la critique, du ridicule qui pourtant ne tue pas. Du coup, la conversation surfe sur des généralités convenues, des platitudes, tout cela devient particulièrement ennuyeux.

Ne tombez plus dans ce travers, vous n'arriverez pas à remonter la pente.

N'entamez jamais la conversation sous l'angle technique du boulot.

L'autre jour, au restau du marché, Nancy et Albert, collègues de travail, déjeunaient en tête à tête un samedi midi. Manifestement, ce n'était pas pour faire des heures supplémentaires. Malheureusement, la conversation s'est mal engagée : au lieu de faire plus ample connaissance et de se parler d'eux-mêmes, ils ont parlé bilan et chef de bureau. Au bout d'une demi-heure, ils avaient fait l'audit de toute la société, et plus la journée avançait, plus l'amour s'éloignait, ils n'arrivaient absolument pas à créer une intimité, et on les voyait mal réussir à passer du plan social... au plan horizontal ! C'était pathétique.

Il y a des femmes qui n'osent pas parler d'elles-mêmes parce qu'elles ont peur d'être jugées. Mais l'homme ne veut pas les juger, il veut les connaître. Les hommes veulent savoir si vous valez le coup d'aller plus loin ou pas. Les mijaurées, les casse-pieds, les pleureuses au rancart !

C'est aux femmes d'orienter l'échange, de montrer et de démontrer qu'elles sont profondes, intéressantes, attentives. Si vous avez la chance de rencontrer un homme qui attend d'une femme qu'elle soit autre chose qu'une potiche, soyez à la hauteur de son attente, révélez votre richesse intérieure et votre originalité. La rencontre sera d'autant plus riche que vous serez disposée à créer une relation de qualité et que vous vous montrerez joyeuse, amusante et dynamique. Laissez-lui le temps de se lâcher.

Les filles, si vous ne parlez pas de vous, l'homme ne parlera pas plus de lui. Comment voulez-vous que ça marche ? Ne sabotez pas la première rencontre.

Faites parler l'homme de lui-même

Pour faire parler un homme de lui-même au cours de la première rencontre, il faut d'abord, c'est une lapalissade, s'intéresser vraiment à lui !

Le code du savoir-vivre a changé et aujourd'hui, poser des questions personnelles, ce n'est pas de l'indiscrétion, c'est de la communication et de l'intérêt pour l'autre.

Posez-lui des questions directes, ça ne l'effraie pas et ça lui donne des sujets de conversation.

Soyez un peu Sherlock Holmes, décelez des indices qui vous mettront sur la bonne voie, ce n'est pas si difficile. La façon dont il est habillé, coiffé, sa dégaine vous donnent des indications immédiates. À vous d'en tirer les conséquences et de trouver l'inspiration. Branchez votre boule de cristal, les sorcières bien-aimées. Dénichez les centres d'intérêt de l'homme, il a bien un hobby : voyages, mécanique, voitures, motos. Presque tous les hommes s'intéressent à un sport et leur sport de prédilection va vous apprendre d'autres choses sur sa personnalité. Demandez-lui déjà pourquoi ce sport plutôt qu'un autre, et s'il vous l'explique, c'est de lui qu'il parlera. Exemple : « Je fais de la Formule 1 parce que j'aime les sensations fortes », retenez qu'il aime les sensations fortes. « Je fais de la haute montagne parce que j'aime l'effort », entendez qu'il aime faire des efforts.

« Je fais du golf parce que ça me calme », notez qu'il est stressé. Les clés qu'il va vous donner pour expliquer sa préférence seront les clés de sa personnalité. À vous de savoir vous servir de ces clés pour entrer dans les autres pièces.

Posez des questions ouvertes, il vous répondra autrement que par oui ou par non. Demandez-lui son avis sur un sujet qui vous concerne, sollicitez-le. Mais non, ce n'est pas un gros égoïste, se montrer utile lui fera plaisir. Soyez un peu habile, sinon vous n'aurez même pas le minimum syndical. Pas de déclarations péremptoires et autoritaires, du sourire, de l'écoute, de la tolérance.

Plusieurs catégories d'hommes restent muettes sur leur vie : les paranos, les timides et les mariés, pour des raisons évidentes de discrétion.

Certains sont vraiment très coincés. Par exemple, Pierre, fou de joie, venait de gagner un concours de très haut niveau de parachutisme en chute libre, une discipline riche en émotions et en adrénaline. Une journaliste célibataire vient l'interviewer. Au bout de cinq minutes, il n'avait plus rien à lui dire… Alors que sa joie était à son comble, il n'a pas su livrer ses émotions. Quel caractère ! Il ne voyait pas l'utilité de communiquer sur les événements positifs, il n'échangeait que sur les choses désagréables de la vie. Comme pôle d'attraction, bonjour ! Et malheureusement elle n'a pas su le décoincer.

Pour vous, les jeunes de la bof génération, la communication est souvent réduite à « bof, pas mal, pas terrible, pas top ». Le vocabulaire d'expression personnelle s'est sérieusement restreint. Il faut parfois un décodeur pour comprendre que « ça déchire », « c'est de la balle », « c'est chanmé » signifient que « c'est super ». Ça manque un peu de nuance. Les filles, n'en restez pas là, réclamez plus, faites-le verbaliser en détail, s'ouvrir, expliquez-lui qu'il n'y a pas de guillotine qui l'attend s'il s'exprime. Faites-lui raconter son enfance, des anecdotes, ses goûts, comment il aime, aidez-le à être personnel, sinon vous ne développerez jamais une intimité.

Même dans les soirées intello-mondaines, où l'on est supposé développer des théories, dès que vous amenez la conversation sur un sujet où passe de l'émotion, les gens sont soulagés, se détendent, respirent.

Si vous arrivez à faire parler l'homme de lui-même, c'est gagné, il ne vous en voudra pas, au contraire.

Les filles, quand enfin il s'est décoincé, ne jouez pas à votre tour les saintes-nitouches, acceptez avec le sourire les compliments que l'homme vous fait. Remerciez, ne vous dévalorisez pas en diminuant vos mérites. C'est un travers spécifiquement féminin, ça guette peu d'hommes, paraît-il !

Chapitre 10

Je t'aime, moi non plus

IL EST ATTIRÉ… VOUS PAS

Il est des cas où l'attirance n'est pas partagée et c'est sans espoir. Là encore soyez claire.

Vous arrivez en boîte ou à un dîner et vous le voyez : il a l'œil qui brille, il a des étoiles dans les yeux, il flashe sur vous. Vous, vous n'êtes ni en forme, ni de bonne humeur, vous n'êtes pas séduite. Néanmoins, il s'avance vers vous avec détermination, la bouche pleine de compliments, et vous comprenez que ce n'est pas pour nourrir une amitié aussi soudaine que platonique. Visiblement, vous lui plaisez, il vous le fait comprendre, et ça n'est pas réciproque du tout.

Que faire ? Découragez-le subtilement.

Par exemple, parlez-lui de vos amours en cours, au besoin inventez-les. Message subliminal : la place est occupée. Ça décourage parfois bien des ardeurs, et normalement ça devrait suffire. Sauf que certains font preuve d'une persévérance… renversante et bornée !

Là, vous allez devoir être très vigilante. Il a dégotté votre numéro, il vous appelle, vous avez à peine raccroché qu'il est déjà sous vos fenêtres.

– Qu'est-ce que tu fais ?

– Je travaille.

– On va déjeuner ?

– Non, j'ai un rendez-vous à treize heures.

– Ce n'est pas grave, je t'attends, on va déjeuner après.

Et l'étau se resserre. Vous êtes là, en train de vous demander comment vous allez décoller la glu. Il faut être implacable, refuser de sortir même en amis. Les femmes sont toutes un peu ambiguës et prêtes à accepter une amitié amoureuse toujours flatteuse qui ne « mange pas de pain ». Si vous ne refusez pas d'emblée ses avances, il va vous emmener au restau, essayer de vous embrasser, ça va vous énerver, il va vous dire (s'il ne doute pas de lui) : « On va chez toi ou on va chez moi ? » alors que chacun doit rester chez soi !

Soyez habile, perspicace et surtout très ferme.

S'il arrive à s'infiltrer dans votre groupe amical, à se faire inviter à un dîner auquel vous êtes conviée, arrangez-vous pour partir avant... ou pour vous faire raccompagner par quelqu'un d'autre. Envoyez toujours des messages clairs, ne soyez jamais trouble, la carte du Tendre est périmée, il faut savoir se priver des hommages pour ne pas avoir à subir et à gérer des situations embarrassantes à plus long terme.

Si vous ne bloquez pas le glissement progressif de l'autre, vous allez au bout du compte être obligée de lui faire des coups peu élégants pour éclairer sa lanterne, et vous vous ferez traiter de salope.

Vous êtes attirée... lui pas

L'instinct de l'homme, c'est la chasse. L'instinct de la femme, c'est la recherche de l'homme autant pour le fantasme que pour la réalité.

La femme construit tout un scénario dans sa tête : « Son dos a frôlé le mien en virant de bord dans le Vaurien du Club Med », transe !

Un geste de gentillesse, voire de simple politesse, et elle vous bâtit un roman.

Il lui sourit ? Elle est scotchée !

Il lui tient la porte de la voiture (un 4 x 4 avec douze passagers en pleine savane africaine) ? Ça y est, elle croit qu'il va l'épouser !

Certaines femmes veulent délibérément ignorer les signaux négatifs ou l'absence de signaux à leur égard. Elles sont un peu comme certaines espèces animales, elles comptent sur leurs hormones et autres substances magiques pour anesthésier le mâle reproducteur en pensant : « Une fois que je l'aurai mis dans mon lit, je l'aurai pour moi. »

Comme si l'homme n'était qu'un animal sexué ! Oh ! Quelle affreuse pensée ! Certes, l'homme est très soumis à ses pulsions reproductrices… pourquoi se le cacher ? Si une nana lui fait du gringue, il y va. Mais ça ne veut pas dire davantage !

Conseils aux nanas : grandissez, mûrissez et arrêtez de rêver. Si au bout de trois mois, l'homme ne vous a toujours pas touchée alors que vous n'attendez que ça, ou il est pédé ou il est impuissant ou troisième possibilité : il n'a définitivement pas percuté sur votre potentiel amoureux. Passez à autre chose.

Si vous êtes arrivée à vos fins, sachez que ce n'est pas parce que vous aurez convaincu un homme de tirer un coup (forcé et sans conviction !) qu'il va vous aimer instantanément. Le miracle de la sexualité n'engendre pas forcément un amour de longue durée.

Les hommes envoient rarement des signaux de séduction aux femmes si elles ne leur plaisent pas, ils sont très clairs.

Chapeau, messieurs, continuez ! Pour une fois que vous êtes mieux que nous… (Allez, un peu d'humour, on plaisante.)

Ne commencez pas une histoire quand vous n'êtes pas sûre de la vouloir

Parfois on est un peu faible, on commence une histoire sans conviction, parce qu'on s'ennuie, parce qu'il ne vous déplaît pas, mais sans plus, parce qu'il n'y a pas mieux ou parce qu'un câlin c'est toujours bon à prendre, bref parce qu'on se sent seule. Arrive Paulo et on se dit pourquoi pas ?

Et si l'autre tombe amoureux ? On est drôlement embêtée. Avant de monter dans une voiture, vous vous assurez qu'elle a des freins et que vous savez passer la marche arrière. Faites-en autant pour la relation amoureuse.

Parfois on se laisse emporter par la force de conviction de l'autre, les fleurs, les cadeaux, il campe sous vos fenêtres, vous finissez par dire oui et vous vous retrouvez au pieu, en train de vous demander ce que vous faites là. Il y a des cas où il faut savoir rompre avant de laisser la relation se développer dans la tête de l'autre. Si vous n'avez plus très envie, arrêtez tout de suite. Ça ne veut pas dire que votre partenaire est nul ou que vous l'êtes vous-même, vous n'avez rien à prouver ni dans un sens ni dans l'autre, ce n'est la faute de personne. S'il n'y a pas de chimie, difficile d'imaginer que ça va durer.

Sachez dire non, au besoin dites-le très fort, et si vraiment il ne comprend pas, tant pis ! Son manque de respect de votre parole mérite un traitement de choc. Soyez hyper claire sur ce que vous voulez dans une relation. Dites-lui : « Non, je ne veux pas, tu ne me plais pas, tu fumes, tu vas en Afrique, je veux aller en Amérique, tu veux des enfants, je n'en veux pas, t'es trop jeune, etc. » Et soyez hyper ferme, signez et persistez, ne vous laissez pas em-bo-bi-ner.

L'admiration et la ferveur de l'autre peuvent flatter votre ego un certain temps, mais vous risquez de vous réveiller avec la gueule de bois.

Certaines femmes, par faiblesse ou par gentillesse, vont renoncer à virer un homme qu'elles n'aiment pas et se retrouver avec un coucou dans leur nid. Non, stop, c'est de l'abus de confiance.

Certains hommes très déterminés à profiter de la situation vont passer des nuits entières à leur prendre la tête et à leur faire un lavage de cerveau. Résistez !

Une recette efficace : Si l'autre s'accroche et ne veut pas comprendre, faites-lui *tout ce qu'on vous a dit de ne pas faire au premier rendez-vous*. Amenez votre chien, parlez-lui de vos ex pendant des heures, de vos gosses, de vos problèmes de pension alimentaire, de femme de ménage, de bagnole en panne, de votre contrôle fiscal carnassier, de vos dettes, l'autre va fuir ou alors il est fou !

Vous pouvez aussi passer la vitesse supérieure, inventez-vous par exemple des problèmes médico-sexuels qui exigent un an d'abstinence, ça en fera fuir plus d'un, sans faire de blessure d'ego douloureuse.

Résistez ! Un moment d'égarement peut engager toute votre vie. Si vous ne vous êtes pas montrée ferme au départ, pourquoi le seriez-vous par la suite ? Et c'est comme ça que vous allez passer vingt ans avec quelqu'un qui ne vous plaît pas ou qui ne vous déplaît pas suffisamment pour que vous le mettiez à la porte. C'est le meilleur moyen de ne jamais être heureuse.

Chapitre 11

Le premier tête-à-tête

Ayez une liste d'endroits où aller

Il vous plaît, vous lui plaisez, l'affaire est engagée, vous décidez de vous voir en tête-à-tête. C'est-à-dire en amoureux, pas vraiment encore amoureux mais ça pourrait se faire. Il y a du potentiel dans l'air. Où aller pour le premier rendez-vous ?

Un sujet très fédérateur, c'est la bouffe, manger… les hommes aiment les femmes qui aiment manger… et boire, surtout en France.

Si on dit à un homme : « J'aime manger ça ou ça », il commence à avoir une petite idée du type de restau où vous emmener dîner. On lui permet de jouer son rôle d'homme tout en l'orientant et en lui donnant des indices.

Il y a deux catégories de femmes, nous dit Lionel, celles qui disent non à tout et celles qui disent oui à tout, elles sont aussi casse-pieds les unes que les autres. Une femme qui a des goûts précis, qui sait ce qu'elle veut et qui l'affirme, c'est plus agréable qu'une femme à qui on dit : « Qu'est-ce que tu veux faire ? » « Et toi ? » « Qu'est-ce que tu veux manger ? » « Et toi ? » Le « et toi ? » ne les emballe pas vraiment. Les filles, si vous amenez des idées, ça les soulage, et de plus ils sont sûrs de vous emmener dans un endroit qui vous plaît.

Il faut savoir cependant que les hommes ne vont jamais

vous entraîner vers un restaurant diététique, mais plutôt vers un basque par exemple, avec confit de canard et patates sautées qui vont direct sur vos hanches. Mais comme vous avez déclaré que vous êtes gourmande, tant pis, en prévision vous sautez le déjeuner et le jour suivant, vous renforcez la gym. Vous n'êtes pas obligée de lui préciser que vous êtes au régime en permanence. N'oubliez pas de boire un petit coup car un homme qui voit une femme carburer à l'eau plate pense que c'est mauvais signe, et en général il a raison.

Ça vaut le coup de mettre à jour sa liste de restaus, bars et cafés sympas avec téléphone et jour de fermeture, gardez les cartes des endroits qui vous plaisent dans une petite pochette ou transférez-les sur votre Palm Pilot. Ça demande un peu d'organisation, de curiosité, la lecture de temps en temps de magazine comme le dernier *Zurban*, et un budget sorties adapté à vos moyens.

Explorez les derniers endroits dont vos amis vous ont parlé. Car si vous allez toujours dans le même bar, vous risquez que le garçon de café vous regarde avec l'œil qui frise dans le genre « tiens, tiens, encore un nouveau mec ». Ah, vous aurez l'air fin !

Changez de quartier régulièrement, allez vous balader partout, marchez, ça fait du bien, c'est bon pour les jambes.

Le fait de connaître des endroits agréables ou rigolos évite les grandes promenades hésitantes et les pauses « alors on va où ? » qui peuvent gâcher la plus romantique des soirées. Évitez à votre partenaire d'être trempé par la pluie parce que vous ne savez pas où l'emmener. Il faut aussi montrer qu'on a une vie, qu'on est informé, et ne pas donner à l'autre l'impression d'être en attente de remplissage.

Mesdames, si vous rencontrez un homme très polarisé par sa vie professionnelle et qu'il n'a pas le temps de s'occuper de la zone distraction, sachez que des suggestions de votre part seront les bienvenues. Surprenez-le par vos idées, apportez-lui un peu de vie et de couleurs, sortez-le de sa grisaille de boulot. Faites-lui plaisir, organisez les sorties, il vous sera reconnaissant de l'extraire du train-train routinier qui est le sien. Trop souvent les femmes attendent que ce soit les mecs qui les trimbalent en bagnole dans tel ou tel restaurant. Changez les règles du jeu, faites-lui des surprises, occupez-vous des réservations et sortez-le dans des endroits où il n'est jamais allé et que vous avez déjà testés avec les copines. Faites-lui connaître des soirées inoubliables, drôles, amusantes, spéciales, toniques, il oubliera son bureau.

Les femmes qui ne s'intéressent à rien et qui attendent tout de l'autre, ils n'aiment pas.

Normalement, quand deux êtres socialement bien constitués se rencontrent, chacun a son réseau, sa bande, ses endroits préférés, ça donne des échanges intéressants, ça élargit l'esprit et ça embellit la vie.

Faites quelque chose d'un peu exceptionnel

Pour votre premier tête-à-tête, vous pouvez envisager quelque chose de plus original que le restaurant.

Une rencontre a d'autant plus de chances d'avoir une durée ultérieure si quelque chose de magique se passe au départ.

Louez des rollers et allez faire une grande balade, une bonne raison de lui tenir la main.

Faites les châteaux de la Loire en hélicoptère ou les volcans d'Auvergne en planeur, par exemple, ça vous bluffe un mec. Louez une barque sur la Marne et enflammez-le sous les saules pleureurs. Une bonne façon de le faire chavirer…

Faites-lui visiter les catacombes, cinq bornes à pied au milieu de montagnes d'ossements, et il n'est pas prêt de vous oublier !

Faites l'aller-retour à Trouville pour aller manger des crevettes chaudes à la terrasse des Vapeurs.

Faites-lui découvrir la terrasse de la Samaritaine, avec vue sur tout Paris ou la coulée verte près de la Bastille, c'est gratuit et c'est un des plus charmants endroits de Paris.

Emmenez-le en téléphérique en haut de l'aiguille du Midi : vue à couper le souffle sur le massif du Mont-Blanc.

Il y a des petits musées rigolos à Paris, comme le musée de la Magie ou celui de la Police judiciaire avec tous les couteaux des assassins, la cuisinière à charbon de Landru, les boulets des bagnards de Cayenne et les pistolets des criminels célèbres. Sensations fortes garanties.

Vous pouvez aussi l'inviter au Palais de Justice assister à un procès, ça vaut toutes les pièces de théâtre du monde et il ne sait peut-être pas qu'on y a accès.

Il a envie d'exotisme et de voyage ? Faites-lui chez vous la soirée tahitienne, avec paréo, monoï, musique d'ambiance ou programmez une soirée brésilienne avec restau, concert, samba. Dans toutes les villes de France maintenant, il y a des petits restaurants chinois, mexicains ou créoles.

Si vous êtes pressée, violez-le dans l'Eurostar, croyez-nous, dans vingt ans il en parlera encore.

S'il est trop long à la détente, passez-lui la vidéo de *Tout ce que vous avez toujours voulu savoir sur le sexe sans jamais oser le demander* de Woody Allen. Ça vous fera rire, et vous serez en bonne voie malgré tout. Après le film, vous pourrez lui faire un massage aux huiles essentielles parfumées, une séance où vous ne vous occupez que de lui.

Si ce n'est pas suffisant pour le scotcher, emmenez-le à une soirée de spiritisme. S'il n'a jamais fait tourner les tables, il n'est pas près de s'en remettre.

Faites preuve d'imagination, ce ne sont pas les idées qui manquent. Et le lendemain, si ça s'est vraiment bien passé, envoyez des compliments sur son portable ou sur emails.

Les femmes attendent toujours que ce soit le mec qui fasse quelque chose d'exceptionnel, mais la femme aussi a le droit d'être metteur en scène… la preuve !

Parfois vous rencontrez des mecs extraordinaires mais qui n'ont pas le sens de la mise en scène ou qui sont un peu timides, ils sont tellement tétanisés qu'ils n'osent pas prendre d'initiatives originales. On ne peut pas tout avoir. Ne loupez pas un trésor. S'il ne sait pas créer les surprises, faites-le à sa place.

Tout le monde aime le spécial, le différent, le nouveau, l'inattendu… Les hommes aussi y sont sensibles, même si en France ils rechignent à développer leur côté romantique.

Beaucoup de femmes ont une attente de romantisme non satisfaite et si elles veulent arriver à leurs fins, qu'elles donnent aux hommes le mode d'emploi.

L'ART DU BAISER

C'est le premier acte sexuel et le plus intime qui puisse exister entre un homme et une femme.

Un baiser, ça peut être une révélation, c'est un mélange de fluides, un moyen de connaissance et de reconnaissance qui ne trompe jamais, c'est bon et excitant.

Ah ! Les baisers fous sur la banquette qui vous donnent envie de rentrer en courant, les baisers parfumés, les baisers qui durent l'éternité, les baisers sur les bancs publics et les baisers en cachette, les baisers secs et les mouillés, les baisers sensuels et les baisers sans âme, les baisers four à pain et les baisers bouche entrouverte, les baisers avares et les baisers enveloppants, les baisers aimantés et les baisers surgelés, les baisers sangsue qui vous avalent la langue…

Le premier baiser, c'est un ballet, vous saurez tout de suite si vous vous accordez.

Concernant le baiser, il y a un protocole qu'il faut connaître : *c'est à l'homme d'embrasser le premier*. C'est la règle du jeu, elle est toujours d'actualité, en principe le premier baiser incombe à l'homme. Bien sûr, cette règle n'a rien d'absolument obligatoire et supporte quelques dérogations, mais généralement c'est celle qui est pratiquée. Ça relève de l'instinct (du moins nous le pensons), et même si ça n'est que culturellement acquis dans nos contrées, c'est l'homme qui dirige les opérations.

Déroulement idéal du baiser (selon nous) :

Bien sûr, les hommes ne font pas ça de but en blanc, sans qu'il y ait eu travaux d'approche et langage corporel (voir chapitres précédents).

Comment ça se passe idéalement ? L'homme se penche vers la femme, il s'approche très, très près, la regarde droit dans les yeux, parle à cinq centimètres de sa bouche, ah là, là, que c'est bon !

S'il est en verve, il lui susurre des choses agréables mais ce n'est pas obligatoire. Il n'est pas obligé de parler, il peut même écouter avec gourmandise. L'important est qu'il s'approche de plus en plus pour créer l'intimité. Ah là, là, que c'est troublant !

S'il met un bras autour de sa taille ou de ses épaules et l'amène vers lui... Hum, quelle sensation divine ! Elle ressent sa force physique et se sent protégée.

Si le mec est joueur, il peut faire durer le plaisir et le suspense. C'est encore mieux !

Encore plus intime, il envoie son haleine, son souffle caresse la joue de la femme, ça les informe chimiquement s'il y a *sympatico* ou pas, comme disent les Américains...

Ah ! L'intensité du regard, le mélange des souffles, la fusion des parfums, l'osmose des auras. S'il y a attraction, c'est magnétique, ça vient tout naturellement, ses lèvres se retrouvent collées aux lèvres de la femme. C'est le paradis... Là, vos hormones se mettent en vrille, ça commence déjà à vous faire des trucs dans le ventre et ça vous donne des envies de culbute sur la banquette. Vous avez tout : la vue, le son de sa voix qui vous porte, le toucher, l'odorat, et vous avez le goût. Dès qu'on vous embrasse, vous savez tout de suite s'il y a compatibilité, vous connaissez la force de l'échange et l'énergie sexuelle qu'il y a entre vous. C'est la porte de l'Éden.

Tout le monde ne sait pas forcément bien embrasser. Pourtant, quand on sait que ça met en mouvement vingt-neuf muscles, ça offre une certaine latitude. Il faut savoir aussi que les hommes aiment mieux qu'on leur embrasse la lèvre supérieure et les femmes la lèvre inférieure. Il n'y a pas qu'embrasser, il y a aussi mordiller, titiller, etc. Un peu d'imagination, que diable !

Certains hommes vous font juste un coup de tampon sur les lèvres, complètement dénué de toute sensualité. Certains vous font un petit baiser sec qui claque. Il y a des hommes dont on se demande même s'ils ont vraiment une langue, vous avez juste droit à une petite cacahuète. Il y en a au contraire qui vous mettent la langue dans la bouche, vous avez l'impression d'avoir avalé un steak ou d'autres qui vous aspirent la langue, c'est l'angoisse. D'autres veulent que vous rentriez votre langue en eux, comme une prise de pouvoir qui les excite. D'autres encore explorent votre bouche d'un coin à l'autre, comme un poisson rouge dans un aquarium. Il faut du souffle, et ne pas avoir le nez bouché pour pouvoir embrasser longtemps. Si un mec vous embrasse sept minutes et que vous avez le nez bouché, c'est le record en apnée. Certains hommes pensent que les femmes aiment les baisers dans les oreilles, d'après nos sondages (sur un panel de sept copines et de nos mères) elles n'aiment pas du tout ça. Les hommes croient peut-être qu'on aime ça parce que ça s'apparente à une pénétration, c'est à eux que ça plaît.

Bref, il n'y a pas tant d'hommes qui savent vous faire un baiser qui vous fait de l'effet…

Mesdames, soyez joueuse avec votre langue, ne laissez pas l'homme vous explorer avec méthode, vous allez vous endormir, participez, mettez votre main sur ses joues dans un geste de tendresse et collez votre bassin contre le sien, ça permet d'évaluer la mécanique et de la mettre en route.

Les femmes aiment être enveloppées, ça leur rappelle les bras de leur cher papa. Les hommes aiment qu'on leur passe la main dans les cheveux (s'ils en ont encore) pendant qu'on les embrasse. Ils adorent ça, ça date du temps où leur maman leur tenait la tête. Caresser les cheveux, ça ne veut pas dire faire des nattes ni des nœuds.

On ne s'embrasse plus assez. Le baiser est le premier contact amoureux de la vie, une entrée progressive dans le territoire du corps de la femme. C'est un acte précis, intime, chargé d'émotionnel bien plus important que le reste. La preuve ? Les prostituées n'embrassent pas leurs clients, elles réservent ça à leur homme.

Jamais le premier soir ?

Certains hommes pensent encore que les filles qui couchent le premier soir sont des putes. Du coup les femmes le croient. C'est crétin ! Il ne devrait pas y avoir de règles en la matière. Les femmes devraient aussi revendiquer leur liberté dans ce domaine.

D'ailleurs, on parle toujours des filles faciles et jamais des hommes faciles, comme si ça ne marchait que dans un sens. L'amour, ça se fait à deux jusqu'à nouvel ordre, n'est-ce pas ?

Nous ne ferons pas comme certains manuels de séduction qui vous recommandent d'attendre quatre mois avant de passer à l'étape du lit. Tous ces principes remontent aux vieilles lunes, à une époque où l'on marchandait la virginité d'une fille comme étant sa valeur première. On n'en est plus là. À 30 ans, normalement, on n'est plus vierge, surtout si on a été mariée, démariée, remariée, ce n'est pas la peine de jouer les jouvencelles effarouchées. Si vous en avez envie, vous y allez.

Quel est l'homme qui de nos jours va attendre quatre mois ? Les thérapies pour débloquer les coincées de la culotte, ce n'est pas leur truc.

Si vous avez 16 ans, on ne va pas non plus vous recommander de vous « garder » jusqu'à 25 ans. En revanche, on vous conseille d'essayer d'avoir une première expérience jolie, romantique, avec des sentiments, ça vous laissera de meilleurs souvenirs et ça présagera d'une vie sexuelle future plus épanouie que si vous vous tapez un hooligan debout le long d'une poubelle un soir de Coupe du monde.

Il faut être à l'écoute de son corps et faire ce que l'on sent. Quand il y a des élans des deux côtés, qu'on est adulte, pourquoi refuser de se faire plaisir mutuellement, en raison de considérations sociales artificielles. Beaucoup d'unions très durables se sont scellées dans une fusion sexuelle irrésistible. Le temps de latence n'a rien à voir avec la durée de la relation ni la force du sentiment. Balayez vos préjugés. La révolution sexuelle des sixties a existé, de grâce ne revenez pas en arrière. Si un soir, dans une ville étrangère, vous rencontrez Richard Gere, vous n'allez quand même pas rater cette occasion de vivre une nuit de rêve, bonne pour votre ego de femme, et vous flageller pour ça. Vous trouveriez normal qu'un homme déploie tous ses charmes pour étreindre Julia Roberts, vous ne penseriez pas qu'il est un « homme facile », mais au contraire viril et séduisant.

Faire l'amour un jour parce qu'on en a envie, comme ça, juste pour le plaisir, c'est acceptable et recommandable pour les deux sexes.

Si c'est juste une envie physique non soutenue par des sentiments plus profonds, vous savez où vous êtes garée, vous voulez juste faire l'amour avec l'homme parce qu'il est beau, qu'il fait chaud, que vous en avez envie, c'est sa plastique qui vous intéresse, pas le reste. La première fois, ce qu'il a dans la tête n'a pas vraiment d'importance puisqu'il n'y aura pas de deuxième fois. Ça, c'est le *one shot*, le coup en passant.

En revanche, il y a d'autres rencontres, moins express ou moins expéditives, plus fondées sur des échanges, sur la connaissance de l'autre. Et alors là, c'est à vous d'adapter les grands principes aux grandes envies. Une petite semaine de délai, ça vous met sur le gril, et ça peut rendre les choses plus excitantes le jour où… Normalement, vous devez ressentir cette attraction ventrale qu'il faut assouvir.

Si vous résistez davantage, on va penser que vous êtes coincée, peu intéressée ou allumeuse.

Si un homme vous fait poireauter plusieurs semaines, soit il est coincé à cause de l'éducation que ses parents lui ont infligée, soit c'est un branque, petit joueur, impuissant ou homo ou alors c'est peut-être carrément un névropathe ou un mystique prônant la chasteté. Bonne chance !

Car si un homme se fait désirer trop longtemps, c'est suspect : serait-il impuissant ? Si une femme vous fait languir, ce peut être une joueuse, une allumeuse ou une frigide qui se cache, ou alors elle ne vous aime pas mais veut satisfaire son narcissisme.

Dans certains cas, l'homme a décidé que vous êtes *la femme de sa vie* et il vous respecte tellement qu'il ne passe pas aux actes. Heureusement, c'est assez rare, on n'a pas vu souvent ce genre d'attitude.

LA FEMME A TROIS LONGUEURS D'AVANCE SUR L'HOMME

Quand une femme va à un premier rendez-vous, dans sa tête, elle est déjà en train de lui passer la bague au doigt et d'acheter le chalet à Megève. Reconnaissez-le, vous êtes un peu pressée ! Tandis que l'homme est en plein dilemme, se demandant « pourquoi pas ce soir ? », vous, vous êtes déjà dans les draps. Tandis qu'il s'imagine vous faisant l'amour, vous êtes déjà en train de vous mettre en ménage. Il envisage de passer un premier week-end avec vous, vous pensez déjà à lui faire des enfants. Il vous dit « je t'aime », vous commandez déjà les dragées du baptême et tout à l'avenant.

Il faut savoir que la femme a toujours trois ou quatre longueurs d'avance sur le mec. Hommes et femmes ont une différence de rythme, un décalage de programme énorme. Le mec a un décollage un peu long (ou celui de la femme est un peu rapide, selon le point de vue où l'on se place).

Mesdemoiselles, faire penser trop rapidement à un homme qu'il va être là pour un moment, ça peut l'effrayer. Admettez une bonne fois pour toutes que les hommes ne fonctionnent pas comme vous.

Cœurs tendres, attention : chez les hommes, sexe et sentiments sont scindés. Mais quand une nana couche, il y a un risque qu'elle tombe amoureuse à cause des fameuses trois longueurs d'avance. Gouvernée par ses hormones, elle ne dissocie pas le sexuel du sentimental ni le sentimental de la construction future. Pour elle, souvent, s'il y a relation sexuelle suivie, il y a construction : la femme veut faire son nid pour procréer. En résumé, hommes et femmes n'ont pas les mêmes objectifs. Les mecs veulent du sexe. Ils donnent de la tendresse pour avoir du sexe. Les femmes veulent de la tendresse, et pensent qu'il faut donner du sexe pour en obtenir. Chez les hommes, ça n'a rien à voir.

Ces deux pulsions décalées finissent par être complémentaires, mais n'allez pas trop vite en besogne, laissez la relation s'épanouir. Souvent les hommes reprochent aux femmes de ne pas leur laisser le temps. Ils ont raison.

Les femmes les plus modernes l'ont compris, pour ne pas souffrir elles vivent plus en aventurières, elles sont devenues des consommatrices, elles ont planqué leurs Kleenex.

En revanche, certaines femmes se désespèrent après deux rencontres qui n'aboutissent pas à un mariage, et commencent à douter d'elles-mêmes : « Je me plante toujours, je suis nulle en amour, etc. » Pensez que deux rencontres quand on est six milliards sur la planète, ce n'est pas beaucoup d'essais, c'est comme acheter un billet du Loto et s'attendre à toucher le gros lot dès la deuxième semaine.

N'ÉTALEZ PAS VOTRE FRIC

À moins que vous ne soyez particulièrement portée sur les gigolos, escort-boys et autres calculettes ambulantes, on vous déconseille d'étaler lors des premiers rendez-vous votre portefeuille d'actions et vos stock-options.

Un avis éclairé de notre amie Carolyn de Seattle : « Si les femmes veulent trouver un homme, il vaut mieux qu'elles aient une petite maison, surtout pas une trop grande. Toutes mes amies divorcées qui ont de trop belles maisons ne trouvent pas d'hommes parce qu'elles donnent l'impression de n'avoir besoin de rien. »

L'homme ne va pas venir habiter chez elle avec ses valises parce qu'on dira que c'est un gigolo ou un profiteur. Il vaut mieux habiter un petit endroit sympa, cosy et confortable, joli et accueillant. Plus tard, il vous proposera un nouvel endroit à construire à deux...

À Paris, un trop grand appartement dans un quartier trop chic impressionne tellement les mecs qu'au lieu d'être un plus, c'est un moins. Ça fait reculer les sensibles et ça attire les prédateurs.

Un homme qui voit une femme habillée en Chanel de la tête aux pieds (outre que ça ne fait pas jeune-jeune) va penser : soit elle est bourrée de blé, au secours, soit c'est son amant qui l'entretient. Et à ce moment-là, il n'a pas forcément envie à son tour de faire chauffer sa carte Gold.

La nana qui émarge à 180000 balles par mois et qui vit dans un monde jet-set va se priver de centaines de possibilités de rencontres. 99 % des hommes n'oseront pas s'approcher.

Si un homme flashe sur une belle femme couverte de bijoux, il lui faudra déjà du cran pour oser l'entreprendre.

De plus, si la femme a fait fortune par elle-même, le type est paralysé car il pense qu'il ne va jamais réussir à l'égaler. Si au contraire sa fortune provient d'un héritage, il frémit d'avance à l'idée qu'il lui faudra épouser la famille et supporter une épouse obsédée par l'image d'un père qui a réussi. Ça en décourage plus d'un.

Avec l'argent, on peut tout acheter sauf l'amour des hommes !

Il y a des femmes extrêmement riches qui sont très discrètes et elles n'ont pas de problèmes en amour.

N'ACHETEZ PAS DE L'ILLUSION

Dans leur désir de vivre un amour romantique à tout prix, certaines femmes embarquent un peu trop rapidement pour Cythère. Si vous partez toutes voiles dehors, attention aux avis de tempête.

Paul n'était pas du tout le prince charmant qu'il avait annoncé. À l'écouter il avait beaucoup voyagé. Louise : « OK, il a voyagé quand il avait 20 ans, il a passé trois mois en Israël et deux mois en Europe, tu parles d'un globe-trotter, avec mon père qui parle onze langues couramment, il en fallait quand même plus pour m'impressionner ! Au fur et à mesure, j'ai découvert qu'il s'était vachement bien vendu, il n'était pas du tout aussi bien qu'il l'avait annoncé. En fait il n'avait jamais quitté le Montana, c'était vraiment le Montana de base. Il avait fait œuvre de survente, il était parti de choses vraies mais il les avait sérieusement embellies. Plus j'avançais, plus j'étais déconfite. À la limite, il a plus été surpris en bien de ce qu'il découvrait de moi parce que je n'avais pas étalé, je n'avais pas fait de surenchère. Nous allions de surprise en surprise, mais chacun dans un sens opposé. »

Le jules de Judy, quand elle l'a rencontré, s'est vendu comme étudiant en architecture. Ensuite il a voulu devenir pilote, sa belle-mère lui a payé des cours qu'il n'a jamais vraiment suivis. Finalement il a joué à l'agent immobilier, ce qui revenait en fait à accompagner Judy dans ses voyages parce que sa prétendue activité lui laissait beaucoup de temps libre. Il s'est installé chez elle, et après trois ans de mensonges intensifs, elle l'a foutu à la porte. Les imposteurs et les profiteurs, ça existe !

Soyez ouverte, mais ayez l'œil quand vous rencontrez quelqu'un, surtout s'il ne vient pas par un réseau de connexions amicales. Ne vous laissez pas trop vite anesthésier, pressée que vous êtes de vivre un roman d'amour.

Chapitre 12

Le sexe : du basique à rappeler

LA PREMIÈRE NUIT (À L'INTENTION DES FEMMES)

Ça y est, vous avez franchi toutes les barrières sociales, vous êtes devenus très proches, vous savez que vous vous plaisez réciproquement, tout votre langage corporel commun en atteste. Il y a de la conclusion dans l'air. D'ailleurs si vous vous êtes acheté un body de dentelle très sexy, ce n'est pas par hasard.

Il vous emmène au restau, vous échangez regards, sourires, frôlements, les mains enlacées, vous partagez des émotions. Vous avez donné tous les signes et tout à coup un dernier doute vous assaille et vous obsède : « Est-ce que je couche ou pas ? » Dites-vous bien que cette question n'est plus d'actualité pour lui : le mec ne pense plus, il est dans son désir, et uniquement là. Le bombyx est exalté, les phéromones sont en effervescence, il n'est plus en état de raisonner intellectuellement. Ne vous dites pas : « Merde, c'est ce soir qu'il se décide et je ne me suis pas épilé les jambes ! » : ça n'a aucune importance. Vous avez passé trois heures à vous préparer, c'est largement suffisant.

La première nuit est un moment hautement narcissique, n'en faites pas trop quand même. Il y a les filles qui vont trop vite, ça peut faire peur aux mecs. Il y a celles qui au contraire se demandent : « Va-t-il se lancer ? », mais ne font rien pour l'aider. Aidez l'homme en lui faisant comprendre qu'il peut s'approcher de très près. Par exemple, après le dîner, proposez-lui de venir boire un verre ou une tisane, pas soporifique de préférence.

Les possibilités de rejet sont donc écartées, c'est clair, vous allez passer la nuit ensemble. Avez-vous au préalable habilement orienté la conversation sur les risques du sida et autres maladies ? Comme vous ne pouvez pas lui demander d'apporter un test HIV qui date d'hier soir, ce sera protection et rien d'autre.

De nos jours, ce sont souvent les femmes qui ont dans leur sac les préservatifs car les hommes n'aiment pas ça.

Ne cédez pas, les filles, c'est vous qui êtes dans le vrai !

Les femmes ont un rapport plus direct et plus responsable à leur santé, parce qu'elles sentent mieux leur corps et qu'elles sont plus réalistes. Les hommes rechignent à prendre en compte la maladie parce qu'elle leur fait horreur. Bizarrement les plus réfractaires aux préservatifs sont les médecins car, habitués à leur pouvoir médical, ils se croient eux-mêmes à l'abri des contingences.

Personne ne peut maîtriser la réaction chimique entre un homme et une femme ! On ne sait toujours pas comment l'expliquer, mais il y a des gens nuls au lit qui vous mettent en transe et d'autres qui sont des virtuoses de la couette et qui vous laissent de marbre. Vous le saurez tout de suite, c'est une question de peau et de magnétisme, ça ne se contrôle pas, ça ne se décide pas non plus. C'est ainsi ! Ça prend ou ça ne prend pas !

Pour la première nuit, mesdames, évitez les bottines à lacets, le body-armure avec quatre-vingt-cinq boutons à défaire, les épaisseurs comme des pelures d'oignon à enlever une par une, trop de parfum, trop de fond de teint, maquillage geisha ou voiture volée, trop de laque sur des cheveux cartonnés. Jetez votre chewing-gum avant les baisers, éteignez vos cigarettes avant de l'avoir carbonisé, enfumé, empesté, asphyxié.

Si le mec vous plaît, soyez gentille, engageante, « facilitante » et simple. Ne jouez pas les chochottes effarouchées, c'est passé de mode depuis longtemps.

En revanche, si soudainement l'expérience ne vous tente plus, déclinez l'offre tout de suite, ne jouez pas les allumeuses, ce n'est pas digne d'une femme moderne. Et méfiez-vous des réactions violentes d'un homme à qui vous avez laissé trop d'espoir et qui n'aimera pas se faire rembarrer après avoir reçu des signaux d'invite. Si c'est en cours de route que vous calez, dites-le-lui gentiment sans le mettre en cause. Expliquez-lui que vous êtes trop fragile, que vous sortez d'un gros chagrin d'amour trop récent ou que vous avez une infection urinaire et un traitement en cours. Ménagez son ego, toute vérité n'est pas bonne à dire, il mérite des explications softs ! L'amour ce n'est pas *Règlement de comptes à OK Corral*, ôtez-vous de la tête qu'ils sont tous des salauds.

Pour la première nuit, là encore, les femmes ont droit aux initiatives. Rien ne vous empêche d'aller plaquer vos lèvres sur les siennes si vous sentez qu'il en a envie, bien sûr. Vous n'êtes pas obligée d'attendre la fin du film, comme dans les scénarios américains sous le maccarthysme.

On ne vous le redira jamais assez, caressez-leur la nuque, chiffonnez leurs bouclettes, ils ronronneront de plaisir. C'est comme des petits chats, les hommes, quand vous savez vous y prendre, ils ronronnent.

Si l'homme vous embrasse trop longtemps et que vous brûlez comme de l'amadou, invitez-le à passer à autre chose en guidant sa main comme bon vous chante. C'est là qu'une coupe de champagne, ça aide. Parlez-lui, caressez-le aussi, dites-lui ce que vous aimez en lui, touchez-le, jouez les préludes, ce sont des jeux dont les hommes se souviennent. Embrassez, caressez, empoignez-le, pétrissez-le, papouillez-lui les fesses, cajolez son trésor, faites durer son plaisir avant la pénétration, ça lui donnera l'impression d'être un super amant.

En général, passer du canapé au lit semble assez évident, ne serait-ce que pour le confort des deux, la position vraiment allongée est plus confortable que les contorsions sur canapé. S'il y a urgence, une moquette, une salle de bains fermée au verrou, une couchette de train, soyez créatifs et ouverts à toute innovation. Ça vous fera des souvenirs !

Pendant l'acte, soupirez, gémissez, exprimez ce qui vous fait du bien (ou du mal). Faites entendre votre plaisir sans retenue, sans peur du jugement, c'est justement ça qui émoustille votre homme : cris, miaulements, soupirs, grattage de dos (sans griffures sanguinolentes !), enlacements avec vos bras et vos jambes, changements de position, ondulation du ventre, pression des zones érogènes, caresses dans le creux du genou, caresses de leurs bouts de sein aussi sensibles que les nôtres (nombreux sont les hommes qui ignorent cette zone érogène de leur propre corps), baisers fous partout. Prononcez son nom de votre belle voix ventrale. Votre nuit sera déjà bien entamée. Les premières fois, comme on n'est pas encore intimes, les caresses buccales sur le sexe de l'homme sont moins prisées des femmes, elles viendront plus tard. Si vous n'êtes pas satisfaite de la prestation, aidez-le à trouver ce qui vous plaît. Rares sont les hommes qui s'occupent de vous une fois qu'ils ont joui, donc ne loupez pas le coche de votre propre plaisir, guidez-le, ne renoncez pas à votre orgasme trop facilement, on a le temps, on a toute la nuit… à moins que l'un d'entre vous ne soit marié, et ça c'est une autre histoire.

Au réveil. Soit il est quatre ou cinq heures du matin et vous n'avez qu'une seule envie : rentrer chez vous, ce n'est pas bon signe, et si ça se répète avec tous vos partenaires, allez voir un psy pour vaincre votre peur de l'intimité. Soit vous vous sentez en confiance, épanouie, détendue, heureuse, et vous avez envie de prolonger ces moments par un petit-déj' en commun. C'est le moment capital, entre tous, de le *regarder*, de le scruter, de sentir si lui aussi est à l'aise ou pressé de vous voir partir.

Ne vous formalisez pas si certains hommes ne se montrent pas diserts le matin, ni câlins, c'est leur nature. Ça ne veut pas dire qu'il ne vous apprécie pas. Et si vous êtes vraiment trop angoissée, posez-lui la question ! S'il vous répond que tant qu'il n'a pas pris son café, brossé ses dents, il est comme un ours, acceptez son fonctionnement sans vous sentir visée. Et tenez-vous-le pour dit ! Pas la peine d'essayer de transformer un grognon du matin en gai pinson. Il se rattrapera l'après-midi.

Les filles, ne partez quand même pas trop précipitamment au petit matin, l'homme va penser que vous fuyez.

D'accord, vous n'aimez pas que l'on vous voie l'œil barbouillé de Rimmel et le teint brouillé au réveil, vous partez donc rejoindre vos pots de crème en urgence, c'est le Samu esthétique. Mais il ne peut pas le deviner. Comme vous n'avez pas débarqué la veille avec votre chemise de nuit en pilou, brosse à dents, lotion démaquillante, ambiance « j'étais sûre à 100 % qu'on passerait la nuit ensemble, je suis venue avec ma valise », parce que ça ne se fait pas, il ne peut pas supposer que vous avez besoin de vous refaire une beauté. (En principe, il est censé vous trouver la plus belle.)

Quant aux hommes, ils aiment bien leur *privacy*, ils n'aiment pas trop qu'on soit dans leurs jambes pendant leur toilette et le reste. Les wawas, c'est mieux chez soi !

Sachez qu'il est rare qu'une première nuit improvisée se prolonge durant tout le week-end ! Chacun a besoin de retrouver son territoire, ses esprits et son quant-à-soi. Ce n'est toujours pas le moment de tirer des conclusions sur l'avenir de la relation, pas de scénarios trop hâtifs, mesdemoiselles. Laissez les choses se faire... ou pas !

La première nuit ne développe pas les mêmes attentes chez l'homme que chez la femme. Aujourd'hui les femmes singent les hommes, elles banalisent en apparence l'acte sexuel. C'est 100 % du pipeau. Toutes les femmes sans exception espèrent qu'une première nuit divine sera suivie d'une deuxième. L'homme est plus utilitariste. Quand il baise, il baise. La femme, sauf si son partenaire lui a franchement déplu, souhaite toujours en secret ne pas être larguée comme une vieille chaussette.

Et pourtant il ne sert à rien d'échafauder des scénarii. Si l'histoire doit durer, le cheminement se fera à votre insu, chacun dans sa tête de son côté. Mesdemoiselles, ne vous posez pas de questions prématurées sur la suite de la relation, ça gâche le plaisir du moment ! Vivez dans l'instant ! *Enjoy!* C'est simple, tirez des plans sur la moquette au lieu de tirer des plans sur la comète !

La première nuit, ça peut être un grand top ou un grand flop. Ou une grande crise de rire !

LE PRÉSERVATIF, MODE D'EMPLOI

Le désir sexuel est quelque chose de tellement foudroyant que parfois il faut se pincer pour atterrir. Sujet : le préservatif !

Les filles, ayez toujours dans un coin de votre sac quelques pochettes d'avance. Car l'homme peut avoir tendance à faire le coup du « j'en ai pas, tant pis, on le fait quand même, je n'irai pas jusqu'au bout, je n'éjaculerai pas ». Comme si ça protégeait ! Même le liquide séminal de départ peut être porteur de germes de MST (maladies sexuellement transmissibles), l'homme peut être un porteur sain et c'est vous qui allez les attraper... Lui n'aura rien du tout et lorsque vous lui demanderez de prendre des antibiotiques pour éviter une retransmission ultérieure, il vous prendra pour une hypocondriaque.

On sait, ça n'est pas romantique, ça tue l'amour, mais la vie et la santé c'est aussi important. Et de nombreux hommes sont bien légers sur le sujet, ils s'imaginent que dès qu'on leur fait un contrôle de cholestérol, le test HIV est inclus. Niet, si on ne le demande pas spécifiquement, on ne vous fait pas ce test en cadeau.

Les hommes n'aiment pas le préservatif. On le dit et ne le redit jamais assez, les enjeux sont trop graves ! Ceux qui refusent le préservatif sont de vrais dinosaures.

Soyez très ferme, qu'il sente que c'est non négociable. Ne cédez pas, faites-lui ranger ses outils. Si vous vous laissez aller à faire des petits jeux « non dangereux », n'oubliez pas qu'avec la bouche aussi ça craint.

Ce refus du préservatif est encore plus répandu chez les hommes de plus de 55 ans. Pourquoi ? Pour une raison bien simple : ils ont connu l'âge d'or de la liberté sexuelle où les MST se guérissaient en trois jours avec un peu de pénicilline. Ils ont donc beaucoup de mal à mettre un morceau de caoutchouc entre leur partenaire et eux. De plus, ils ont 50 ans, c'est une triste réalité, le fait de se concentrer sur le préservatif les fait débander. Ils ont l'impression d'être ridicules, ça les dévirilise. Certains ouvrent toute la boîte et n'ont toujours pas réussi à l'enfiler sur une érection bien rigide. Même les post-soixante-huitards doivent s'y mettre ! Il paraît que les préservatifs français sont mieux lubrifiés et donc meilleurs.

Mesdames, laissez des jokers à l'homme, sauvez son ego avec de l'humour, jouez et rassurez-le, la prochaine fois, ça ira forcément mieux ou bien il aura fait un test HIV : pour vingt-trois euros en labo on est rassuré et on n'a plus besoin de cet « instrument de torture ». Demandez quand même à voir ce fameux résultat du test, car bizarrement on ne le voit jamais. Il l'a fait, mais il n'a pas le papier. Ou bien il considère qu'à partir du moment où *vous* l'avez fait, *il* ne risque plus rien... Sympa ! Si vous n'êtes pas séropo, cela ne veut pas dire qu'il ne l'est pas... lui !

Le côté folklo du préservatif à la banane, à la menthe, à la fraise, en couleur, avec des rugosités différentes, acheté dans les sex-shops, ça désinhibe et c'est rigolo... à défaut d'être romantique.

L'amour buccal sans protection c'est aussi risqué si on ne connaît pas le partenaire, une gingivite, et tac, on l'a attrapé ! Alors que, aromatisé à la vanille ou au choco, le préservatif n'a pas si mauvais goût.

Dans certains films, on raconte que des petites douées arrivent à enfiler un préservatif à leur homme avec la bouche... Déjà qu'il ne faut pas se tromper de sens dans le déroulement et c'est souvent à vérifier avec les mains, alors là ça demande de l'entraînement. Dans *Ainsi soient-elles*, un film qui relatait la vie amoureuse de trois copines (un *Sex and the City* français), une jeune comédienne s'entraînait à le faire sur une bouteille... Sans commentaires, à vous de voir !

Comme dans le chapitre sur la première nuit, rappelez-vous que, s'il n'est pas agréable de le voir sauter hors du lit en urgence, il ne faut pas non plus laisser en vous un préservatif non soutenu par une érection : le rôle protecteur du préservatif est annulé.

Lorsqu'un partenaire déclare avoir quelques problèmes et être sous traitement, vous avez le choix : remettre la partie de plaisir à une autre fois ou bien vous protéger avec un préservatif. Cela évitera la propagation des herpès, chlamydiae, mycoses et autres réjouissances.

Ne banalisez jamais l'information qui vous est donnée, vous n'êtes pas obligée de jouer à la roulette russe et de faire partager votre inconscience. Le respect du corps de l'autre passe aussi par la santé et l'hygiène.

Certains hommes insistent beaucoup pour éviter le passage obligatoire au préservatif, ils font une résistance incroyable, le « ne crains rien, tu peux me faire confiance », c'est débile ! Si un homme ou une femme se montrent laxistes avec la protection, ça ne vaut même plus la peine de coucher avec.

On en entend de toutes les couleurs : « Je n'ai pas de petite amie droguée, je ne couche qu'avec des Français (racistes en plus !), je ne couche qu'avec des gens propres, ou mariés… je suis médecin, je connais. » Oui, mais le partenaire de l'*autre* peut avoir un ou une petite amie droguée séropo qui lui a refilé et ce n'est pas écrit sur son front. Nous avons des amis qui ont le sida, croyez-nous, ça ne se voit pas.

Il y en a aussi qui disent : « Je fais des tests régulièrement… après l'amour. » Ah ! Oui ? Très utile, après.

D'autres ont fait le test et sont sûrs d'eux. Et s'ils avaient contracté le virus le lendemain du test ? Sachez que dans l'absolu, il faut se protéger pendant trois mois puis refaire le test car la maladie peut mettre trois mois à se déclarer.

Sur le plan médical, la contamination, c'est la contamination ! Si vous faites une bêtise une fois, c'est la bonne, c'est irréversible, il n'y a pas de pilule du lendemain pour le sida. On ne peut être tranquille dans sa tête que si c'est protégé et sans écart. Sinon c'est l'enfer, la peur au ventre. Certains hommes ont peur d'aller faire les tests. Ils craignent autant la prise de sang (vieille peur d'enfant) que les résultats, de vrais phobiques. Encouragez-les à y aller, sinon protection, protection, protection tout le temps.

Certains multipartenaires sont plus sûrs que les amants occasionnels qui peuvent être négligents du style : « Oh ! Pour une fois je ne risque rien. » Une fois suffit pour attraper une saloperie !

Cela devrait nous encourager à la monogamie, mais on ne se refait pas !

Lorsque vous entamez la relation et la poursuivez, ne faites pas la bêtise de vous protéger la première fois puis la deuxième, mais pas la troisième, en pensant que vous vous connaissez assez bien, que vous pouvez arrêter de vous protéger. Par quelle opération du Saint-Esprit peut-on être sûr de son état de santé sans avoir fait le test ? Pourquoi ce serait la première fois qu'on l'attraperait et pas les autres fois ? Ce raisonnement illogique nous dépasse complètement.

Une de nos amies a eu une relation sexuelle une fois avec un mec beau, propre, d'un bon milieu, universitaire, et tout et tout. Il était séropositif sans le savoir, à cause du sang contaminé. Elle a chopé le sida, il n'avait jamais fait de contrôle. Donc soyez très ferme. Les deux sont décédés. Le médecin traitant du type a téléphoné à toutes les partenaires en disant : « Venez faire un test », elles ne savaient pas qu'elles étaient contaminées parce qu'elles n'en avaient pas « le genre ». Elles ont peut-être contaminé toute une chaîne de gens à leur tour.

En Afrique, une personne sur quatre a le sida, de quoi réfléchir… Même si, en Occident, on n'en meurt plus forcément, on est miné, on a une épée de Damoclès au-dessus de la tête, une horreur.

Donc soyez très ferme : pas de test ? Protection ! C'est simple. Vous retrouverez le confort et le bonheur sensuel d'ébats amoureux en toute sécurité…

Libido

C'est un problème d'appétit. Picasso était un cas de surpuissance sexuelle, Charlie Chaplin aussi. Jackie Kennedy avait accepté que son mari cavale, car la maladie des surrénales de John et les amphétamines qu'il prenait pour se soigner déclenchaient une énergie sexuelle à laquelle elle ne pouvait pas répondre.

Il y a réellement des surpuissants, mais ça ne court pas les rues. Et on ne va pas s'en plaindre. On n'est pas non plus obligé de tout subir.

Quant à la surpuissance sexuelle féminine, c'est une question de technique. Les femmes peuvent jouir à l'infini. Un couple de médecins américains expliquait que le mari arrivait à faire jouir sa femme sans limite avec une technique de masturbation hautement mise au point. Certains hommes devraient en prendre de la graine.

Est-ce que les femmes trop libérées sexuellement inhibent les hommes ? Faux ! Tout dépend de l'intensité de la libido de l'homme. Certes, si lui-même est trop tiède, il risque de se sentir dépassé par les événements et de perdre confiance en sa sexualité, ce qui n'est jamais bon pour la bandaison. Toute son éducation est à refaire !

Le droit d'expression dans ce domaine devrait être égal : le vieux schéma de la femme qui s'exprime librement et qui est donc une nymphomane est à revoir. Il n'y a pas d'âge pour apprendre dans tous les domaines, libérez-vous, mesdames, la révolution sexuelle est faite depuis longtemps. De plus, vous allez offrir à votre partenaire la chance d'élargir son champ d'expérience sexuelle. Et il fera d'autres heureuses… après vous… si vous ne le gardez pas !

À l'opposé, certaines se forcent et jouent la comédie du délire sexuel tellement elles sont anxieuses de paraître frigides. Parfois, l'homme n'a encore rien fait et la femme se livre déjà à une débauche de manifestations de plaisir un peu suspecte. Ça peut être réfrigérant si c'est trop.

Certaines prétendues excitées se collent au mec pour lui faire voir qu'elles sont brûlantes de désir alors qu'il est encore comme une tranche de jambon froid sur une assiette.

Certaines femmes n'ont pas d'orgasmes facilement et comme elles ne connaissent pas le chemin de leur jouissance, ça peut prendre des heures pour qu'elles finissent par le trouver. Nous leurs conseillons de chercher un amant surpuissant, ça leur permettra d'y arriver.

Pour certaines vraiment frigides, s'entraîner à l'orgasme soi-même vaut le coup: première formule, essayez la douchette dans votre baignoire, ça marche très bien. Ou deuxième formule, achetez-vous un vibromasseur. Vos muscles pelviens en seront renforcés, mais oui, mais oui, c'est vrai! Le plaisir aussi, ça se travaille!

Sachez que certaines femmes, pour mieux satisfaire leur homme, s'exercent aux techniques chinoises avec un œuf en laque pour muscler leurs organes. De vrais body-buildeuses du vagin!

Frigides et peine-à-jouir de tous pays, faites comme elles!

Le mythe du bon coup et du mauvais coup ne veut rien dire, on peut être la planche d'un homme et le volcan d'un autre.

Les degrés de l'intimité

Par une ironie de la nature, Dieu a curieusement partagé le sens de la température et, du coup, fait souffler un chaud et froid sur les relations hommes-femmes: les femmes sont frileuses et les hommes ont toujours trop chaud. Alors même que l'homme commence à être moite, la femme a ses petons glacés et se ferait un plaisir de les poser sur ses cuisses brûlantes.

Si vous êtes chez lui, il fait ce qu'il veut: il peut défaire le lit intégralement, laisser traîner la couverture par terre, même ouvrir la fenêtre, tant pis, vous attraperez bronchite et cystite, vous souffrirez en silence. Mais si vous voulez rester dans votre cocon douillet comme dans une couveuse à la bonne température, invitez-le chez vous. Ça vous évitera de vous livrer aux indélicatesses typiquement féminines.

Ce n'est pas parce que vous avez atteint un certain degré d'intimité et que vous avez passé la nuit chez lui, que vous pouvez tout vous permettre.

Une attitude très féminine consiste à explorer avec méthode chaque centimètre carré de l'antre masculin, ce que Monsieur déteste par-dessus tout. Et je t'ouvre un placard, et je te soulève une enveloppe, et je te décortique les photos qui traînent, avec force commentaires mi-figue mi-raisin. Bref, c'est Scotland Yard et la CIA réunis pour passer la maison au peigne fin. Horreur ! Vous ne vous appelez pas Agatha Christie.

Madame fouille aussi sa salle de bains, guettant toute trace d'une autre femme, elle contrôle son niveau de sophistication à travers l'inspection systématique des produits de toilette, respirent ses bouteilles de parfum, trouve que ses serviettes de toilette sont trop rêches, *la la la Minidou...* C'est le lieu de l'intimité et c'est là qu'elle décèle ses petits secrets. L'armoire à pharmacie aussi est très intéressante à explorer. Aucune femme n'échappe à ce travers. Sachez, mesdemoiselles, qu'il déteste ça !

Certaines se mêlent même de ranger ses placards et s'immiscent dans son sacro-saint désordre. Sacrilège !

Elles investissent l'espace et se sentent déjà chez elles. Cette invasion risque de vous fermer définitivement la porte du monsieur, et s'il n'y a pas de deuxième fois, ne vous étonnez pas. Non mais ! On a dit femme, on n'a pas dit envahisseuse. Il y a des femmes qui ne se voient pas agir.

Mesdames, ne faites pas à autrui ce que vous n'aimeriez pas qu'on vous fasse. Apprécieriez-vous de trouver un homme de passage plongé dans votre sac à linge sale ou la tête dans votre armoire à pharmacie ? Non, bien évidemment ! C'est pareil pour les hommes, c'est même pire car ils sont plus pudiques que nous.

Chapitre 13

Allô ! Olga ?

RAPPELEZ OU PAS, APRÈS ?

Il y a des petites malignes qui oublient exprès un briquet, un bijou, une montre, une petite culotte (Ouh ! Les vicieuses), ça leur donne un prétexte pour rappeler.

Laissez tout de même passer vingt-quatre heures, c'est un minimum. Sinon le spectre de la harceleuse, genre Glenn Close dans *Liaison fatale*, va se dresser dans son esprit inquiet. Car sachez, mesdemoiselles, que le mec est inquiet de nature après avoir passé une nuit avec une nana qui lui plaît bien. On ne vous parle pas des *one shots*. C'est un mot qu'on a inventé, les Américains disent les *one night stand*.

Souvent, le mec ne sait pas trop s'il doit rappeler, ni ce qu'il doit dire. Le nouveau protocole veut que la femme rappelle pour le remercier de la bonne soirée qu'elle a passée, et là, c'est à l'homme d'évoquer les plaisirs de la nuit et son envie de les renouveler éventuellement. Pas besoin de s'appesantir ni de rester trois heures au téléphone pour commenter, les hommes sont plus réservés que les femmes, ils aiment bien faire l'amour mais ils n'aiment pas trop en parler.

Les femmes, elles, ont déjà appelé toutes les copines et donné tous les détails. Si les hommes imaginaient jusqu'où elles peuvent aller, ils en rougiraient. Ce n'est pas une spécialité française, même en Mauritanie les femmes se racontent tout. Ce n'est pas culturel, c'est hormonal !

Il va sans dire que s'il s'est mis sur messagerie vocale dans les jours qui suivent, sauf s'il vous a précisé qu'il partait pour Djakarta, ce n'est pas bon signe. Ça peut vouloir dire plusieurs choses :

– soit il est marié et il a « oublié » de le dire ;

– soit vous lui avez fait un tel électrochoc qu'il a besoin de temps pour atterrir ;

– soit ça n'a pas été concluant pour lui ;

– soit ça lui a plu mais il fait une opération chirurgicale, genre la grande coupure pour éviter que vous tombiez vraiment amoureuse ou pour s'empêcher de tomber amoureux. C'est le demi-salaud, il se protège en reculant tout de suite, il vous épargne de grandes souffrances ultérieures, et lui, il a eu ce qu'il voulait : vous baiser.

Il se peut aussi que vous ayez été si passionnée que cela l'a effrayé, il faut toujours en garder un peu sous la pédale.

Évitez de trop cogiter. Si ça traîne et qu'il ne rappelle pas, les brainstormings avec les copines peuvent vous aider à patienter. Mais si vous avez laissé votre message de remerciement pour la merveilleuse soirée que vous avez passée ensemble et que quatre jours plus tard il n'y a toujours pas eu de retour, laissez tomber. Le message est clair, ça veut dire : « Tu n'es pas ma priorité dans la vie... » Même si vous vous êtes quittés énamourés et dans des baisers fous sur son palier !

De nos jours, les femmes communiquent plus facilement, elles rappellent sans hésiter, et les hommes ont pris la mauvaise habitude de se faire désirer. Et puis les femmes n'aiment plus attendre. Le jeu laminant de « j'attends qu'il m'appelle et j'en crève » n'est plus d'actualité. Le portable a aboli les distances et mit à bas tous les mauvais prétextes.

Il vous plaît ? Rappelez-le, on n'est plus en 1900, et n'oubliez pas que l'homme est plus timide que vous.

Il ne vous plaît pas ? L'affaire est plus délicate. Pas facile de lui dire : « Écoute, coco, tu ne me branches pas, j'avais trop bu, je ne t'avais pas bien vu dans le noir » ou autres amabilités. Évitez de le froisser. Incriminez-vous au lieu de l'agonir de reproches. Après tout, c'est peut-être vous l'instable de l'histoire. Expliquez-lui par exemple que ce n'est pas le bon moment dans votre vie ou qu'il vous faut vingt-cinq ans de thérapie avant de vous fixer avec quelqu'un, bref que c'est votre faute et non la sienne si la relation ne peut pas durer. Noircissez le tableau, à la fin il se félicitera d'avoir échappé au pire, c'est-à-dire à une névropathe torturée, et peut-être même une serial killeuse. Et vous, ça vous évitera un harcèlement téléphonique et un trou dans l'estomac.

Pour les grandes anxieuses : si l'homme vous plaît un peu mais pas totalement, vous pouvez lui expliquer que vous partez en voyage, que vous le rappellerez dès votre retour, comme ça vous le gardez dans vos tablettes. Eux comprennent très bien parce qu'ils font la même chose, donc ça les arrange. Pourquoi prendre de grandes décisions alors que rien ni personne ne vous y oblige ? C'est très sain d'avoir plusieurs amants potentiels, ça vous permet de vous rafraîchir un peu les esprits lorsque vous êtes en train de tomber bêtement frappadingue d'un Adonis.

De plus, l'amitié amoureuse est une relation délicieuse. Les amants deviennent souvent d'excellents amis, surtout s'il n'y a pas eu de passion.

Il faut toujours avoir un petit amant de rechange sous la main, ce n'est pas immoral, c'est thérapeutique.

Du bon usage du téléphone

Attention au téléphone, c'est un engin très utile mais aussi très dangereux, à manipuler avec beaucoup de précaution. Ce sont souvent les femmes qui sont en demande et qui harcèlent. Certaines appellent tôt le matin quand il prend son petit déjeuner ou qu'il est sous la douche : c'est vraiment tout ce qu'il déteste !

Rares sont les hommes qui aiment parler le matin. Il y a aussi les femmes qui n'écoutent jamais quand le mec leur dit : « Pendant deux ou trois jours, je ne t'appellerai pas pour telle ou telle raison » (qu'il donne d'ailleurs). Eh bien non ! elles appellent, ils s'énervent, et ça tourne au vinaigre...

Certaines sont des spécialistes du harcèlement nocturne, il a quitté son boulot à vingt-trois heures, il tombe de sommeil, il doit se relever à six heures pour prendre un avion, il a la tête farcie des dossiers qu'il vient à peine de terminer, et la miss appelle pour faire des câlins au téléphone. Ah là, là ! Quel mauvais timing ! Mesdemoiselles, sachez être patientes et vous mettre à sa place. S'il vous faisait la même chose, vous l'enverriez sur les roses, et méchamment encore.

Plutôt que de le harceler, envoyez-lui un e-mail charmant, drôle, sans acrimonie. Laissez-le respirer et reprendre ses marques, il est peut-être en recul (voir « Le recul n'est pas grave »).

À l'inverse, il y a celle qui demande à l'homme de la rappeler et qui ne décroche pas quand il téléphone. Il laisse un message, puis deux, trois, quatre, il ne comprend pas, se fatigue, s'énerve, ce qui était séduisant au départ devient agaçant, il se sent manipulé, il sent le jeu.

Les filles, la messagerie pleine ou le téléphone « en panne », c'est valable un jour mais pas plus. Il faut savoir ce qu'on veut assez rapidement, on y va ou on n'y va pas. Vous êtes grandes, ne jouez pas avec ses nerfs, soyez adultes et aimables au sens étymologique.

Les femmes aiment les longues conversations au téléphone, les hommes détestent. D'une manière générale, la femme adore se gargariser d'une relation amoureuse, l'homme aime la vivre sans en parler à personne, il n'aime pas exposer son intimité. Les grands développements verbaux ne sont pas sa tasse de thé.

Sachez que l'homme veut bien parler mais en direct, la scène au téléphone, non, il vous raccroche au nez !

N'oubliez pas que les paroles s'envolent et que les écrits restent, surtout dans la pensée de l'autre... Préférez les petits mots d'amour que l'on peut relire à volonté !

L'amour au téléphone

Si vous avez déjà commencé une relation intense et torride et qu'il a dû partir, si vous brûlez de faire l'amour avec lui et qu'il est à Moscou par moins quarante degrés, deux solutions : ou vous sautez dans un avion et ce n'est pas forcément de son goût ou vous faites l'amour au téléphone. On ne va quand même pas vous faire un dessin... Sachez qu'il n'est pas plus difficile de l'attirer sur ce terrain que quand il est dans votre lit. De votre voix de chatte énamourée, susurrez-lui des mots suggestifs. Dites-lui tout ce que vous rêvez de lui faire, ne soyez pas timide, il réagira, vous dira dans quelle forme vous l'avez mis et ainsi de suite jusqu'à l'orgasme simultané qui est parfois plus facile à obtenir comme ça qu'en direct live. Vous ne devez pas ignorer que tous les hommes se masturbent, même s'ils ont une vie sexuelle équilibrée. Pourquoi ne pas partager avec eux ces moments d'intimité qui vous laisseront des souvenirs inoubliables ? Vous aurez vingt points de plus au CAC 40 de sa sexualité.

De plus, ça a un avantage : si vous vous méfiez du charme slave des ravissantes gourgandines moscovites sans foi ni loi, c'est une bonne façon de rester en osmose avec lui et de l'aider à résister.

Si vous bloquez, pensant que « l'homme de votre vie » va vous juger et vous catégoriser dans la série « femmes de mauvaise vie », détrompez-vous ! Ils aiment tous ça et veulent penser que c'est à leur usage unique que vous pratiquez cette activité.

Un mélange de timidité, d'intimité et d'audace : le cocktail idéal !

Chapitre 14

Ah, qu'il doit être doux d'être deux !

Ne soyez pas trop pressée

Il y a des femmes qui dès le deuxième jour voudraient que le mec leur dise : « Je t'aime, je veux t'épouser. » Pour elles, c'est le comble du romantisme, pour nous c'est le comble du surréalisme. Et en réalité, c'est le comble du névrotique.

Prenons l'exemple de Sonia et de son Monténégrin. En demande d'amour comme c'est pas possible, Sonia rencontre sur la plage un Monténégrin qui habite à Paris. Ça fait trois ans qu'il est à Paris et il ne parle toujours pas un seul mot de français… Notre Monténégrin sent la demande affective de Sonia, il lui fait la roucoulade : « Tu es la femme de ma vie, je vais t'épouser » dès le deuxième jour. Il l'a repérée comme sa sauveteuse potentielle, il a déployé le plan B d'urgence, lui débitant tout ce qu'il fallait pour la faire succomber. Elle a acheté le discours et l'appartement, il s'est installé chez elle, et elle ne peut plus s'en débarrasser. Morale de l'histoire : ne pas être trop pressée.

Certes, c'est un cas extrême, il y a des variantes un peu plus softs mais très proches sur le fond. Notre amie Anita rêvait d'un mariage romantique, elle avait déjà repéré la robe et pas encore le fiancé. Elle a rencontré Paul, ils étaient tous les deux très pressés de se marier. Heureusement, juste avant la noce, sûr de son fait, il lui a dévoilé son véritable plan : elle allait vendre son appartement pour lui payer ses points de retraite ! Ça a complètement dégrisé Anita. Il était temps…

Pour une Anita sauvée, combien plongent, et découvrent trop tard que le prince charmant est un crapaud ! Attention à votre syndrome de manque affectif qui peut vous jouer des tours, c'est le meilleur moyen de gâcher sa vie et il n'y a que vous qui puissiez vous en empêcher.

Si la personne que vous rencontrez est trop pressée, prenez garde, ça cache peut-être quelque chose. Il faut profiter de ce merveilleux temps de la rencontre et de la découverte pour faire vraiment connaissance. Avant de prendre des engagements définitifs, profitez de cette phase de séduction inoubliable où chacun se révélera.

Il n'y a pas d'urgence à faire une bêtise.

Sans aller jusqu'à des engagements aussi définitifs, il y a des femmes qui brûlent les étapes, style après quinze jours de liaison : « Tiens, qu'est-ce que tu fais l'été prochain pour tes vacances, si on partait une semaine aux Antilles ? » Ça va faire peur à l'homme, c'est un avenir encore lointain pour lui et ça le terrorise. Il imagine une araignée qui tisse sa toile et il se sent comme un malheureux moustique pris au piège. L'horreur… Trop tôt !

En revanche, vous pouvez lui dire : « Tu sais, j'adore l'Égypte et j'ai le projet d'y aller un jour. » Ce n'est pas menaçant. Et il comprend le message.

Il est conseillé de créer des activités en commun, mais dans lesquelles il puisse briller quand même : s'il ne sait pas nager, ne l'emmenez pas à l'Aquaboulevard. « Mais si ! Je vais t'apprendre à nager, ça nous fera une motivation pour être ensemble. » Non ! Pas tout de suite, l'Aquaboulevard.

Sortez simplement votre liste de restaus sympas…

Ne vous imaginez pas non plus qu'il va vous sortir tous les soirs et que ça va être votre style de vie ! Ils adorent que l'on cuisine chez soi et qu'on les invite. Vous pouvez lui demander d'ouvrir la bouteille de vin et d'apporter le pain. Manger chez soi, ça crée des relations plus intimes.

Vous n'êtes pas obligée non plus de l'embaucher au bout de huit jours pour repeindre votre salon : « Puisque t'es plus grand que moi, tu repeindras le plafond », votre objectif étant qu'il se sente plus vite chez lui dans votre appartement...

Non, prenez votre temps, le temps c'est important, ne forcez pas, ne poussez pas.

Si vous vous attendez à ce que l'homme se déclare, c'est perdu ! Ce n'est pas comme ça que ça va se passer. En revanche, s'il s'installe chez vous six jours sur sept spontanément, c'est gagné. Très bon signe ! Ne lui demandez cependant pas de verbaliser à tout bout de champ ! Les hommes sont plus doués pour les faits que pour les mots et leur présence veut dire : « J'ai des sentiments pour toi, je suis bien avec toi, j'en reveux. »

Les femmes changent très rapidement leur planning et abandonnent plein de choses pour y introduire l'homme, alors que l'homme n'est pas doué pour le sacrifice.

Georges, un de nos amis, a vécu une histoire fusionnelle au point qu'il ne rentrait plus chez lui, ne regardait plus ses factures, il laissait tout aller à vau-l'eau. Il a eu un rappel de son banquier qui lui a dit : « Attention alerte rouge, vous avez vraiment dépassé. » Là, il est redescendu très vite de son nuage rose, il est rentré laver ses chaussettes, faire ses comptes, vider son répondeur et sa boîte aux lettres complètement saturés. Il a eu besoin de se recentrer et de se réorganiser. C'était tellement fort, toute cette histoire, que ça l'avait poussé aux extrêmes, là où rarement les hommes vont.

Il s'est fait tellement peur qu'il n'a pas voulu revoir sa dulcinée pendant trois semaines. Cette fusion qui lui avait paru extraordinaire à elle, lui a fait très peur, à lui. Heureusement, ils ont mis un planning au point et tout va bien, ils emménagent ensemble. Ils avaient juste un peu brûlé les étapes au départ et il a fallu recommencer, mais plus doucement, cette fois.

Donc ne soyez pas trop pressée, ne tombez pas dans l'excès inverse non plus, dans le style de Laura grincheuse : « Comme je ne suis pas sûre qu'on soit encore ensemble cet été, ce n'est pas la peine de prendre les billets. » Un juste milieu à trouver !

SOYEZ INDÉPENDANTE

Mesdames, maintenant que vous avez montré de quoi vous étiez capables dans bien des domaines, les hommes veulent des femmes autonomes, ils veulent des échanges, une vraie partenaire, ils ne veulent pas un boulet. Si vous rêvez de trouver un pigeon qui va assurer, travailler vingt heures par jour pour que vous puissiez faire tous les jours yoga, peinture, développement personnel, thérapie, coiffeur, shopping et compagnie, réajustez vos rêves, il n'y a plus ça en magasin. Ils ne sont pas bêtes, ils ont compris que vous êtes parfaitement capable de vous le payer vous-même, indépendance économique aidant. De plus, eux aussi veulent faire yoga, peinture, développement personnel, golf, cours de cuisine, massages et body-building.

Ne prenez plus les hommes pour des bourricots. Vous avez voulu la parité, vous l'avez, ou presque, et ne vous en plaignez pas, c'est la première fois depuis les débuts de l'humanité, c'est une chance formidable. Nous sommes pour la parité, pour le pouvoir partagé de l'homme et de la femme. Quant au matriarcat, ça ne nous semble pas plus être la clé du bonheur que ne l'était le patriarcat.

Il y a des femmes qui se disent qu'elles feront ceci ou cela quand elles seront mariées. Non, c'est maintenant ! Il y a toujours moyen d'avoir un petit budget pour réaliser une passion. On ne vit pas en attendant, on vit maintenant, on commence tout de suite à avoir une vie excitante.

Plus l'homme sera riche, plus il appréciera votre indépendance, les femmes plus attirées par son compte en banque que par sa personne ne l'intéressent pas. On vous l'a dit, il faut savoir si on cherche l'amour ou le fric, ce n'est pas du tout la même démarche. Nous, on vous parle d'amour.

Les hommes ont besoin d'être fiers de leur compagne, de pouvoir raconter les exploits, les qualités, les réussites de leur épouse et de montrer comme ils sont libéraux et modernes... Sans compter le plaisir que nous tirons de cette nouvelle liberté d'entreprendre. N'oubliez pas qu'il y a peu en France, les femmes n'avaient pas le droit d'entrer dans un bistrot ni de fumer une cigarette, ni même de voter. Et il n'y pas longtemps que l'Église reconnaît qu'elles ont une âme. Maintenant elles sont P-DG, astronautes, et même pompiers. Elles doivent en profiter pour entreprendre et tenir debout toutes seules. L'homme saura vous donner un coup de main le jour où vous aurez besoin de lui... Mais plus tard dans la relation. Les femmes doivent penser partage et non profit, partenariat et non exploitation, au nom de leur dignité.

N'écoutez pas les discours obsolètes de certains de vos amis qui pensent qu'une femme a besoin d'un homme pour s'en sortir. Sous-entendu : « Trouve un mec pour subvenir à tes besoins, parce que tu en es incapable. » Quel mépris !

Cherchez des hommes qui vous encouragent à être autonomes, à entreprendre, à vous épanouir, à trouver votre équilibre de vie. Ils en seront récompensés par votre bonne humeur, votre joie de vivre, votre sentiment d'accomplissement. Et de plus, ils auront une image d'homme très libéral... c'est tout bénef !

L'homme ne s'exprime pas comme les femmes. L'homme ne parle pas avec des mots, on vous le répète, il parle avec des actes.

Stéphane et Jocelyne viennent de rompre une relation de deux ans. Motif : elle lui reproche de ne pas s'engager. Stéphane ne comprend pas. Il explique : « Je lui ai présenté ma mère et toute ma famille, j'ai fait en sorte que mes enfants s'entendent avec les siens, je l'ai emmenée à Venise, lieu hautement symbolique. Puis, je l'ai emmenée au Maroc, berceau de ma famille. Je cherchais un appartement pour que nous vivions maritalement. Qu'est-ce que je pouvais faire de plus pour lui démontrer que je pensais à m'engager pour la vie avec elle ? »

Ils n'arrêtaient pas de se disputer parce qu'elle trouvait qu'il ne construisait rien, lui se défendait en lui énumérant toutes les preuves d'amour qu'il lui avait données. En réalité, elle lui reprochait de ne pas avoir prononcé le mot « mariage ». Du coup, elle se torturait et le torturait aussi. Finalement ils ont gâché une relation qui était assez bien partie.

Les filles, calmez-vous avec le mariage et sachez interpréter les actes, à défaut d'entendre les paroles que vous voulez à tout prix entendre.

CE QUE LES HOMMES AIMENT QUE LES FEMMES LEUR FASSENT

Évidemment, ce n'est pas toujours compatible avec ce que les femmes désirent, sinon ce serait trop facile.

Quand les femmes demandent des attentions quasi permanentes, les hommes eux veulent la paix. Donc les filles, leur foutre la paix, la paix et encore la paix, et se taire de temps en temps.

Ils ont horreur de se sentir encerclés. Donnez-leur le sentiment qu'ils gardent leur liberté, ils refusent de se faire prendre la tête et veulent continuer à croire que tout peut toujours arriver encore dans leur vie. Surtout pas de programmes sur trente ans à l'avance ! Pas d'option exclusivité dès le premier jour ! Ils veulent continuer à penser que les femmes de la terre entière sont à leur portée.

Néanmoins, ils aiment bien qu'on soit attentive et tendre à leur égard. Cuisinez, les filles, les bons petits plats c'est toujours dans les mœurs. Occupez-vous d'eux, ils adorent, et quand ils sont prêts pour un câlin, ce n'est pas le moment de sortir l'aspirateur. Ils adorent qu'on leur masse le dos, pour les détendre, et qu'on compatisse à leurs histoires de boulot. Laissez-les vider leur sac de la journée, ils seront tout à vous après. Massez-leur les pieds pendant que vous regardez *Friends* ou *Sex and the City*. Prenez votre douche la première, sautez-lui dessus quand vous êtes encore légèrement mouillée et qu'il est au lit, à coup sûr vous prendrez une deuxième douche après.

Ils aiment bien boire un whisky en arrivant, qu'on les laisse siroter en toute tranquillité, sans faire de remarques. Ils détestent avoir des comptes à rendre sur leur emploi du temps, mais ils ne se privent pas de nous questionner sur nos activités. Ce qui est bon signe, ça veut dire que la relation s'ancre.

Au début, sortir tous les jours dans de bons endroits, ça finit par coûter cher et leur budget en prend un coup. Aux femmes de prendre la relève en organisant des soirées plus tranquilles à domicile, c'est bon pour l'intimité de toute manière.

Les hommes détestent :

– quand on rit comme des bécasses sans expliquer les fous rires ;

– qu'on les fasse attendre;

– qu'on dispose de leur emploi du temps;

– qu'on fasse les capricieuses (j'aime, j'aime pas; gnagnagna);

– les femmes compliquées qui veulent toujours des trucs spéciaux;

– les femmes qui les font marcher;

– qu'on parle derrière leur dos;

– qu'on leur présente notre mère dès le troisième rendez-vous;

– qu'on les trimbale dans les magasins de chaussures le samedi après-midi;

– qu'on les prive de sport à la télé;

– et qu'on boive trop.

Suivez nos conseils et arrêtez de hurler qu'on vous transforme en geishas. On vous demande juste d'être attentives, ça ne vous enlèvera absolument rien de votre liberté.

La peur du rejet

Il y a des femmes qui sabotent une histoire parce qu'elles ont peur du rejet. Dès la deuxième semaine de la relation, elles sont à l'affût du moindre signe: «Il n'a pas dit ceci ou cela, il a oublié de m'ouvrir la porte de la voiture, il n'a pas téléphoné pour dire qu'il serait en retard d'un quart d'heure», etc. Elles ignorent qu'au bout d'une semaine, très souvent, les hommes arrêtent de se casser la nénette. C'est parce qu'elles pensent que la relation est consolidée qu'elles se permettent d'être demandeuses et même exigeantes. Elles s'angoissent sur l'avenir de la relation, alors que ce n'est pas du tout à l'ordre du jour dans la tête de l'homme. Elles feraient mieux de continuer à être simples et rigolotes. Car la peur du rejet, c'est le meilleur moyen de provoquer le rejet. Les Américains appellent ça être *needy, demanding et high maintenance.*

Cette peur du rejet peut devenir obsessionnelle ou maladive :

« Tu ne me dis pas de mots d'amour, c'est que tu me rejettes. »

« Tu dis qu'Adjani est belle, ça veut dire que tu me trouves moche. »

« Tu dis que tes enfants ont de bons résultats scolaires, ça veut dire que tu n'aimes pas mes enfants. »

« Tu ne me présentes pas à tous tes amis, c'est que tu as honte de moi. »

« Au bout de six mois, tu ne m'as toujours pas demandé qu'on habite ensemble, tu te moques de moi, tu m'utilises. »

« Tu ne veux pas m'épouser, donc tu me rejettes. »

C'est un véritable harcèlement. Pauvres hommes !

Les filles, gardez pour vous toutes ces récriminations qui sont très destructrices pour la relation et qui ne sont valables qu'au bout de vingt-cinq ans de concubinage !

Allez voir un psy pour traiter votre insécurité affective, bassinez vos copines, mais de grâce, devant lui, taisez-vous.

COMMENT RECONNAÎTRE UNE GRANDE HISTOIRE

Quand Catherine a rencontré Ronald, pendant trois semaines elle a oublié d'aller travailler. Elle était pionne au lycée de Meudon. Au bout de trois semaines, le surgé débarque chez sa grand-mère et lui dit : « On se fait du souci parce que Catherine a disparu. » Catherine avait oublié qu'elle avait un boulot. Ça, c'est la preuve qu'une grande histoire commence. Même si elle n'en avait pas conscience et qu'elle ne se posait pas la question. Trente ans plus tard, Ronald et Catherine filent toujours le parfait amour et roucoulent toute la journée. Elle a mis au moins vingt-cinq ans à réaliser que c'est une grande histoire. Et encore, c'est remis en cause chaque jour, c'est bien pour ça que ça dure…

En revanche, la petite Annie est une spécialiste de « la grande histoire qui commence ». Après la première nuit, elle vous déclare sans ambages : « C'est lui, je le sais, je le sens, j'en suis sûre, il est différent, il n'est pas comme les autres, c'est celui que j'attendais. » Quinze jours plus tard, on lui demande où en est sa grande histoire et elle ne se souvient même plus de qui on parle. Elle vit au moins quinze grandes histoires par an. Elle confond toujours émotions, sensations et sentiments.

Comment reconnaître une grande histoire ? On ne sait pas forcément à l'avance que c'est une grande histoire. Même si on a un coup de foudre ! On peut flasher sur quelqu'un au premier coup d'œil, ça ne signifie pas qu'on va faire sa vie avec la personne, ni que ça va être une grande histoire. Ça peut être une grande histoire… de deux soirs.

Au premier coup d'œil, dans les sept premières secondes, d'accord, mais pour combien de temps ? On ne sait pas. C'est le truc sur lequel tout le monde cale, même en astrologie, bien qu'on puisse voir s'il y a des planètes compatibles. Et malgré tout, le mec peut se sauver parce que c'est trop bien ou qu'il n'a pas décidé de s'engager. C'est plus souvent l'homme que la femme qui détale. L'homme a plus envie de se protéger qu'on ne peut le penser, la femme va plus volontiers au charbon. La femme porte en elle un besoin de nidification que l'homme n'éprouve absolument pas. Donc arrêtez de souffrir pour rien, faites marcher un peu vos méninges.

En fait, une grande histoire n'est pas une grande histoire dès le début. Elle le devient parce que, jour après jour, c'est de mieux en mieux et que les deux ont envie que ça continue. Ils se rechoisissent chaque jour.

N'essayez pas d'acheter une grande histoire sur catalogue, ça n'existe pas tout fait en paquet cadeau.

Une grande histoire ne se reconnaît pas, elle se vit, elle grandit, elle se métamorphose et se régénère constamment.

Plein de gens s'imaginent que sur terre il n'y a qu'une seule personne qui puisse leur convenir et qui de plus leur est exclusivement réservée. Comme si le Bon Dieu avait fait une loterie magique de l'amour et qu'il fallait attendre pour toucher le gros lot ! Le gros lot étant à la fois le prince charmant, l'âme sœur et l'autre moitié de la pomme. Les femmes l'appellent « l'homme de ma vie ». C'est un faux concept.

Et pourtant il a la vie dure, celui-là.

On ne sait pas tout de suite si quelqu'un est l'homme de sa vie, on ne le sait qu'au bout de quinze, vingt ou vingt-cinq ans et encore…

Quand Nina a rencontré Antoine, elle s'est dit : « C'est un coup en passant », et lui pareil. Trente ans après, elle se retrouve toujours avec « le coup qui passe » mais elle ne sait pas si demain il sera encore et toujours là, s'il ne va pas y avoir autre chose ou si elle-même ne va pas rencontrer quelqu'un d'autre. Tout peut arriver, tout peut se passer.

« L'homme de votre vie » est l'homme de votre vie parce qu'il est là jusqu'au moment où une autre nana passe et vous le pique ou si un autre mec passe et chamboule votre existence. À ce moment-là, on se dit : « C'est une deuxième vie qui commence, je ne loupe pas cette occasion. »

« L'homme de votre vie », c'est un concept un peu mort parce que la société a changé, qu'on vit plus longtemps, qu'on est davantage exposés aux tentations. Avec l'allongement de la vie, c'est statistique, on aura désormais plusieurs boulots successifs et plusieurs partenaires. De plus, les femmes ayant acquis leur indépendance économique sont devenues plus libres. Donc la notion de « l'homme de ma vie » en a pris un sacré coup. C'est un plus dans la vie et non un moins, c'est plus d'occasions, plus d'enrichissement.

Il y a des femmes de 35 ans qui pleurnichent en disant : « J'ai rencontré Raphaël il y a quinze ans, on s'est mariés, on a fait deux enfants, on a divorcé, ma vie est un échec… » NON, NON et NON. C'est normal aujourd'hui, il faut mettre cette éventualité dans notre disque dur mental. Sachez qu'il y a un siècle en Aveyron, la moyenne de vie était de 37 ans, donc à 35 ans on était mort, on n'avait pas eu le temps de divorcer. Maintenant à 35 ans, on est jeune, on peut très bien se remarier et faire une deuxième fournée de gosses. À 35 ans, on est encore soi-même un bébé.

Et puis le modèle « homme de ma vie » ou « femme de ma vie », c'est étouffant quand on y pense. Les couples qui durent soixante-cinq ans, c'est certes admirable, mais ils sont bons à mettre au musée de l'Homme comme une curiosité sociologique.

Et si l'homme de votre vie, à 50 ans, vous fait une crise du style « je veux changer de vie, aller dans le Lubéron pour planter des légumes bios et faire chambre d'hôtes », alors que vous attrapez des boutons dès que vous voyez plus d'un mètre carré de verdure, tout à coup l'homme de votre vie ne va plus être l'homme de votre vie du tout. En lui cassant la soupière sur la tête, vous allez lui dire : « Les chèvres et les lapins de garenne j'en ai marre, démerde-toi ! Ou tu restes ou tu me suis, mais en tout cas je rentre en ville » et vous le planterez avec ses râteaux, ses tuyaux d'arrosage et son auréole d'homme de ma vie autour du cou.

Il faut répondre aux pleurnicheuses : « Vous avez passé vingt ans avec le même homme, c'est une tranche de vie, vous avez construit, ce n'est pas un échec, c'était un cycle de votre existence et vous avez vécu quelque chose qui était bien, mais maintenant passez à autre chose, on naît, on meurt, on aime, c'est la loi de la vie. »

Les hommes ne manient pas le concept de « la femme de ma vie » pour la bonne et simple raison qu'ils ont plusieurs femmes dans leur tête, la seule vraie étant maman, pour le meilleur et pour le pire d'ailleurs. Car il y a des mamans-fées et des mamans-ogresses qui sont celles qui tiennent le plus de place en négatif dans leur inconscient.

Conclusion : ne vous accrochez pas aux formulations définitives, ne vous fixez pas sur des schémas, restez souple, vivez en permanence dans le renouveau. Le Dalaï-Lama le dit : « La seule chose qui ne change pas, c'est le changement ! »

La phase de cristallisation

C'est vraiment le moment le plus excitant d'une relation.

Ceux qui disent le contraire mentent forcément…

Certains n'aiment même *que* ce moment-là et s'acharnent à ne vivre *que* des débuts d'histoire pour être dans l'état de la cristallisation… moment magique entre tous.

Le partenaire se pare d'un halo de séduction, les phéromones carburent à leur puissance maximale, vous ressentez une attirance irrésistible, votre sens critique est annihilé, vous êtes aveugle à tous les petits défauts qui chez un autre vous irriteraient au plus haut point. L'autre fait une blague un peu plate ? C'est de l'humour pur. Sa voix devient une mélodie que vous ne vous lassez pas d'entendre. Votre œil se met à briller, vous rayonnez.

Cet état de cristallisation vous fait gommer toutes les aspérités du partenaire. Peu importe si votre subconscient vous envoie des signaux avertisseurs de quelques bémols, ce n'est pas grave, puisque vous êtes dans un état d'exaltation unique ! Votre vie est un tourbillon de papillons multicolores, et vous ressentez une super énergie vous habiter. Le téléphone sonne, c'est sans doute l'Élu ! Si c'est le dépanneur de chez Darty, quelle déception ! Vous ne vivez, ne respirez et ne vibrez qu'à travers l'autre. Vous passez votre temps en rêveries dont l'autre est l'acteur central.

Vous vous repassez le disque de votre première rencontre à longueur de journée sans vous lasser, rien que d'entendre sa voix sur son répondeur vous donne la chair de poule. Vous regardez vos e-mails dix fois par jour et vous relisez sans cesse les messages précédents. Vous composez son numéro de téléphone et vous raccrochez juste avant de composer le dernier chiffre. Vous changez de tenue sans arrêt à la recherche d'une harmonie de couleurs et de formes pour lui plaire. Vous ne mangez plus, ça n'exige aucun effort de volonté et vous perdez cinq kilos à votre plus grande joie. Vous comptez les jours avant le prochain rendez-vous. Votre cœur bat plus vite, mais le temps prend son temps.

Lorsque, enfin, vous êtes ensemble, vous vous retenez de ne pas l'étouffer sous vos baisers, vous bégayez, vous faites les lapsus les plus révélateurs, vous avez des bouffées de chaleur même s'il gèle dehors. Le temps qui vous semblait si long vous semble maintenant trop court. Non, vous n'êtes pas malade, vous êtes amoureuse, c'est la maladie d'amour et il n'y a pas de médicament pour ça. Vous êtes en fusion mentale permanente, vous êtes hors contrôle. Une sensation tellement brillante, intense, c'est merveilleux. C'est l'état du nourrisson, l'homme ou la femme retrouve son état d'attachement fusionnel à la mère. C'est pour ça que les amoureux ont tendance à se parler comme à des bébés, un langage un peu cucul, genre « mon petit sucre d'orge, mon bébé, mon trésor » et que l'on passe plus de temps au lit ensemble à faire les fous, à jouer, c'est aussi une phase un peu régressive. On ne sait plus compter, ni où on habite, on oublie même dans certains cas de cristallisation avancée de poster sa déclaration d'impôts, de vérifier son compte en banque. Quelle amnésie délicieuse !

Notre avis : plus c'est intense, plus c'est formidable. Pourquoi se priver de ces moments où l'on vit plus fort et plus intensément, il n'y a pas besoin d'ecstasy pour être… en extase. Ces hormones qui marchent à fond donnent un sens unique à l'amour et à notre vie.

Sachez cependant qu'il y a toujours un passage où l'on doit redescendre, c'est incontournable, ce n'est pas une raison pour se priver de ces sensations extraordinaires où l'on donne le meilleur de soi-même sans restriction.

Vive les papillons.

L'HISTORIQUE FAMILIAL

Premier déjeuner en famille, si vous savez écouter, vous êtes fixée. Il faut *bien écouter* ce que la maman ou le papa dit, car la mythologie familiale est contenue dans le discours, surtout après la deuxième coupe de champagne.

Exemples de mythologies : la mythologie des Gaubert. La mère, la sœur et la grand-mère disent : « Dans cette famille, les hommes méprisent les femmes, ils sont très froids avec leur mère et leur épouse. » Sachez que vous n'y échapperez pas non plus si vous épousez un Gaubert. Ce n'est pas de la génétique, c'est de la programmation familiale. Tout Gaubert qui se respecte pense déroger s'il se montre tendre ou chaleureux. Vous ne le referez pas, c'est vous qui craquerez avant.

Autre exemple chez les Perrot : « Si tu n'es pas gentil, tu ne trouveras personne. » Message subliminal envoyé au membre de la famille visé : « Ne sois pas toi-même, ne t'exprime pas. » Voilà un message qui tue.

Il y a les messages familiaux ou claniques et les messages individuels.

Exemple de message clanique : « Chez les Dominati, on ne pleure pas en public et on contrôle ses sentiments », « Chez nous, les nanas ferment leur gueule » ou bien : « Toutes les mêmes dans cette famille» ou encore: «Chez nous, si on couche, on épouse.» Messages terribles s'il en est, capables de bousiller une vie et même plusieurs.

«Chez nous, les Martin, les garçons ne se marient pas avant 30 ans.» Au nom de quelle fatalité divine?

«Chez nous, les Dumontier, on est comme ci, on est comme ça...»

Répétition, martelage pour que ces principes entrent bien dans la conscience du descendant, pour bien lui montrer qu'il appartient à un clan.

Peut-on obtenir du partenaire qu'il finisse par refuser ce discours totalement arbitraire, alimenté par des habitudes de pensées jamais remises en cause? Trouvera-t-il le courage de dire non? Beaucoup absorbent le discours familial sans penser qu'ils peuvent et doivent le remettre en cause. Ça demande parfois plusieurs générations, il faut le savoir.

Exemple de message familial individuel. Le père de Gwendoline était fou de sa fille et passait son temps à lui seriner le message suivant: «Ma fille, tu es une princesse, et tout homme qui ne te traitera pas comme telle aura affaire à moi.» Résultat: Gwendoline a une vie amoureuse sinistrée, elle a été fascinée par des hommes riches car ils étaient supposés réaliser la vie de princesse que papa lui avait promise. Sauf que les hommes riches sont souvent des cœurs secs et un peu radins (pas tous)... Après deux mariages ratés, Gwendoline a maintenant compris qu'elle a plus besoin d'un amour vrai que d'être traitée en princesse.

À l'inverse certains parents ne font rien pour vous valoriser. Si quand vous étiez à l'âge ingrat (période ultrasensible), votre père vous a asséné: «Avec ton grand nez» ou «Avec ton gros cul...», tout le restant de votre vie, vous allez avoir du mal à vous sentir belle. Et l'amoureux que vous aurez séduit s'imaginera que sous votre jolie frimousse, vous vous vivez comme une mocheté. Merci papa!

La mère de Karine voulait un deuxième garçon pour qu'il devienne prêtre. Une programmation dévastatrice : à ce jour, Karine vit comme une bonne sœur et, à 45 ans, elle n'a encore jamais passé un week-end avec un homme.

Autre intoxication familiale : « Mon fils ne quittera jamais sa mère pour une femme. » Peut-être pas pour une femme mais pour quelqu'un d'autre alors... ?

Une idée encore très répandue : « Au-delà de deux partenaires dans la vie, une femme est une pute. » Merci grand-père !

Toutes ces croyances familiales véhiculent une notion de culpabilisation contre laquelle il est très difficile de lutter. Il y a des schémas de rencontre qui démarrent terriblement mal parce qu'ils font référence à une grand-mère qui a été une femme de mauvaise vie, à une tante chanteuse qui avait beaucoup d'amants, à un père séducteur bourreau des cœurs, à une mère qui passait sa vie à pleurer en l'attendant à la maison, etc.

Parfois la famille reporte sur un de ses descendants la faute que l'un des ancêtres n'a pas expiée. Pour peu qu'il y ait une ressemblance physique, le tour est joué, sa vie est destroy. Bizarrement, dans les familles, on ne parle que du pire.

Donc, quand on rencontre un garçon, il vaut mieux savoir à quelle mythologie familiale on s'expose et mesurer l'ampleur du handicap à remonter. Ne sous-estimez pas cet aspect de la relation avant de vous engager pour de bon.

Le rôle des copines

Attention aux copines, certaines sont des tueuses !

Ces vingt dernières années, le rôle des copines a pris une place importante dans la vie des femmes et une grande influence sur la vie amoureuse. Certaines de nos amies virent au mauve dès qu'on a un jules et les lendemains de première rencontre, les débriefings peuvent être meurtriers : « Oh ! Non, il n'est pas super, il n'est pas top, il n'est pas assez bien pour toi, tu vaux cent fois mieux, je ne sais pas ce que tu lui trouves ! Mais, bon, c'est ton choix… » Du coup, la fille vacille parce que son nouvel homme n'est pas assez représentatif aux yeux des copines qui dégainent vitriol, mitraillette et scuds. C'est souvent pour de mauvaises raisons : si le nouveau venu n'est pas à leur goût, il peut très bien convenir à d'autres ! Surtout, elles ne sont pas contentes qu'on leur pique leur copine, elles ont peur de rester sur le carreau, d'être la dernière de la bande. Certaines souffrent d'une jalousie et d'une possessivité hors de proportion.

Ce sont surtout celles qui n'ont pas d'autres ami(e)s qui posent problème. Certaines ne se sont pas vues vieillir, elles ont fait comme dans la fable du héron, elles ont dit non à toutes les bonnes occasions, et maintenant tout le monde est casé ou recasé, a fait ou recomposé une famille, et elles n'ont toujours rien construit.

Chaque fois qu'elles sont invitées au mariage ou au remariage d'un copain ou d'une copine, elles en sont malades, elles nous font des boutons, du psoriasis, des lumbagos, elles prennent dix kilos, elles sont dans un état de souffrance absolument dramatique. Pour celles-là, les amies jouent le rôle du jules, du mari par procuration, c'est leur famille d'adoption et les enfants des copines sont leurs filleuls. Donc, le nouveau mec qui apparaît dans le tableau est un vrai danger potentiel, il va casser tout leur équilibre : adieu les dimanches matin à faire de la gym ensemble, les séances masques de beauté, vernis et papotages en tout genre sur fond de musique et tasses de thé. La solitude à nouveau les guette, alors le nouveau mec, d'office on ne l'aime pas !

Donc attention aux copines envieuses. Si c'est la deuxième fois que vous voyez votre soupirant, n'invitez pas toute la bande de vos copines célibataires. Ça va être Beyrouth. Il va détester vos copines et vice versa. Et il va être habillé pour l'hiver ! Comptez sur les chipies de service au mieux de leur forme qui, au nom de votre bien, vont saper votre relation. Chaque fois que vous aurez un doute sur lui, vous allez appeler la copine qui va le démolir : « Rappelle-toi, il a fait ci, il a fait ça, en plus il lèche le couteau, il est venu les mains vides, il n'a pas proposé son aide, il n'a même pas débouché les bouteilles, il n'a pas dit un mot, (et pour cause !), il est nul… etc. »

En revanche, il y a la vraie bonne copine qui veut vraiment votre bonheur et dont le rôle protecteur peut être très positif pour votre relation. Elle a, en général, du recul ou du vécu et quand vous l'appelez pour vous plaindre que vous avez un doute ou qu'Isabelle (votre copine jalouse) a démoli l'image de votre adoré du moment, la bonne copine vous remet les pendules à l'heure et vous rassure si elle estime que le mec en vaut la chandelle. Elle vous rabiboche le 26 décembre quand la soirée de Noël a été une vraie Bérézina et que vous êtes prête à tout plaquer. Ça, c'est une copine de cœur à chérir et à garder !

Donc allez-y progressivement pour présenter votre jules à vos amies. Pour celles qui ont la dent dure, intégrez-les une par une, pas en curée. Une par une, c'est déjà un risque. Si la galerie de copines est insupportable, il va se dire : « Je suis tombée sur la secte des sorcières du XVIe arrondissement. Au secours ! » Car il faut bien reconnaître que, pour un homme qui n'est pas habitué, parfois, il y a de quoi être surpris. S'il n'a pas eu le baptême du feu avant, il peut partir en courant…

Briefez-le avant, prévenez-le que votre copine Corinne est très branchée astrologie chinoise et spiritualité, qu'elle est très brillante, *mais* qu'elle a des critères d'une grande rigidité. Si elle lui assène d'emblée : « T'es buffle de 1961 ?! Les buffles de 1961 sont de mauvais amants », il ne va pas être emballé. De plus si tous les hommes nés en 1961 étaient de mauvais amants, ce serait une catastrophe planétaire ! Il va aussi passer à la gégène de la copine mondaine qui va tester son pedigree social. Et la persifleuse professionnelle va se le payer avec délectation : il risque de lui servir de tête de turc toute la soirée...

Donc les copines : une par une et modérément. Il y a un petit travail de préparation à faire, briefez les copines, et briefez l'homme avant. Surtout, consolidez la relation avant le bain de copines. Faites du tête-à-tête, d'autant qu'il y a un autre risque : qu'il soit très attiré par une de vos amies et passe la soirée à lui mettre la main aux fesses.

À moins qu'il ne soit dégoûté à jamais parce qu'il n'est pas prêt à acheter le lot…

Le rôle des copains

Les copains aussi sont redoutables pour le début d'une histoire, de la même façon que pour les copines, une idylle nouvelle dérange leurs plans. Les célibataires n'aiment pas être privés de leur bande, les divorcés ne veulent pas se retrouver seuls, ils voient d'un mauvais œil la femme qui vient leur voler leur pote. Donc ils entraînent l'homme amoureux dans la direction d'une régression : comportement tribal, avec dénigrement systématique du sentiment amoureux, dévalorisation de la femme qu'ils traitent de « pétasse, grognasse, greluche », et autres délicats sobriquets, tout cela pour bloquer le processus de formation du couple. C'est comme à l'école quand les gamins se moquent « Tralalalère, il est amoureux ! » : 7 ans d'âge mental garanti chez ces adultes pourtant amortis. Comment voulez-vous qu'ensuite l'homme ait le courage de reconnaître publiquement face à sa tribu que oui, il est amoureux ?! De nombreux hommes n'arrivent pas à évoluer et à affronter ce saut d'obstacle.

Au stade suivant, il y a la deuxième OPA : les copains invitent l'homme en « oubliant » d'inviter sa nouvelle nana, elle n'existe pas, elle est systématiquement niée. Le mec qui n'est pas courageux et qui ne veut pas imposer sa Sophie se fait embarquer. Et s'il rentre à trois heures du matin, c'est la scène de ménage, donc c'est tout bénef pour la bande. Très facile après de la faire passer pour une emmerdeuse !

Le must étant de provoquer plusieurs fois par semaine ce genre de situation, jusqu'à explosion en plein vol de l'idylle abhorrée.

Autre version, ils vous invitent mais vous êtes transparente, ils vous ignorent.

Troisième OPA : le meilleur copain de l'homme *vous* invite seule à déjeuner, histoire de prouver que tout le monde peut vous avoir. Il y a des parades à cela : vous prévenez tout de suite votre jules en lui disant : « C'est bizarre, qu'est-ce qu'il peut bien me vouloir ? » ou encore plus drôle, vous l'invitez à ce repas.

Quatrième OPA, ils essaient de mettre une greluche (une vraie) entre les pattes de l'homme pour le faire décrocher de vous, et le pire c'est que ça peut marcher !

Attendez-vous à ce que ça dure jusqu'au mariage, puisque même l'enterrement de la vie de garçon sera une occasion de le faire boire et… peut-être changer d'avis, sait-on jamais ?

La bonne stratégie est de chercher à connaître ses ennemis. Soyez simple, pas chichiteuse mais sexy, essayez de séduire intellectuellement les copains, ne vous braquez pas, évitez l'agressivité et la provocation, intégrez-vous, intégrez-les. Pas de règlements de comptes, ne mettez pas votre homme en demeure de choisir entre eux et vous, c'est mortel. De plus, connaître ses copains va vous permettre de découvrir une autre facette de votre jules. Car qui s'assemble se ressemble, et ça peut être très instructif.

En général, dans la bande, il y a le mouton noir que vous n'arriverez jamais à digérer, c'est comme ça, ce n'est pas si grave. Le temps jouera toujours pour vous. Vous aurez toutes les longues soirées d'hiver pour lui faire la peau. Plus machiavélique encore, pour vous débarrasser du fameux mouton noir, collez-lui une greluche entre les pattes… coup double ! Vous serez débarrassée à la fois de la greluche et du mouton noir.

Se méfier de l'homme qui a trop de copains, c'est mauvais signe. En revanche, un homme qui fréquente volontiers des couples est censé mieux accepter l'idée du couple, et c'est tout de même mieux pour votre projet.

Ne touchez pas aux copains de sport qui ne font pas partie de la catégorie négative évoquée plus haut. Les sportifs ne sortent pas tard et boivent peu. Et puis les copains de sport c'est sacré, ce sont eux qui pousseront votre homme à se maintenir en forme physiquement.

Rassurez l'homme mais pas trop

Ne faites pas comme Marie-Claude : son syndrome se déclenche deux semaines après le début de la relation. Elle ne bouge plus, ne sort plus, annule toutes ses activités personnelles. Vous l'invitez, elle répond : « Je vais voir ce qu'*il* fait » et elle téléphone pour savoir s'*il* sort. Quand *lui* sort, elle reste à la maison à l'attendre en regardant la télé. C'est un cas de soumission totale immédiate. À ce moment-là, l'homme a peur. Elle n'est plus créatrice, il n'y a plus de surprise, elle devient prévisible, c'est trop ! Il craint de rentrer dans le cycle pépère-mémère, il voit les bigoudis se pointer à l'horizon et il part en courant. Croyant l'avoir rassuré, en fait elle l'a épouvanté.

Certaines femmes sont méconnaissables et deviennent en quelques semaines des dondons qui contrôlent tout : « Mets ta tasse dans le lave-vaisselle, coupe-toi les ongles des pieds, ça griffe, etc. ». En revanche, elles-mêmes abdiquent sur tous les domaines liés à leur beauté, à leur séduction : elles ne mettent plus de parfum, ne font plus leur couleur de cheveux, on voit les racines, etc. Mauvais présage !

Cette attitude est déplorable à court terme pour la femme et à long terme pour la relation.

Chez ces femmes qui, d'un jour à l'autre, ne s'habillent plus, ne se font plus sexy, ne sont plus pomponnées pour la chasse, cela correspond à une démarche inconsciente double :

– j'ai trouvé un mec, donc je ne me fatigue plus ;
– je lui fais savoir qu'il n'est pas menacé par la compétition.

Ne JAMAIS, JAMAIS faire ça !

Corollaire : si certains hommes partent à toutes jambes, d'autres vont se dire « Elle est casée, je l'ai stabilisée, je la contrôle, je ne crains rien », et immédiatement ils vont aller chasser à l'extérieur ! Car certains hommes font l'éternel complexe de la vierge et de la putain. Aujourd'hui encore, des hommes cherchent une épouse passe-partout (mais oui, mais oui), qui ne va pas leur poser de problèmes, et immédiatement ils prennent une maîtresse pour leur plaisir, mettant en œuvre un schéma vierge d'un côté, putain de l'autre. Ça fait deux frustrées d'un coup, l'épouse et la maîtresse. Un conseil, les filles, assurez sur les deux volets ! Et quand vous rencontrez un homme, demandez-vous à quel moment de sa carrière de mâle il en est. Ça détermine beaucoup ses choix et ses critères de sélection qui sont très différents selon qu'il cherche une petite amie ou une épouse.

Quoi qu'il en soit, la femme doit toujours être sur le pont concernant la séduction. Elle doit intriguer. Elle sort de sa douche, elle se pomponne, il doit se demander quel plan elle a prévu. Est-ce pour lui ou pour un autre ? Elle doit garder un parfum de mystère sur certaines activités, par exemple ne pas être joignable tout l'après-midi... Quand il lui demande où elle était, elle doit lui répondre d'un air évasif... qu'elle est allée chez Eurodif pour faire les soldes, en laissant planer un doute. Ça met du piment !

Pendant la période rose du début de la relation, tout le monde « se tient bien », se lave les mains après avoir éternué et se cache pour se curer le nez. Mais quand arrive la période de fiel, qui est la période où l'on « conjugalise », c'est aussi la période « critique de l'autre » (voir le chapitre « Après la lune de miel, la lune de fiel »). Si à ce moment-là vous arrêtez de faire des efforts et que vous vous laissez aller, l'autre ne manquera pas de s'en apercevoir, et la perspective d'être déjà dans une relation de vieux couple racorni risque de ne pas l'emballer.

Être libre de faire ce qu'on veut, conserver ses amis, ses activités, ses hobbies, sauvegarder son indépendance, c'est bien pour soi-même, donc c'est bon pour les autres ! Il n'y a pas une personne au monde qui mérite qu'on abandonne son expression personnelle. Abdiquer sur ses goûts et sa personnalité profonde, c'est la voie de l'échec garanti. D'abord parce que l'autre ne vous sera jamais reconnaissant d'avoir capitulé dans ce domaine, ensuite parce que vous allez vouloir lui faire porter en douce la culpabilité.

Si vous restez bien droite dans vos baskets, moralement et physiquement, en cas de rupture vous serez bien plus solide pour affronter l'échec... et en pleine forme pour redémarrer une nouvelle histoire !

Le syndrome charentaises touche moins vite les hommes. C'est souvent un peu la faute des femmes qui les maternent ou qui les enferment dans un piège de tendresse. Résultat : ils deviennent des nounours, ne s'habillent plus, ne font plus de ski, de foot, de bateau, de rafting et autres activités bien masculines, abandonnent les soirées entre copains et s'ils faisaient partie d'un orchestre, ils laissent tomber. Horreur ! Malheur !

Dans la version hard, il y a des femmes qui les poussent volontairement à capituler. De vilaines castratrices. Et là, le prisonnier et le geôlier se gardent mutuellement, et se surveillent à tour de rôle. C'est la marmite du diable. Au secours ! Combien déclarent : « S'il m'aimait vraiment, il aurait envie d'être avec moi, et seulement avec moi, il n'aurait pas besoin d'aller voir d'autres gens, moi je le rassure en restant à ses côtés, il doit en faire autant. »

Non, non et non ! Continuez à être vous-même et surprenez l'autre. Vous avez envie de partir à New York ? Faites-le ! Et s'il vous dit : « D'où ça sort ? » répondez : « Ça vient de sortir ! » Continuez à vivre par vous-même, gardez votre personnalité, ce n'est pas parce que vous allez renoncer à vos bonheurs personnels que vous allez mieux garder l'autre. Au contraire !

De plus, il y a tant de femmes extraordinaires sur le marché que vous avez intérêt à innover et à tenir le cap pour vous aligner. Aujourd'hui, les hommes ont envie d'être fiers de leur femme ou de leur compagne, faites ce qu'il faut pour ça.

Le bébé

L'horloge biologique s'est déplacée… dans la tête des femmes.

Elles veulent un bébé plus tard qu'avant, vers les 30 ans voire 40 ans. D'abord il y a la pilule, ensuite le besoin de faire carrière, enfin il y a les familles éclatées : vous vous êtes trompée, vous recommencez votre vie et faites une rafale de bébés avec le nouveau fiancé. (Cette fois-ci, c'est le bon ! ? ! ! !) Les femmes veulent décider du moment où elles « fabriqueront » leurs enfants. Elles font leur bébé moins souvent toutes seules, mais beaucoup plus tard. Avant, les femmes étaient obligées de s'en remettre à la nature, maintenant elles s'en remettent à la médecine pour forcer le destin. Même s'il faut parfois « les suspendre par les pieds pendant six mois pour que ça prenne » ! Attention aux traitements hormonaux qui font grossir, aux sextuplés qui font la une dans le journal.

Si vous avez une envie de bébé, dès le début, il faut demander à votre amoureux : Oui ? Non ? Et il va vous répondre très simplement : « Je suis prêt ou je ne suis pas prêt. »

Parfois l'envie d'enfant chez un homme est liée à une nana alors que chez une femme l'envie est liée à... son envie d'enfant. Les femmes ont des envies d'enfant endogènes, elles se mettent à parler de bébé, elles regardent le bébé des copines, elles traquent le bébé dans la poussette à Prisu, le partenaire compte bien sûr, mais comme géniteur.

Certaines prendront la peine pour le convaincre de lui faire faire la tournée des copines avec bébé et observeront attentivement ses réactions pour tester ses capacités à sauter le pas.

Attention, mesdames, avec vos obsessions de bébé, si l'homme n'est plus qu'un étalon, il le sent et il fuit... Autant de retard dans votre calendrier maternel. Et vous repartirez sur un nouveau cycle « je cherche le père de mon enfant » et la situation s'aggravera au fur et à mesure que vous ne le trouverez pas.

Certaines font un bébé avec le sperme de leur compagnon et contre son avis. Les hommes ont de plus en plus peur de ces amazones qui les prennent génétiquement en otage. Soit elles travaillent et assurent, soit elles ont les allocations « parent isolé ». Certaines vont jusqu'à mettre le père à la porte dès qu'elles sont enceintes. De ce point de vue, la vie des hommes est devenue risquée et ce n'est pas en voie de s'arranger. Le cas classique « on veut un enfant ensemble et on le fait ensemble » est en passe de devenir une curiosité sociologique. Le professeur Beaulieu dit : « Sachez que dans les prochains siècles, la procréation se fera par des voies complètement différentes de celles qu'on a connues jusque-là, et la succession des générations n'aura plus rien à voir non plus avec le schéma actuel. » Les hommes peuvent attacher leur ceinture et s'accrocher, ça va décoller !

En attendant ce grand chambardement génétique, ils vont servir encore de géniteurs pendant quelques décennies. S'ils sont beaux, forts, riches et intelligents, ils peuvent planquer leurs gonades, ils sont repérés, ils sont la marchandise la plus recherchée. Ça ne date pas d'hier : du temps des cavernes, c'est le chasseur qui rapportait le plus de viande qui était le plus sollicité. Les femmes sont programmées pour la survie de l'espèce, rien n'a changé !

Chapitre 15

Y'a du roulis, y'a du tangage

LE RECUL N'EST PAS GRAVE

Vous commencez une relation, vous êtes en pleine fusion, version romantique, vous montrez le meilleur de vous-même, il montre le meilleur de lui-même, vous vous voyez de plus en plus souvent. Vous pensez avoir trouvé l'âme sœur, et puis tout à coup, catastrophe, l'homme commence à avoir des choses à faire ! Il reprend ses tournois d'échecs, va nager, mange chez sa mère à nouveau le mardi soir, retrouve un peu ses marques, se remet quoi ! En fait il se dit : « Quels sont mes contours à moi, qu'est-ce qui vient de m'arriver ? Comment je m'appelle ? » Et à ce moment-là, toute la stratégie des femmes déraille. Au lieu d'avoir confiance, d'être relax et de se dire : « Tiens, j'ai mon cours de danse du ventre ou je vais faire du roller avec Cathy », les nanas se rongent les ongles à côté du téléphone en pensant : « Ça y est, il ne m'aime plus. » Non ! C'est le contraire. Il commence à aimer. Donc il a besoin de prendre du recul pour voir le tableau de plus loin. Et si à ce moment-là la femme commence à être collante, à faire des angoisses et des crises de tétanie, ça va être terrible. Elle devient agressive, harcelante, demandeuse, style « on pourrait habiter ensemble maintenant ». C'est la dernière des choses à faire.

Le recul existe dans *toutes* les histoires d'amour, mais les femmes ne connaissent pas ce processus, il est très important de le leur expliquer.

C'est le moment où il faut rester tranquille, car l'homme a besoin de réfléchir un peu, d'infuser, de se dire : « Tiens, c'est bien, je suis détendu avec elle, c'est agréable » et il a aussi besoin de tester le niveau d'indépendance dans la relation. Dans ce cas-là, le recul n'est pas grave, au contraire ! Faites preuve de patience et d'indépendance, c'est comme un élastique, il reviendra. Sachez qu'un homme aime bien se coller à vous quand ça lui fait plaisir, mais il a horreur que vous soyez collante.

Bien sûr, il ne faut pas confondre recul avec peur panique de l'intimité.

S'il est toujours devant son écran, qu'il est vingt heures trente, qu'il appelle pour dire : « J'ai pas fini de travailler sur le web, mais j'arrive » et qu'enfin, il débarque à minuit, si ça se reproduit régulièrement, l'avenir n'est pas rose. Vous avez affaire à un homme qui fuit dans le travail, c'est son schéma. À vous de savoir si vous supporterez ou pas. Une fois que vous aurez regardé toutes les chaînes, fini votre repas froid, que vous aurez pris votre douche, reverni vos ongles puis atterri, glauque au fond de votre lit, vous ne le verrez plus sous le même jour. Faites preuve d'autonomie avec ce genre d'homme, il faut être forte, forte pour vous-même, si vraiment vous tenez à lui. Parfois, c'est salutaire. Si vous avez été pendant vingt ans une épouse fusionnelle et que vous vous retrouvez face à ce genre de partenaire, ça va vous apprendre l'autonomie en cours accéléré... Positivez !

Après la lune de miel, la lune de fiel

Vous avez été complètement anesthésiée par l'intensité de la relation, vous étiez complètement aveugle, puis tout à coup vous vous réveillez et vous ne le supportez plus.

Vous ne voyez plus que ses défauts, il ne rebouche jamais le tube de dentifrice, il coupe sa viande comme un péquenot, il mange des pâtes avec du pain alors qu'il devrait perdre trois kilos. Sachez que lui, de son côté, en a tout autant à votre actif : il en a assez que vous le fassiez attendre trois heures pour vous maquiller, que vous zappiez en permanence les programmes de télé si bien qu'il ne peut jamais voir une émission dans sa continuité, pire, il ne voit jamais la fin du match.

Bref, après la phase de cristallisation, vous êtes entrés dans la phase de retrait des projections. C'est-à-dire que vous cessez de voir dans l'autre ce que vous aviez envie d'y voir depuis le début et, par un mouvement de balancier psychologique, vous n'en voyez plus que les défauts. Il n'y a plus d'emballage cadeau, la réalité vous saute à la figure comme une bassine de frites ! L'homme n'est plus le prince charmant que vous aviez imaginé, il est *lui* et ça vous demande un effort d'adaptation au réel. Vous défusionnez, vous voyez l'autre tel qu'il est, vous redevenez vous-même, c'est la fin du rêve et de l'illusion amoureuse.

C'est une phase de défense tout à fait naturelle et incontournable : vous ne pouvez pas rester dans la béatitude permanente, vous êtes obligés d'atterrir.

Chez certains, ça fait si mal qu'ils ne passent pas le cap.

Résistez à la pulsion de rupture, sinon dans vingt ans vous serez encore célibataire. Dépassez cette phase délicate, faites preuve d'un peu de patience pour savoir où vous en êtes réellement par rapport à l'autre et à vous-même.

Ayez un peu d'humour, prenez vous-même du recul, et vous saurez bientôt quelle est votre envie, continuer ou arrêter ?

Vous avez le droit de changer d'avis, vous avez aussi le droit de prendre votre temps avant de décider d'orienter définitivement votre vie. Et si l'autre est trop pressé, faites-lui comprendre gentiment que vous n'avez pas le même tempo. Mais rassurez-le tout de même pour qu'il ne prenne pas la poudre d'escampette. Les femmes se montrent acides, exigeantes, critiques, capricieuses, tout particulièrement dans cette phase négative et elles tombent du huitième étage quand, dégoûtés, affolés, lassés, les hommes partent vers de nouvelles aventures…

C'est une phase de maturation de votre histoire par laquelle vous devez *obligatoirement* passer.

Explication : pendant six mois, vous avez vu tout ce qu'il y a en l'autre qui vous ressemble, condition *sine qua non* de la naissance du sentiment amoureux selon nos psys préférés, et maintenant vous rejetez tout ce qui ne vous ressemble pas, qui vous indispose et que vous allez devoir intégrer, bon gré mal gré, si vous voulez que ça dure.

Ensuite viendra la phase de maturation de la relation où vous aimerez ce que vous aimiez bien en lui et vous vous accommoderez du reste avec tolérance.

Avant vous étiez amoureuse, maintenant vous aimez.

NE CROYEZ PAS QUE VOUS CHANGEREZ L'AUTRE

Les femmes s'illusionnent quand elles croient qu'elles vont transformer un homme.

Il est impossible de changer le caractère des gens : un introverti deviendra difficilement un extraverti, un pessimiste donnera rarement un gai luron, un flambeur n'ouvrira pas un plan d'épargne logement, même pour l'amour de vous. Le pire étant le radin : il ne lâchera jamais ses sous, et ça va plutôt empirer en vieillissant.

Vous pourrez à la rigueur changer son look, le rhabiller, lui faire perdre vingt kilos, le convaincre d'arrêter de fumer, mais vous ne pourrez jamais faire d'un infidèle un fidèle. Ça non ! Faut pas rêver ! Sauf si c'est lui qui l'a décidé. Chassez le naturel, il revient au galop. Souvent les travers (par exemple le manque d'hygiène) ont un caractère chronique, car ils sont liés à quelque chose de très profond. Et contre ça, il est très difficile de lutter. C'est comme l'élastique, ça revient à sa place dès qu'on cesse de tirer dessus. La jalousie, c'est irrationnel, ça ne disparaît jamais, qu'il y ait des raisons ou pas pour l'alimenter.

Combien de femmes prennent un homme comme on dirige un chantier de rénovation lourde, avec tout à refaire du sol au plafond… Bien sûr, ça ne marche jamais. À part un petit ravalement de façade, et encore... c'est vous qui allez faire le boulot, mais c'est une autre qui risque d'en profiter.

Certaines femmes arrivent à sauver des alcoolos, ça peut marcher car l'alcoolisme n'est pas un trait de caractère mais une maladie que l'on peut traiter sous un angle psychologique. En revanche n'espérez pas sauver un drogué, il n'y a que lui qui peut se sauver lui-même. Attention danger, c'est une pulsion très sombre que de s'éprendre d'un drogué.

Autre illusion, celle d'espérer ramener un homosexuel dans « le droit chemin ». Il est gay, il est gay. C'est pas gai, tant pis !

C'est en mûrissant qu'on s'aperçoit qu'on ne peut pas changer le fond d'un caractère, que ce soit le sien ou celui de l'élu, et il faut beaucoup de philosophie et d'humour pour accepter l'autre tel qu'il est. Rappelez-vous pourquoi vous étiez séduite au départ.

Chapitre 16

Vous n'en pouvez plus… la fin

Vous avez tout essayé, ça ne marche pas

Parfois, au bout de trois mois, il n'y a plus de magie. Vous avez là, à côté de vous, dans votre lit, un homme que vous regardez comme si c'était du gruyère dans son emballage. Il peut être le plus gentil de la terre et vous emmener à Capri, vous allez vous dire : « Qu'est-ce que je fous ici ? Encore heureux que la mer soit belle. » Même si la chimie était bonne au départ, la mayonnaise ne prend pas pour une relation sur la durée. Quelque chose achoppe sur le plan physique ou émotionnel, les rythmes de vie ou le niveau d'éducation. Il veut habiter dans le trou du cul du monde, vous n'aimez que Paris, vous lui avez fait baisser son taux de cholestérol, il continue à bouffer du saucisson, vous vous êtes mise au golf, décidément vous n'aimez pas ça, vous aimez faire les musées le dimanche, il reste au pieu, il déteste vos amis, vous avez essayé d'aimer les siens, et en plus vous ne supportez pas ses gosses… Bref, vous avez fait des efforts désespérés pour que ça marche, vous vous êtes pliée en quatre, il ne s'est plié qu'en deux, c'est intenable. Il faut savoir faire le bilan !

Vous avez le droit de changer d'avis, vous ne pouvez pas vivre toute votre vie en renonçant à être vous-même. Il faut savoir capituler avec intelligence, rester bons amis et que chacun rentre chez soi.

Inutile d'insister si la magie a disparu, que vous n'aimez plus les câlins avec lui ou que vous avez envie de le gifler lui, sa mère et ses gosses !

Idem s'il ne supporte déjà plus vos adorables bambins et votre caractère bien trempé qui lui plaisait tant au départ !

Si vous n'êtes pas capable d'aimer ses défauts ou de les surmonter, il faut savoir capituler. Et ne le vivez pas comme un échec, c'était un essai : vous avez tenté, ça ne marche pas ? Basta ! Au moins, vous avez vécu pendant ce temps-là ! Combien disent : « Si c'était comme ça, c'était pas la peine. » Bien sûr que si, c'était la peine ! La lune de miel n'a pas duré, mais elle a existé. Et comment auriez-vous su si vous n'y étiez pas allée ?

Attention, sachez que les hommes ne savent pas très bien communiquer. Si quelque chose ne va pas, ils se renferment au lieu d'en parler.

Une fois qu'il a renoncé au golf, accepté de passer tous les dimanches midi chez vos parents, renoncé à voir ses gosses et supporté les vôtres, il a le droit de dire que le style de vie que vous lui imposez ne lui convient pas. Il ne peut pas vivre tout le temps sous votre contrôle : ce qu'il mange, comment il respire, qui il appelle, etc.

Il ne supporte pas bien non plus le jeu des devinettes où il devrait anticiper tous les besoins d'une femme, qui de toute façon est toujours en demande (« quand tu bosses, tu ne penses pas à moi », pleurniche-t-elle), il sent que quoi qu'il fasse, les exigences de la femme ne sont jamais satisfaites. Sachez déceler ses signes de fatigue et de déprime, et arrêtez vos caprices égocentriques ! Il a fait des efforts, il a bouffé de la vitamine tous les matins, il a tenté d'apprendre à communiquer ses sentiments, si vous continuez à penser qu'il a gâché votre week-end parce qu'il a lu *Le Monde* et *La Vie financière*, il va en avoir marre et il aura le droit de le dire.

Et vous, madame ou mademoiselle, vous en avez assez qu'il arrive avec vingt potes pour dîner alors que vous n'avez que des spaghettis et une canette de bière ? Dites-le !

De deux choses l'une : soit il y a beaucoup d'amour potentiel entre vous et vous pouvez surmonter tous ces inconvénients, soit vous êtes arrivés à la fin de cette histoire qui vous a apporté tout ce qu'elle pouvait apporter, et qui désormais ne peut plus vous valoir que des emmerdements, des frustrations, des déceptions.

Tout le problème est de faire accepter votre position à l'autre.

Les filles, inutile de vous faire teindre en blond, de faire les pieds au mur, de prendre deux billets pour Rome, ce n'est pas ça qui va faire que l'histoire marchera suffisamment pour durer.

De même, certains hommes jouent les humbles, ils sont à vos pieds, ils font tout pour vous, ils vous jurent qu'ils sont devenus « l'ombre de votre ombre, l'ombre de votre main, l'ombre de votre chien ». C'est très émouvant, mais nous ne glorifions pas ce genre d'attitude masculine.

« Tout peut s'oublier » supplie le pauvre chanteur. Non ! Les malentendus ne s'effacent pas, ils s'accumulent. Il y a des couples qui ne fonctionnent que sur des malentendus, l'un dit une chose, l'autre comprend le contraire, forcément ça pète ! C'est comme ça, vous n'y pouvez rien.

Battez en brèche la légende selon laquelle il n'y aurait qu'*une* personne au monde qui vous convienne, c'est de la mythologie de midinette.

Il y a des gens qui, même si l'histoire ne marche pas, préfèrent ça à la solitude : peu importe le prix à payer dans une histoire qui ne les rend pas heureux, ils veulent coûte que coûte que ça continue. Vous leur dites : « Ça ne roule pas », ils vous répondent : « Oui, mais je t'aime. » Ils font des dénis de rupture. Vous leur dites : « C'est fini, rentre chez toi », ils reviennent le soir même avec un cadeau comme si vous n'aviez rien dit : « Bonsoir, mon amour ! »

Notre conseil : l'objet d'un amour peut se dévier.

Explication : oblitérez votre souffrance amoureuse en allant au boulot, à la gym, voir des copains et des copines, des ex, allez visiter le Salon de l'agriculture ou une exposition de mandalas, voir un film sur le dalaï-lama, faites-vous masser par une Tunisienne ou une Thaïlandaise, pleurez, mais résistez.

L'INDÉPENDANCE DE L'HOMME AUSSI

Avec l'indépendance économique et la réussite professionnelle des femmes, une nouvelle catégorie d'hommes est apparue : l'homme dépendant.

Ces hommes fusionnels ne peuvent plus faire vingt mètres tous seuls, ne vous lâchent plus d'une semelle, vous forcent à voir les films de Jean-Claude Van Damme sous prétexte qu'ils ne peuvent plus se passer de vous et se tapent le shopping le samedi après-midi aux Galeries Lafayette pour être avec vous. Leur leitmotiv, c'est *partager*. Ça fait peur !

Attention, on a même le cas extrême : l'homme rencontre une femme, il va chez elle, les canapés sont confortables, le frigo est toujours plein de bonnes choses, il y a le câble avec cinquante-six chaînes, il devient une larve dont elle va s'occuper avec chaleur d'abord, puis nervosité si incrustation. Au début il est gentil, vide la poubelle. Avec un peu de chance il va devenir chômeur, prétendre que c'est pour être plus souvent avec elle, attendre indéfiniment des moments plus favorables pour la reprise de sa carrière. Tout ça dans le confort le plus absolu, dans son cocon douillet.

Le phénomène peut démarrer très vite. Il y en a qui dès le deuxième jour s'installent chez vous, enfilent les pantoufles et ne décollent plus. On croit que c'est de la super séduction, alors que c'est le début d'un cauchemar.

Sachez détecter les loosers chroniques.

Certains profiteurs se comportent comme des coucous et s'installent dans le nid féminin sans vergogne et sans amour : à éviter à tout prix, dès le départ. Le rendre accro, ce n'est pas un service à lui rendre.

En revanche, si l'homme montre des signes évidents qu'il cherche à se sortir d'une mauvais passe provisoire et si vous commencez vraiment à l'aimer... donnez-lui sa chance.

Crocodile Dundee

Attention aux amours de vacances !

« Dans mon magasin de la Madeleine, certaines de mes clientes chics osent m'avouer que pendant les vacances elles se tapent des camionneurs, des serveurs, des skippers, des Turcs, des chameliers dont ensuite elles rêvent toute l'année. »

Les vacances, c'est le moment où des mecs mignons physiquement vont se taper des nanas auxquelles ils n'auraient jamais eu accès en temps normal. Aucune femme ne va oser avouer à ses copines qu'elle s'est tapé le conducteur de chameaux ou le moniteur de ski.

La Katouche, elle, est tombée amoureuse d'un gardian en Camargue quand elle avait 19 ans : il grattait la guitare, elle était chanteuse, une vraie rencontre. Elle s'est mariée instantanément avec lui là-bas sur place. Mais quand elle l'a ramené à Paris, arrivée sur les Champs-Élysées, au secours ! Avec ses bottes de gardian, ses chemises de gardian, son foulard de gardian, sa sueur de gardian, c'était pas du Walt Disney, c'était pour de vrai ! Ça sentait la manade à plein nez ! Elle est restée mariée six mois, le temps de tomber du huitième étage et de divorcer.

Les amours de vacances, c'est *Crocodile Dundee* !

Une psychothérapeute nous raconte : « Il y a des nanas de 50 ans que je suis obligée de faire atterrir. Je leur dis : à la rigueur, si vous avez un petit coup de blues en novembre, vous me refaites un petit tour à Hammamet et vous vous retapez huit jours avec votre homme des sables, mais stop ! Arrêtez de fantasmer, de vouloir l'importer en France ou de vouloir vous exporter. Surtout que l'autre est certainement passé à autre chose entre-temps, vous n'êtes pas la seule touriste. Il y a des hommes dont c'est le métier à plein temps. »

En Zambie, de jeunes hommes de 25 ans beaux comme des dieux, montés comme des bourricots, sortent avec des Anglaises de 70 ans, ambiance Miss Marple avec ses bouclettes blanches, qui découvrent un plaisir qu'elles n'ont jamais connu ni même imaginé. Elles offrent à leurs amants des magnétoscopes, et toutes sortes de matériel hi-fi. Le tourisme sexuel se développe, les jeunes mecs veulent bien se dévouer, ils doivent s'en sortir et nourrir leur famille, et c'est vrai qu'avec l'argent de poche que leur donnent ces femmes, ils peuvent vivre un an tranquilles.

Faites-vous plaisir mais soyez réaliste !

Le *back street*

C'est un grand classique, surtout dans nos pays latins… remplis de lapins.

Certaines femmes commencent un *back street* en toute connaissance de cause. D'autres s'engagent dans une relation et découvrent en cours de route que l'homme est marié.

C'est toujours dans ce sens-là que ça marche : les hommes, eux, ne vivent pas de *back street*, parce qu'ils n'attendent pas. Car la caractéristique du *back street*, c'est justement l'attente… devant le téléphone. Heureusement, le portable est apparu, elles bougent un peu plus, mais elles attendent tout autant. Elles attendent pour Noël, pour le Jour de l'An, pour le week-end en amoureux qui ne vient jamais, pour les vacances qu'elles finissent par passer seule, la tête dans la boîte de Kleenex.

Elles attendent qu'ils divorcent. Or ça peut durer des années, car ce n'est jamais le bon moment pour l'homme de divorcer : sa femme est enceinte alors qu'il prétendait ne plus avoir de rapports sexuels avec elle (un accident incroyable !), ou bien c'est la communion/le bac/le mariage de l'aînée, la naissance du premier petit-fils, le cancer de la belle-mère qui vous fait gagner au moins trois ans de souffrances supplémentaires… la ménopause de l'épouse et on en passe…

Vous en entendrez de toutes les couleurs si vous vous engagez dans un *back street*. Vous n'avez pas le courage de le quitter par peur d'être seule, alors que c'est au contraire parce que vous êtes accaparée par cette relation que vous n'êtes pas disponible pour d'autres amours.

N'écoutez pas les copines qui vous assurent qu'il divorcera un jour ou l'autre puisqu'il vous aime. Dans le meilleur des cas, il aime les deux, son épouse et vous. Pourquoi se priverait-il de l'une pour l'autre quand il peut avoir les deux ? Deux cookies c'est meilleur qu'un seul, surtout s'ils n'ont pas le même goût.

Méfiez-vous, souvent vous êtes la réplique en plus jeune de sa femme, ce qui dénote un esprit de persévérance… mais n'est pas bon pour l'évolution de la situation : qui vous dit qu'il ne va pas un jour vous jouer le même tour qu'à sa femme, prendre la même que vous… en plus jeune ?

Un conseil : mesdemoiselles, le *back street* n'est supportable que si c'est une stratégie délibérée : si vous ne voulez absolument pas vous marier. L'amour oui, les chaussettes non ! Dans ce cas, prenez comme amant un homme marié, c'est un moyen sûr d'être à l'abri des sollicitations.

Prenez même trois hommes mariés pour faire un amant digne de ce nom !

Vous n'êtes plus obligée de vous arrêter au premier candidat

Les femmes peuvent choisir leur vie aujourd'hui : être seules si elles veulent, avoir quelqu'un en permanence si elles veulent, ou une relation à mi-temps si elles veulent aussi. Elles n'attendent plus d'avoir un mari pour les entretenir, elles sont capables de gagner leur vie assez bien par elles-mêmes, elles ne sont plus des potiches. Elles ne sont plus censées attendre le pigeon qui leur permettra de prendre de longues « vacances » pleines de vaisselles, de lessives, et autres joies domestiques. Comme si elles n'aspiraient pas à une vie plus épanouissante et active que cela.

Les femmes doivent oublier cette peur ancestrale d'être mal jugées si elles font des expériences amoureuses. Les mœurs ont changé, les règles ont évolué, et c'est plutôt à l'avantage des femmes, si elles veulent bien sortir du rôle de malheureuses victimes incapables de se débrouiller seules. Regardez même dans les films, les héroïnes sont enfin capables d'initiatives et cessent de hurler comme de pauvres biches prises au piège.

Si la vertu des femmes était chose précieuse dans le temps, c'était surtout au regard de la descendance et du patrimoine. Avec la pilule, le problème est résolu, hommes et femmes sont donc à égalité !

On n'est plus au Moyen Âge à subir la pression sociale. Ne vous arrêtez pas au premier candidat. S'il ne vous convient pas, ne vous forcez pas. Apprenez l'art de la rupture !

Votre cœur ne bat plus, vos ardeurs sont au plus bas. Il n'y a rien à faire il ne vous plaît plus, vous ne l'aimez pas.

Question: Comment rompre sans lui faire bobo à l'ego?

Il y a deux philosophies, c'est comme pour le sparadrap: ou vous l'arrachez d'un coup et ça fait très mal mais pas longtemps; ou vous le décollez petit bout par petit bout et le supplice peut durer, durer, durer. On a même une de nos copines qui en est à sa quatrième année de rupture... C'est dire comme le sparadrap est bien accroché.

Rompre est un art qui peut s'exprimer de bien des manières. Il y a:

– la rupture par téléphone;

– par lettre;

– par convocation au café;

– par Internet;

– éjection par les copains;

– expulsion par les flics;

– s'il est votre patron, attention à la rupture par licenciement;

– la rupture salope;

– la rupture sournoise;

– la rupture gros bobard;

– la rupture parce qu'il y a quelqu'un d'autre;

– la rupture je te laisse/je te reprends, selon que l'histoire d'à côté se passe bien ou mal;

– la rupture sans le dire tout en le disant;

– la rupture par déménagement ou départ à l'étranger ou la mutation en province;

– la rupture je retourne chez ma femme mais on reste amis quand même;

– la rupture sans un mot.

La rupture sans un mot, c'est la pire, vous vous posez des questions pendant des années, vous n'avez toujours pas compris ce que vous avez dit ou fait qu'il ne fallait pas ou ce que vous n'avez pas fait qu'il aurait fallu faire, et pendant ce temps-là l'autre s'en fout, il vous a même oubliée.

Selon votre tempérament, il y a donc deux styles de ruptures : les ruptures chirurgicales ou les ruptures en cent vingt-huit épisodes… qui finissent par lasser les copines.

Les ruptures violentes : la rupture par implosion ou par explosion, vous jetez ses affaires par la fenêtre, vous piétinez son portable, vous jetez dans les flammes son portefeuille avec ses cartes de crédit…

Les ruptures progressives : l'extinction à petit feu, vous êtes de moins en moins disponible, de plus en plus occupée, vous imposez des délais de rendez-vous de plus en plus longs, genre toute la semaine je suis busy, lundi psy, mardi piscine, mercredi les enfants, jeudi j'ai un dossier à rendre pour vendredi, et ce week-end je vais voir ma grand-mère dans le Morvan avant de décoller lundi pour New York. Si vous voulez garder un mec, on vous déconseille vivement de faire ça, mais si vous voulez vous en débarrasser, continuez…

La rupture diplomatique, comme vous vivez dans le même milieu vous ne pouvez pas vous fâcher : « Nous ne sommes pas faits l'un pour l'autre, mais je veux garder ton amitié. »

Une rupture élégante : prendre tous les torts sur son dos comme dans un bon divorce, « je ne te conviens pas », vous rendez grâce à l'autre de toutes ses qualités dont vous n'êtes pas digne, vous ne lui arrivez pas à la cheville, il mérite beaucoup mieux.

Ou alors à l'opposé, on vous déconseille vivement le cahier de vos doléances : la liste interminable de ses défauts assortis d'une mauvaise foi caractérisée. Ça alimente la polémique et ça déchaîne parfois les fureurs.

La rupture présente plusieurs dangers :

Si c'est une rupture clean et brutale, ça rend malade même si c'est vous qui rompez, c'est un grand choc affectif, un grand stress qui peut générer des problèmes de santé, mais une rupture trop diffuse peut ne jamais se terminer.

La rupture à grand renfort de trompettes n'est pas toujours une bonne stratégie, car elle peut préluder à des retrouvailles intenses : comme vous avez craché votre venin et dit tout ce que vous aviez sur le cœur, l'autre va se conformer à vos désirs, devenir un être parfait, et vous recraquez jusqu'à la prochaine fois.

Le système de l'élastique n'est pas non plus recommandé, sachez ne pas faire durer des années pour ne pas démolir l'autre, ne retombez pas si vous êtes vraiment déterminé, vous perdrez votre temps. Parfois, pour être gentille, il faut savoir se montrer méchante.

Savoir rompre est un art. Si vous ne le possédez pas, les filles, en désespoir de cause, envoyez-le chez votre astrologue préférée qui lui expliquera qu'il n'est pas l'homme de votre vie, mais que c'est dans trois mois qu'il va rencontrer l'âme sœur, il décristallisera, il vous dira merci et vous resterez sa meilleure copine. Dans tous les cas, évitez de lui dire le traditionnel : « Une de perdue, dix de retrouvées. » C'est un peu risqué !

Choisir la personne avec laquelle vous allez vivre est l'acte le plus important de votre vie. Ne vous trompez pas.

Non, l'amour ça ne fait pas toujours mal. Une fois on quitte, l'autre fois on est quitté, ça marche dans les deux sens aussi. Et alors ? Vivre, ça enrichit, les bleus au cœur ça rend plus fort, et tout dépend comment on finit ses amours, ça peut faire des tas d'amis partout dans le monde. Sortez des mentalités étroites, pleines de préjugés... Bougez, vivez, aimez pour un jour ou pour toujours, mais aimez... Séduisez !

Deuxième partie

Comment nous plaire ?
Conseils aux hommes

Eh oh ! Les hommes ! Où êtes-vous passés ? On vous adore, on ne s'intéresse qu'à vous ou presque, on vous veut, on vous réclame, arrêtez de vous terrer dans votre caverne, revenez vers nous !

D'accord, les temps sont devenus difficiles pour vous.

Pendant des millions d'années régnait le patriarcat, c'est-à-dire la toute-puissance de l'homme sur la femme et du père sur sa famille. Ça existait depuis la nuit des temps et ça marchait très bien… pour les hommes.

Ce que pensaient les hommes était plus important que ce que pensaient les femmes qui, d'ailleurs, c'est bien connu, ne pensaient pas. Il y avait bien de temps en temps une Jeanne d'Arc ou une Marie Curie pour vous contrarier dans vos affirmations, mais quelle probabilité aviez-vous d'en rencontrer une ? Les vaches étaient bien gardées.

Et patatras ! En vingt ans tout s'est inversé. Soudain, voici que les femmes contrôlent les naissances, ont accès aux études, assurent leur indépendance économique. Pire, elles vont bientôt comme Dolly faire des enfants sans avoir besoin du sperme de l'homme. (Au passage, dites merci aux chercheurs mâles qui ont eu cette riche idée, il fallait y penser !) Bref, il y a bien de quoi vous couper la chique.

Pas étonnant que vous soyez reclus dans vos studettes comme les poilus de la guerre de 1914 en embuscade dans leurs tranchées. D'autant que les femmes, en accédant à une (presque) égalité, se sont mises à copier les schémas masculins : elles ont repris à leur compte le modèle du mâle héroïque, imperméable aux coups, coupé de ses émotions, interdit de larmes, engagé dans la compétition, refusant les sentiments et préférant la vie des affaires à la vie de famille.

Résultat : les rapports hommes/femmes sont devenus un vrai champ de bataille. Hiroshima mon amour !

Les hommes, changez votre fusil d'épaule, soyez solidaires des femmes au lieu d'être leur ennemi, dites-vous que vous avez la chance, pour la première fois dans l'histoire de l'humanité, de rencontrer des femmes qui affirment leurs goûts, leurs ambitions, leur créativité. Vous n'avez plus des « moitiés » à vos côtés, c'est-à-dire des demi-portions, vous avez des partenaires.

Soyez lucides sur les mutations de la société et prenez-en le meilleur. Laissez parler les corps et les cœurs, développez ensemble la sensibilité, la sensualité, l'expression des sentiments. Trouvez avec les femmes une nouvelle intimité, dans la communication et l'entraide.

Changez de registre, abandonnez définitivement vos préjugés ancestraux et les diktats qui les accompagnent. Osez, pleurez, chantez et aimez-nous. Soyez à la hauteur de nos émotions. Les hommes, voici nos conseils pour plaire aux femmes.

Pourquoi un tiers du livre pour vous et deux tiers du livre pour elles ?

Vous devez absolument lire la première partie qui leur est consacrée, car :

1° C'est un bon moyen de savoir leurs petits secrets

2° Beaucoup de conseils que nous leur donnons sont à reprendre à votre compte.

Faites, vous aussi votre bilan de compétence amoureuse, vous aussi relancez-vous dans la mêlée au lieu de vous recroqueviller dans vos a priori, changez votre discours s'il est trop négatif: on n'attire pas les mouches avec du vinaigre. Vous aussi devez soigner votre look pour vous donner de l'assurance, vous aussi devez soigner votre corps en même temps que votre mental. Vous aussi devez faire preuve d'esprit de conquête mais surtout de respect et de délicatesse. Larguez vos gros sabots, soyez subtils, élégants physiquement et moralement, c'est vous qui induirez le comportement des femmes que vous rencontrerez.

Devenez amoureux de l'amour, les filles le sentiront, ça les émoustillera et vous aussi.

Voici quelques conseils *spécifiques* que nous avons à vous donner pour y arriver, quelques clés à posséder pour gagner notre cœur: il y a des choses à faire absolument et d'autres à éviter à tout prix.

Chapitre 1

Les hommes ont toujours droit aux initiatives

Les femmes vous demandent d'abandonner les préjugés anciens qui les dévalorisent, elles ne vous demandent pas de renoncer au rôle de conquête et de séduction qui a toujours été le vôtre.

Depuis la nuit des temps, c'est l'homme qui chasse la proie et qui fait sa cour pour prendre femme. Ça devrait continuer, les femmes n'attendent que ça. Depuis une centaine d'années, elles ont été obligées de changer leurs batteries pour obtenir des avancées légitimes, faire reconnaître leur personnalité et leur droit à la parole. On revient de loin. En France, pas plus tard qu'il y a cinquante ans, les femmes n'avaient pas le droit de vote et, en remontant un peu dans l'Histoire, on n'était pas si loin du régime des taliban tant décrié aujourd'hui : on enfermait les filles dans les couvents, elles ne choisissaient pas leur mari et le divorce n'existait pas, les femmes n'avaient aucun droit sur le capital familial, même si c'était leur dot qui l'avait constitué, les filles mères étaient mises au ban de la société, dans les hôtels ou les auberges on n'acceptait pas les femmes seules.

Comme dans toutes les libérations, par un effet de balancier, on est passé aux extrêmes inverses. Mais, fondamentalement, les femmes attendent des hommes qu'ils reprennent des initiatives. Donc, ne vous reposez pas sur vos lauriers, messieurs, ne démissionnez pas, ne vous terrez pas dans vos miradors *(sic)* en ayant peur de vous faire déchiqueter par une panthère, fût-elle rose (errant dans la banlieue de Fontainebleau). La nouvelle agressivité des femmes n'est qu'une façon bien maladroite, on vous le concède, de réclamer de l'amour et de la tendresse.

Aujourd'hui, rares sont les hommes qui osent aller au front. On a du mal à croire qu'on en soit arrivé à une telle situation… Ne renoncez pas si vite. Les femmes rêvent que les hommes reprennent leur rôle de mâles, qu'ils assurent sur tous les tableaux, sans pour autant que vous les rabaissiez à leur situation antérieure de dévalorisation. Audacieux oui, machos non !

Si vous reprenez l'initiative, les femmes seront ravies et flattées. Il suffit pour passer la barre de savoir trouver le chemin de leur cœur. Une femme boudeuse à la terrasse d'un bistrot si vous l'abordez de façon chaleureuse, drôle ou sympa, vous finirez bien par la faire sourire. Si vous n'y arrivez pas, tant pis pour elle, vous n'avez rien perdu. Quelles que soient ses réactions apparentes, sachez qu'une femme est toujours flattée dans son for intérieur de recevoir l'hommage d'un admirateur. Si cet admirateur est beau, charmant, sexy, c'est le paradis.

Chapitre 2

Les hommes aussi sont sexy

SOIGNEZ VOTRE LOOK

Il y a une chose que les hommes semblent ignorer et qui est pourtant capitale : les femmes regardent le corps des hommes et trouvent certains avantages anatomiques extrêmement sexy. Les hommes doivent donc les mettre en valeur. De la même façon qu'un décolleté fait rêver les hommes, une chemise entrouverte sur un thorax bronzé, un short bien coupé dégageant une cuisse longue et musclée met les dames en émoi. À quoi croyez-vous que tient le succès des marcels, ces débardeurs qui laissent voir la musculature puissante des beaux jeunes ouvriers sur nos chantiers ? Et le tee-shirt de Marlon Brando dans *Un tramway nommé Désir*, combien de générations a-t-il fait chavirer ? À quoi servent les gourmettes sinon à mettre en valeur un poignet délié et une élégante ossature du bras ?

Culturellement, avant, on disait aux filles de ne pas regarder les hommes. Aujourd'hui, elles matent. Elles matent en bande même. Et croyez bien qu'elles savent apprécier de longues jambes fuselées, des quadriceps bien dessinés, de jolies mains, une bosse prometteuse dans le slip, des carrés de chocolat, une mâchoire carnassière et puissante, une chute de reins ravageuse.

Messieurs, comme les femmes, apprenez à mettre en valeur vos atouts physiques en choisissant les accessoires et les vêtements qui vous avantagent.

Au besoin, allez voir une styliste ou une relookeuse professionnelle. Mais avant tout, faites le ménage.

Faites le ménage

Messieurs, vous aussi êtes concernés par le gommage, l'exfoliation, l'épilation, l'extirpation des points noirs. Si vous avez des verrues, des excroissances et des boutons, une visite chez le dermatologue s'impose.

Être appétissant !

Le poireau à côté du nez, on l'enlève !

Les poils moches qui dépassent du nez ou d'ailleurs, on les coupe. Passez à la cire ou au laser ces montagnes de poils du dos qui vous font ressembler à un orang-outang. Les poils sur la poitrine, c'est viril, ça plaît à certaines.

Coupez vos ongles de pieds, les griffures sur les jambes, non merci ! Le dessous des pieds aussi ça s'entretient, et le pédicure est là pour ça, il enlève ce qui est râpé, fissuré et désagréable au toucher…

Se raser, c'est important : sinon, en cas de soirée-bisous, vous risquez de transformer le menton de votre jolie partenaire en cul de macaque, le bronzage part, ça fait tout rose ! Et quand vous vous rasez, mettez de la crème hydratante après pour avoir la peau douce. Et si vous vous parfumez, c'est divin !

Et s'il vous plaît, laissez-vous retirer les points noirs sans bouger… c'est pour être beau. Dites-vous bien, messieurs, qu'une femme est capable de s'obnubiler pendant un dîner entier sur le gros point noir qui la nargue au bout de votre nez ! Elle ne pense qu'à vous sauter dessus pour l'extirper… ou à se sauver. Vous aurez raté votre soirée.

Les mains propres ! Dans le temps on nous radotait : « Faire pipi, laver ses mains… » Eh bien ! C'est encore d'actualité !

Nombreux sont les hommes qui ne pensent pas à se laver les mains après être allés aux toilettes ou avant de nous toucher. Je connais deux femmes qui n'ont jamais dit à l'homme avec lequel elles commençaient une liaison qu'une des raisons pour lesquelles elles ont cessé une relation, c'est bêtement à cause de cela. Vous avez touché la poignée de votre voiture, des portes et des tas de choses porteuses de germes, vos mamans vous le disaient bien : « Lave-toi les mains ! »

Comme les hommes ne peuvent pas jouer sur le maquillage et les artifices comme le font les femmes, ils doivent jouer sur le raffinement, la propreté extrême, des mains entretenues, douces, des ongles soignés, sentir bon, il faut compenser. Les femmes regardent les mains des hommes après les yeux, elles le disent toutes...

Dents blanches, haleine fraîche

Les garçons aussi ont le droit de sourire avec de belles dents blanches.

Les lèvres gercées ? Rien n'est moins attirant que les lèvres gercées et, de plus, on peut vous soupçonner d'avoir un herpès. Vous connaissez les tubes de Nivea quand même, c'est pas fait pour les chiens !

Les mecs à la voix de canard qui mâchouillent leur chewing-gum, dur, dur, même si c'est pour avoir bonne haleine.

Au sujet de l'haleine fraîche, le café au lait est une catastrophe, faites la guerre au petit crème : l'acidité du tube digestif avec la combinaison café + lait, ça fait des gros globules dans l'estomac, ça envoie de l'acide dans la bouche, pas pour tout le monde mais presque, et vous puez de la gueule. (Oh !)

Le cow-boy Marlboro est remisé aux oubliettes, et quand on voit Humphrey Bogart cloper comme un malade sous le nez de Lauren Bacall, on ne comprend plus comment ça a pu être un modèle de séduction international. Avec nos yeux du XXIe siècle, on a plus envie de lui coller une claque qu'un baiser. D'ailleurs, il est mort d'un cancer du poumon.

Soyez donc courtois, s'il vous plaît !

Haro sur le cigare en boîte de nuit, il n'y a pas pire, ça ne fait plus « riche », ça fait mal élevé…

Arrêtez le cigare, vous verrez, ça améliorera votre vie sentimentale. Et ne vous étonnez pas si on vous sert un cours sur le cancer à petites cellules. Ça vous apprendra à empuantir l'atmosphère. Et si vraiment vous ne pouvez pas vous en empêcher, allez fumer sur le balcon, vous en serez quittes pour une bronchite !

Les fumeurs de cigarettes sont priés de vider le cendrier de leur voiture ; rien n'est pire que l'odeur de tabac froid sur le skaï de votre vieille Renault pourrie. Ça tue.

IL SENTAIT BON LE SABLE CHAUD, MON LÉGIONNAIRE

Même si vous buvez beaucoup d'eau, mangez sainement, transpirez régulièrement au sport, au sauna, au hammam, et même si vous vous lavez très souvent, vous n'êtes pas sûr d'avoir une odeur de corps naturellement bonne. Les gros buveurs de bière, par exemple, transpirent la bière et non Habit Rouge de Guerlain. Une bière pour la dégustation quand il fait très chaud, OK, après vous prenez des risques !

Attention, les garçons, veillez à ne pas sentir le sconse quand vous draguez une nana.

Après la douche, le déodorant est un must absolu, une femme se détournera forcément du mec qui pue la transpiration, avec une petite tolérance tout de même pour la sueur après le tournoi de tennis. Le minimum, si vous n'êtes pas adepte du parfum, c'est un gel douche parfumé, suivi d'un déodorant au sortir de la douche. Plus raffiné encore, l'anti-perspirant, non, ça n'est pas mauvais pour la santé.

Il y a des hommes hétéros qui sont encore dans ce mythe passéiste : « Si je m'occupe de mon corps, c'est que je suis un pédé. » Non, non ! On peut être élégant et soigné sans déroger ! Aujourd'hui les hommes ont beaucoup plus le droit qu'avant d'exposer leur côté raffiné et sensible sans être taxés d'homosexualité.

Messieurs, partez à la recherche du parfum qui vous convient, les femmes aiment les hommes parfumés.

On connaît un jeune homme tellement raffiné qu'il met des cubes d'ambre végétal dans ses baskets pour ne pas incommoder son entourage… ni sa petite amie, car bien sûr il n'est pas resté seul longtemps.

Pour les hommes, pas d'« after-chèvre », du parfum. Ça attire encore plus les femmes, ces grandes olfactives. Pas non plus la peine de renverser le flacon sur vos joues, ça donne mal à la tête, et un mec, il faut le sentir quand on est dans ses bras, pas à vingt mètres.

Les vieux jeans

Sauf si vous avez 15 ou 20 ans, les vieux jeans usés, c'est pour la poubelle ! Les jeans trop moule-bite ou au contraire ceux qui vous pendouillent aux fesses, les chemises râpées aux poignets, les chaussettes écossaises qui font l'accordéon, les pantalons de flanelle brillant de crasse, la chemise rayée écrasée par le pull ras du cou, et pourquoi pas, quand vous êtes en short, les chaussettes montantes dans les mocassins !

Messieurs, pour améliorer votre look, demandez de l'aide à votre pote homo ou à votre bonne vieille copine qui se fera un plaisir de vous cornaquer pour l'occasion.

Soyez coquets, élégants, les femmes aussi sont fières de se montrer avec un homme séduisant à leur côté. Être élégant et soigné laisse supposer une certaine tenue morale de l'intéressé.

Cirez vos chaussures, les pompes de ploucs bien éculées et poussiéreuses, non ! Vous pouvez porter un jean (noir de préférence), mais avec de belles chaussures, c'est un plus. Les femmes vous collent tout de suite dans une catégorie sociale ou dans une autre selon que vous portez mocassins ou Weston.

Rappelez-vous qu'il n'y a pas d'amour sans séduction.

La démarche masculine

Certains hommes marchent comme des ours, les bras raides comme des piquets, les épaules accablées. Travaillez à avoir une démarche plus fluide, arrêtez de traîner les pieds en traînant votre vie comme un boulet.

Préférez les attitudes félines qui vous donneront de plus une souplesse mentale face aux événements. Au besoin, entraînez-vous devant la glace à avoir de la classe, faites quelques exercices. Pas besoin de jouer les Aldo Maccione ni les Patrick Dupont !

Le choix des chaussures est capital : les tennis aident à marcher souplement mais au-dessus de 40 ans, pour séduire, il y a mieux que vos baskets pourries qui vous font puer des pieds. Et puis les bonnes chaussures à semelles souples sont si confortables. Le look, on vous dit ! Regardez les Italiens, leur démarche si élégante attire nos regards.

Les femmes font comme vous, elles aussi regardent vos fesses, marchez donc de façon masculine mais plus aérienne.

Les vieux slips

Messieurs, puisqu'on en est à examiner la garde-robe, on a des choses à vous dire sur vos sous-vêtements. Caleçons, slips taille basse, boxers larges ou collants, slip kangourous, les femmes sont très attentives à vos dessous…

Leurs premiers émois de fille, c'est papa qui sort de la salle de bains en slip, donc ce n'est pas innocent…

Soignez vos dessous !

Le boxer à élastique avachi qui pend tristement sur vos fesses, les coutures effilochées, les trous, non ! Votre vieux slip qui vient de fêter ses vingt ans : poubelle ! Sinon, c'est nous qui les ferons disparaître. Et ne comptez pas sur nous pour avoir des ardeurs quand on vous voit pareillement accoutrés.

Caleçon ou slip, peu importe, faites selon votre préférence, et pas forcément selon la mode. Ce qui compte, c'est ce qui vous sied le mieux et vous paraît le plus confortable.

Renouvelez souvent votre stock. Essayez d'être sexy.

Quand vous allez acheter vos tee-shirts, pensez à *Un tramway nommé Désir*, parce que nous, on y pense encore… et toujours. Ça vire à l'obsession. À vos cassettes !

À l'exception des narcissiques qui, eux, tombent dans le travers opposé, les hommes ont le défaut de ne pas aimer suffisamment leur corps. Ils n'ont pas du tout le rapport sensuel et esthétique qu'ont les femmes à leur anatomie. Ils ont un rapport utilitaire à leur corps.

Les nouvelles générations ont fait quelques progrès, influencées en cela par la pub, le marketing et l'avènement des produits de beauté pour hommes… et guettées par la vigilance de leur mère. Un tabou est tombé, tant mieux !

Les mecs moches

Vous êtes moche ? Ce n'est pas grave ! Faites-en un avantage.

Bien sûr, on va vous reparler de Serge Gainsbourg et de Jean-Paul Sartre qui n'étaient pas des canons, ce qui ne les a pas empêchés de séduire les plus belles femmes de leur époque !

Et Woody Allen, hein ! ! Trente kilos tout mouillé, un cou de dindon, trois cheveux sur le caillou et des culs de bouteille en guise de lunettes, c'est le plus grand tombeur de la terre. Il a séduit et épousé Diane Keaton et Mia Farrow qui sont parmi les plus belles actrices, sans parler des autres...

La beauté, c'est très relatif. Un Français bien moyen peut devenir un séducteur irrésistible aux yeux d'une Américaine. Être intéressant et sexy, c'est exportable dans le monde entier.

Jean-Marc, il est moche, il est tordu, mal foutu, on croirait un chat qui vient de tomber dans un seau d'eau, mais dès qu'il se met à parler, ça y est, vous êtes envoûtée. Vous avez envie qu'il continue encore et encore. On ne peut pas vous réciter son pedigree, mais c'est une bête de maths. Il est passionné de robotique. Quand il vous en parle, ça devient limpide, vous avez envie de tout laisser tomber immédiatement pour vous mettre à la robotique comme si c'était la chose la plus facile du monde ! Il vous explique son itinéraire pour arriver à son niveau de compétence, vous êtes subjuguée et vous trouvez que c'est une aventure humaine passionnante !

Vous êtes chauve ? Rasez tout. C'est la grande mode, profitez-en, Agassi et Barthez font des ravages. De l'art de transformer ce qui était un inconvénient en avantage. De plus, vous pourrez faire un cours sur les brachycéphales et les dolichocéphales pour épater la galerie.

Et Serge, avec ses jambes en guidon de vélo, et sa canine en moins ! Il s'en sort très bien ! Il choisit des lunettes branchées très mignonnes, il s'habille bien, il a toujours les ongles archi propres, il a arrêté de fumer, le dentiste lui a remis une dent pour boucher le trou qu'il avait devant. Il avait un petit bedon, il a fait un quart d'heure d'abdos par jour, les poignées d'amour ont fondu, et pour ses jambes, il choisit très bien des pantalons ajustés aux hanches et larges de jambes qui mettent en valeur son joli petit fessier rebondi et gomme son défaut de parallélisme. Il a tout compris : il met en valeur ce qu'il a de bien, il estompe les défauts.

Si vous êtes dans la catégorie des mecs moches, vous ne séduirez pas au premier coup d'œil, c'est sûr, vous allez ramer un peu plus que les autres. Mais une fois la conquête assurée, l'aventure durera plus longtemps qu'avec un bellâtre. Avant tout, ayez du tact, ne sautez pas sur votre dulcinée dans le quart d'heure qui suit la rencontre.

Avancez progressivement, marquez des points, c'est par votre cerveau ou votre personnalité attachante que vous parviendrez à conquérir son cœur et que vous arriverez à vos fins. L'écoute, l'attention, la délicatesse, la subtilité, le tact, l'intelligence, le talent, la générosité sont des aphrodisiaques bien plus puissants qu'un beau corps surmonté d'une tête bien vide.

Surtout, ne faites pas de complexes et ne perdez jamais confiance. On a toutes eu dans notre vie un mec moche couvert de poils (sauf sur la tête), à côté de qui Fernandel peut passer pour une beauté grecque, mais qui était un amant sublime dont on se souvient encore avec émotion. Car l'homme moche doit être en même temps charmeur, intelligent et virtuose de l'horizontale.

Pour être ce virtuose-là, il vous faut à la fois beaucoup de virilité et beaucoup de sensibilité et faire appel au côté féminin qui est en vous. Les femmes adorent rencontrer la part féminine qu'un homme développe dans sa délicatesse.

Désolées, mais les hommes moches sont interdits de négligence et de laisser-aller. Vous ne devez pas rajouter des défauts à vos handicaps de base. Pour cela, vous devez être plus particulièrement attentif à être très soigné, propre, sentir bon, ongles coupés (pieds et mains), peau parfaite, vêtements raffinés.

Quel que soit votre style, et nous vous conseillons d'en avoir un, il doit être totalement géré, abouti et contrôlé. *Un mec moche a intérêt à trouver son style.* C'est déjà le reflet d'une personnalité marquée, et c'est cela plus que le reste qui influence les échanges entre hommes et femmes.

Caroline se souvient avec émotion d'une aventure échevelée qu'elle a eue avec un médecin pas beau du tout, petit gabarit, les épaules rentrées dans le cou, qui l'a débloquée sur le plan sexuel et l'a rendue dépendante de lui à un point qu'elle n'imaginait pas. Elle avait des rivales sérieuses, ce dont elle ne s'était pas doutée, cet amant virtuose étant un vrai Don Juan. À l'inverse, elle se souvient d'un athlète au corps sublime, au visage de statue, qui radotait tel un vieux pépé des litanies sans intérêt sur la politique et les problèmes de circulation, il était incapable d'aimer quiconque. Tout le monde se détournait rapidement par ennui, et cette merveille de beauté perdait toute sa séduction dès qu'il parlait.

On a toutes eu un amant moche qui nous a scotchées et un beau qui nous a gonflées. Mecs moches de tous pays, ayez confiance !

Chapitre 3

Je suis timide mais je me soigne

LA TWINGO

Combien d'hommes, sous prétexte qu'ils rougissent de timidité et qu'ils ne sont pas des Apollons, restent cloîtrés dans leur solitude : « J'attends de gagner 20 000 balles et d'avoir la BMW qui va faire tomber toutes les nanas dans mes bras. Tant que j'ai la Twingo, je ne bouge pas ! »

Non ! Les femmes sont loin d'être toutes des calculettes ambulantes. Vous pouvez rencontrer l'amour, même dans le métro.

Autre discours : « J'ai quinze kilos à perdre, il faut que je trouve un boulot fixe, que je gagne mon divorce et après seulement je pourrai m'autoriser à chercher une femme. »

Non, non et non ! C'est le contraire ! Même si vous ne rencontrez pas la compagne idéale à la sortie de votre divorce, c'est quand même d'être dans la mouvance amoureuse qui va vous permettre de tourner la page.

La vie est trop courte, n'attendez pas, vivez maintenant : d'ici que vous achetiez votre BMW, vous serez devenu un vieux schnock ou un homme d'affaires au cœur sec et à l'emploi du temps surchargé. Sortez en Twingo, aimez en Twingo !

L'amour, c'est pas le Samu

L'amour, c'est pas le Samu, c'est pas SOS Psychiatrie, si vous voulez attirer l'amour, ne faites pas dans le mélo perso.

« Je suis trop timide, et je ne rencontre personne à cause de ça », non ! Pas à 50 ans… et même à 15 ans ça se soigne… en sortant en bande pour commencer et pas en jouant les loups solitaires.

Les hommes timides ont souvent tendance à se sous-évaluer. Réalisant qu'ils manquent d'aisance dans la conversation, ils ne sont pas assez sûrs d'eux et ne se lancent dans aucune conquête. Avec toutes les femmes qui sont sur le marché, ils ont bien tort. La timidité, ça se soigne, les thérapies cognitives et comportementalistes sont géniales pour ça.

Allez les timides, les femmes savent que les hommes timides recèlent souvent des trésors de profondeur et de sensibilité. De plus, ils savent bien écouter, pour les bavardes c'est une oreille illimitée.

Complexés de tous horizons, trouvez-vous des copines généreuses pour vous rassurer et reconstruire une image positive car les hommes entre eux se font rarement des compliments. De plus, les copains ont tendance à se garder « les bonnes » comme ils disent et à ne pas partager.

Si vous avez gardé de vous l'image d'un ado boutonneux, sachez voir que cette image est obsolète, du temps s'est écoulé, vous avez forcement grandi, évolué, les boutons d'acné de votre jeunesse sont partis depuis longtemps. Donc l'alibi de « je ne cherche pas à séduire parce que j'étais un ado affreux » ne tient plus.

Il y a des jeunes qui se comportent comme des vieux et des vieux qui se croient encore tout jeunes. Il faut savoir être réaliste, cela aide à mieux cibler sa vie et à faire des choix qui correspondent à ce qu'on est intérieurement.

Christophe, 50 ans, croit qu'il est toujours un boute-en-train charmeur de 25 ans : il s'acharne à draguer des minettes de 16 à 18 ans, et s'étonne de s'ennuyer intellectuellement. Il a besoin d'effectuer un petit réglage pour le décalage entre son âge émotionnel et son âge intellectuel.

Certains hommes peuvent être très négatifs, beaucoup souffrent d'un manque de reconnaissance sociale, et au lieu de se remettre en cause et en selle, ils distillent de la bile, du poison, de la noirceur. Pourquoi les femmes traîneraient-elles de pareils boulets ?

Lancez-vous, n'ayez plus peur de souffrir, peur de ne pas être bien, peur de ne pas être à la hauteur, peur de vous faire avoir, peur de vous faire exploiter, ouvrez-vous aux autres, ouvrez-vous au monde !

Certains d'entre vous se sous-estiment tant qu'ils se sentent menacés par des femmes trop intelligentes. Ils en choisissent une sous-dimensionnée pour ne pas avoir à subir la comparaison.

D'autres encore choisissent des femmes à problèmes ou à sale caractère, ils ont un tel manque d'estime personnelle qu'ils supportent tous les caprices de leur partenaire. Dès que ces femmes exigeantes ont réalisé qu'elles sont les plus fortes moralement, elles exercent tous les abus de pouvoir possibles : manipulations, chantages, racket psychologique. Ayez le courage de ne pas engager une telle relation malsaine pour votre équilibre ou de la rompre si elle existe déjà.

Certains encore sont victimes de scénarios répétitifs ou d'attractions récurrentes qu'ils n'ont pas analysées.

Hervé a enfin trouvé après cinq ans de thérapie pourquoi il n'aime que les petites blondes athlétiques aux yeux bleus : étant petit, il a eu une succession de nurses scandinaves et il recherche ce paradis perdu.

Allez, les hommes, un peu d'introspection, ça vous changera. Posez-vous les bonnes questions de fond.

Avez-vous des doutes sur votre charme personnel ? Investissez dans l'aspect extérieur et les vêtements, si ça doit vous donner plus confiance en vous.

Pourquoi toujours des grandes blondes froides et inaccessibles ? Alors que les brunes ne comptent pas pour des prunes...

Pourquoi toujours trois femmes à la fois ? Vous pouvez peut-être en trouver une qui vous conviendrait en tous points.

Est-ce que vous rangez vos affaires dans vos placards ? Trop de désordre dans une maison, c'est dissuasif pour une femme.

Combien de jours laissez-vous la vaisselle dans l'évier ? L'hygiène ça compte et les odeurs aussi.

Êtes-vous serviable ? Ça, c'est un très bon moyen pour avoir des amies (un peu intéressées peut-être, mais il faut bien commencer par quelque chose).

Est-ce que vous savez facilement exprimer des sentiments positifs ou intimes, des émotions personnelles ? C'est ça qui va vraiment faire la différence aux yeux des femmes.

Êtes-vous cynique et quand vous rencontrez une femme pensez-vous qu'elle est le numéro X22541 sur votre tableau de chasse ? C'est pas ça, l'amour !

Mentez-vous sur votre salaire ? C'est que vous n'êtes pas si sûr de vous. Boostez votre carrière si c'est un vrai problème.

Pensez-vous que vous êtes un grand blessé de l'amour ? Ne seriez-vous pas plutôt un handicapé du cœur ? Il est temps de guérir, la vie, on n'en a qu'une, jusqu'à nouvel ordre.

Êtes-vous psychorigide ? Faites des exercices d'assouplissement au lieu de vous barricader.

À quelle catégorie appartenez-vous ? Êtes-vous prêt à tirer les conclusions qui s'imposent ?

Les cockers

Il y a des hommes qui ont des têtes de chien battu. Ils ressassent des vieux thèmes négatifs tels que :

– je n'ai jamais de chance ;

– je ne rencontre que des profiteuses qui veulent que je dégaine ma carte bleue ;

– on ne me court après que pour ma grosse quéquette ;

– l'amour n'existe plus ;

– l'amour ne se cherche pas, il se trouve, donc je ne bouge pas ;

– j'attends ma retraite ;

– je n'ai pas le temps, je suis trop occupé pour rencontrer quelqu'un (alors qu'en fait le cocker passe tous ses week-ends seul) ;

– je suis trop vieux/trop jeune (ça s'arrange avec l'âge !) ;

– j'attends d'avoir fini mes examens (comme si le bonheur empêchait de travailler, et comme si on n'était pas plus sur terre pour être heureux que pour travailler !) ;

– je manque d'expérience, etc.

Tout ça, ce sont de fausses barbes, avouez-le, vous avez la pétoche !

Changez de disque et dites :

– je manque d'expérience, je vais apprendre ;

– je vais chercher un nouveau style de femmes ;

– je vais arrêter de parler de mon argent et me sentir menacé parce que c'est moi qui paie ;

– je vais être actif dans ma recherche et fermer ma télé, sortir, je ne raterai pas une occasion de rencontrer des gens drôles, sympas et intéressants ;

– si je suis fatigué, je prends des vitamines.

Dites-vous bien qu'il n'y a pas d'âge, ni de lieu, ni de moment pour tomber amoureux.

On peut toujours aimer à tout moment, tant qu'on est vivant. Tant qu'il y aura des femmes.

Et c'est l'amour qui va vous rendre vivant !

Les râleurs

Certains cockers râleurs, même s'ils sont beaux comme des dieux, sont infréquentables. Les renfrognés, les jamais contents, les moroses chroniques des deux sexes : soignez-vous. Vous avez attrapé la maladie endémique française : râler et s'auto-critiquer. Comme repoussoir, il n'y a pas mieux… Votre contrôle fiscal, les PV, les crottes de chien ne doivent pas entamer votre bonne humeur, relativisez vos petites misères. Pensez à la chance que vous avez de vivre ici et maintenant, à une époque où l'on ne souffre plus le martyre chez le dentiste, et dans un pays qui concentre les meilleurs médecins du monde, qui change de couleurs quatre fois par an selon les saisons, où l'on trouve 365 fromages qui puent, les meilleurs vins, le pays qui a inventé le cinéma, le TGV, le Paris-Brest et la truite meunière. C'est pas beau tout ça ? Sortez dans la rue en gambadant et allez embrasser la contractuelle.

« J'ai été tellement blessé que je ne sors plus », stop !

Éclopés de la vie, cessez de ressasser, vous ne faites que vous auto-empoisonner. Allez de l'avant, tournez la page, ne gâchez pas votre vie avec de vieux bobos, il y a prescription un jour, alors pourquoi pas maintenant ? Tournez-vous vers l'avenir, pas vers le passé !

« Il faut que je me reconstruise et après l'amour ce sera la cerise sur le gâteau. » Non ! Vous pouvez manger la cerise avant de croquer le gâteau.

Il y a des hommes qui portent des valises narcissiques très lourdes.

Le premier mari de Clara était impuissant depuis une visite médicale malencontreuse en CM2 où le médecin scolaire, examinant ses testicules, avait cru bon de lui dire : « C'est tout ce que t'as dans la culotte ? » Sa puissance sexuelle a été anéantie à vie à cause de cette phrase malheureuse et il a fallu beaucoup d'expériences de substitution (masturbation hyper développée, donjuanisme) pour arriver finalement à une vie sexuelle toujours perturbée et deux divorces. Un bon sexologue aurait pu changer sa vie.

Les parents de Michel voulaient absolument que leur fils atteigne la perfection. Croyant attiser son esprit de compétition, ils l'abreuvaient de remarques extrêmement critiques destinées à le stimuler. En réalité, ces dénigrements permanents l'ont blessé profondément. Résultat : son ego a été complètement détruit et, malgré son physique d'Adonis, Michel est toujours dans la souffrance. Il se trouve laid et trop gros alors qu'il a un corps parfait, et pense que rien de ce qu'il fait n'est bien. Il n'est pas du tout conscient de son charme et de son intelligence. On éprouve l'envie de lui faire des compliments pour contrecarrer ses blocages. Il n'est jamais sûr de ses décisions et a toujours besoin d'être rassuré sur ce qu'il fait. Heureusement, avec une bonne thérapie, il est en train de guérir et de faire la peau à tous ses vieux complexes.

Certains garçons choisissent une nana en fonction de ce qu'en penseront leurs copains. C'est pour valoriser leur ego. Si vous sortez avec une femme en ne pensant qu'à l'image, vous n'en valez pas la peine, vous ne la méritez pas.

Il y a des hommes qui rejettent une femme pour une rondeur en trop ou un détail sans importance, et ils ne vont pas explorer son cœur et son âme. Une femme n'est pas un engin customisé pour glorifier votre ego.

Il y a aussi des hommes qui ne rencontrent « que des salopes ». Comme si on était tous là pour se faire du mal les uns aux autres !

Cessons les lieux communs, les jugements hâtifs et les généralisations abusives. Ce n'est pas parce que vous êtes tombé sur une vilaine méchante une fois que la terre en est peuplée. Pour une chipie, vous avez dix mère Teresa, quinze infirmières au grand cœur. À vous de savoir choisir et de ne pas retomber toujours sur le même modèle.

Si vous avez été trop blessé dans votre enfance, et que vous n'avez pas assez confiance en vous, travaillez à soigner vos vieux bobos de l'âme et tournez-vous vers l'avenir avec confiance !

À l'inverse, d'autres hommes dont l'ego est surdimensionné cherchent à épouser leur sosie. À croire qu'ils s'aiment tellement qu'ils cherchent leur double féminin. On est frappé par la ressemblance entre Jacques Dutronc et Françoise Hardy par exemple ou par celle d'Alain Juppé avec son épouse ou David Hallyday avec Estelle. Chaque cas doit pouvoir s'expliquer : narcissisme inconscient ? Gémellité ? Désir de se renforcer ?

La première femme

Certains ont eu une première expérience sentimentale et sexuelle complètement ratée. Par excès de timidité et d'émotion, ils se sont montrés trop sensibles et maladroits et sont encore traumatisés par ce souvenir. Une seule thérapie pour tous : foncez, recommencez, c'est arrivé à bien plus de gens qu'on ne le croit, ils s'en sont remis, vous vous en remettrez aussi. Renouvelez l'expérience, et plus d'une fois. Vous finirez par guérir. C'est comme le piano, il faut pratiquer. Premièrement, c'est peut-être la faute de votre partenaire, il y a des femmes qui sont nulles au lit ou qui ne savent pas s'y prendre. Ça peut être aussi que la synergie sexuelle avec cette femme n'était pas bonne. Sachez que vous pouvez rencontrer en revanche une autre partenaire, qui va vous révéler. L'amour, ça se fait à deux. De plus, quand on fait l'amour la première fois, ce n'est pas toujours dans les conditions techniques et de confort idéales.

Balayez tous vos vieux fatras émotionnels et vos anciens échecs, vous allez évoluer, vous allez mûrir, vous ne serez plus la même personne. Le passé, c'est le passé… Enterrez-le donc en faisant une grande fête, on vous le répète : la vie, c'est ce qui *va* vous arriver… Allez de l'avant !

L'ORGASME SIMULTANÉ

Il y a un mythe qui complexe les hommes, c'est celui de l'orgasme simultané : certains hommes s'imaginent que s'ils n'arrivent pas à faire jouir leur partenaire en même temps qu'eux, c'est qu'ils sont nuls sexuellement. C'est une erreur, les femmes ont des rythmes très différents, de l'une à l'autre, et par rapport aux hommes. Elles sont plus lentes, c'est physiologique, en revanche elles peuvent jouir plusieurs fois d'affilée, ce qui est impossible pour l'homme. Donc il ne faut pas être obsédé par ce faux problème de la simultanéité qui n'a rien à voir avec vos qualités d'amant ni avec la satisfaction réelle de votre partenaire. Et évitez de vous arrêter en cours de route pour surveiller ses orgasmes, ça va la faire décrocher !

LE GROS ZIZI

Énorme mythe : celui du gros zizi.

Tout petits, les garçons s'inquiètent de la longueur et des mensurations de leur zizi. Devenus grands, ils continuent. Ils ont un zizi fantasmatique dans la tête. Certains sont montés comme des bourricots et pensent que c'est juste normal ; d'autres, plus défavorisés par la nature, s'imaginent être dans la très bonne moyenne. Bien sûr que les femmes sont intéressées par la taille des zizis des hommes, mais ce n'est pas forcément ce que vous croyez. Les *King size* ne sont pas obligatoirement les plus prisés. Un trop gros zizi, pour les fellations, ce n'est pas le pied, et pour la pénétration, ça demande à la femme une dilatation qui n'est pas toujours compatible avec le meilleur de ses sensations. Souvenez-vous que les meilleurs armuriers ne sont pas forcément des tireurs d'élite.

Petits, moyens ou gros zizis, sachez que ce sont les *préliminaires et votre habileté* qui feront la différence. Si vous ajoutez les sentiments et la tendresse, c'est Byzance.

Heureusement, maintenant vous avez un magazine, *M Magazine*, qui est assez précis et informatif sur ce que nous aimons ou pas. Même pour les femmes, c'est intéressant de lire ce que vous croyez que nous croyons, c'est souvent une surprise ! Même s'il y a parfois des aberrations dans ces nouveaux journaux, ils ont le mérite d'aider les hommes à se poser la question de leur relation avec les femmes. Car les hommes pensent rarement à se remettre en question. Messieurs, ne ratez pas non plus une occasion de lire les magazines féminins, ils sont remplis d'informations précieuses sur ce que les femmes pensent et ressentent. Beaucoup de Dons Juans y ont puisé leur science et pétri leur talent.

Parfois un homme qui rencontre une femme très libérée sexuellement peut se sentir inhibé, dépassé par les événements, menacé dans son ego et perdre confiance en sa sexualité, ce qui n'est jamais bon pour la « bandaison ». Ce n'est pas votre capacité sexuelle qui est en cause, c'est soit la force de l'émotion, soit toute votre éducation religieuse ou autre.

Certains hommes sont stupéfaits qu'une femme puisse prendre des initiatives car on leur a seriné le contraire durant toute leur enfance. Balayez tous ces préjugés, en amour tout est possible, tout est permis, surtout de se faire plaisir et de faire plaisir à l'autre.

La vie doit être un grand banquet. Que les femmes puissent avoir des orgasmes en série doit vous réjouir (surtout si vous en êtes l'auteur) et non vous terrifier ! Vous n'arrivez pas à suivre ? Soyez bon joueur, on ne vous demande pas de jouir autant que nous ! Ce sera pour la prochaine rencontre. Il n'y a pas de compétition, nous n'avons pas les mêmes hormones. Plutôt que de vous désespérer, tirez-en avantage, au contraire. Remerciez le ciel de vous avoir envoyé une telle partenaire. Profitez de la chance qui vous est offerte d'élargir votre champ d'expérience sexuelle. Quoi de mieux que d'être initié par une grande amoureuse ?

Chapitre 4

Vous habitez chez vos parents ?

Le fameux « vous habitez chez vos parents ? » éculé, usé, rebattu tant et tant que ce serait une honte pour un homme de le dire. et pour une femme un ennui profond de l'entendre, eh bien, certains osent encore le prononcer, se croyant au quatorzième degré ! C'est un killer absolu, trouvez d'autres accroches. Soyez un peu inventif !

Casino Géant

Un de nos spécialistes de l'approche directe va draguer au rayon luminaires du Géant Casino. Là, il trouve toujours des dames qui achètent des lampes et ne savent pas forcément les poser. Il propose son aide et, comme c'est un bon bricoleur, elles se déclarent enchantées de ses services. Il n'a pas de problèmes pour trouver les premiers mots, et comme c'est fait gentiment, il reçoit un accueil favorable d'emblée. Un bon exemple d'inspiration. Parlez avec les gens, c'est un bon entraînement, ça vous viendra de plus en plus facilement.

Ouvrez-vous à toutes les rencontres.

Elle emboutit votre voiture ? Invitez-la à dîner !

Elle saute en parachute ? Sautez !

Elle fait le Paris-Dakar ? Doublez-la !

Et si elle fait la Transat en solitaire, rejoignez-la en hélicoptère !

Prenez des risques ! On vous le dit, la vie est un casino géant.

Saturday Night Fever

Vous ne savez pas danser ? Vous faites le piquet dans les boîtes accroché au bar et vous ne vous décidez pas à lâcher votre verre plein de glaçons fondus ? Vous devez absolument vaincre toutes vos inhibitions, apprenez à danser ! Votre vie va en être transformée. Consommez une vodka et lancez-vous sur la piste. Au besoin, vous vous êtes entraîné tout seul chez vous devant la glace, après avoir observé les autres. Ce n'est pas si compliqué, vous laissez la musique vous guider. Et quand sur la piste vous avez repéré une femme seule qui vous plaît, allez danser de son côté, faites du *eye contact*, du langage corporel, bousculez-la un peu en dansant puis, pour vous excuser, offrez-lui un verre.

Feu vert pour le chasseur solitaire. Si vous repérez un groupe de copines, allez parler avec l'une puis avec l'autre. Ne commencez jamais par celle qui vous plaît le mieux, faites des travaux d'approche progressifs, des sourires, entamez la conversation, offrez un verre, une cigarette éventuellement, faites n'importe quoi mais engagez : c'est votre travail de mec qui sort en boîte.

En revanche, le genre *Saturday Night Fever* à donner des coups de coude en dansant dans tous les sens : zéro… Inapprochable. Cet exhibitionnisme ne plaît pas toujours, sauf si vous êtes un dieu de la piste, et encore…

Le mec moche qui danse bien peut avoir un sacré succès dans les boîtes, les filles entre elles se passent le mot : « Il n'est pas top, mais pour le rock qu'est-ce qu'il assure ! » Ça lui fait gagner cinquante points de bonus. Il est invité dans leurs dîners, elles savent qu'il va animer la soirée. Ça relance sa carrière amoureuse à coup sûr. S'il propose de donner des cours particuliers, il est en bonne voie. Quoi qu'il en soit, il est systématiquement sollicité. Une bonne vie sociale en perspective. Ce serait bien le diable si, dans le lot, il ne rencontre pas une partenaire pour la valse de la vie. C'était notre quart d'heure lyrique.

LA FICELLE DEDANS

Ça fait trois ans que vous n'avez pas voyagé ? Foncez à Nouvelles Frontières, Anyway ou sur Dégriftour. Ça va être bon pour vous de changer d'univers et de l'élargir par des expériences nouvelles.

Si vous êtes timide, allez dans des clubs de vacances à thèmes, ça va vous débloquer. C'est beaucoup mieux que de vider votre compte bancaire chez Surcouf ou à la Fnac !

D'ailleurs, depuis combien de temps n'êtes-vous pas parti en vacances ? N'est-ce pas, messieurs, au lieu de flipper tout seul dans un bar en picolant jusqu'à deux heures du matin et en clopant trois paquets de Gitanes ? Partez du principe que vous en avez un besoin vital. Direction le Brésil, rien de tel pour vous remettre les idées en place. Là-bas, c'est 14 juillet tous les jours, vous serez retapé en deux temps, trois mouvements et les Brésiliennes ne sont pas des bêcheuses. Quand vous saurez que c'est elles qui ont inventé la mode de « la ficelle dedans » (le string), ça vous donnera une idée de leur liberté de penser et d'agir. Les plages de Rio sont irrésistibles. De plus, vous reviendrez de voyage bronzé et amaigri, votre ex risque d'avoir des regrets, tant pis pour elle !

LE SAUT À L'ÉLASTIQUE

Lancez-vous et après vous verrez. Il y a des débuts de relations qui peuvent ressembler à un saut à l'élastique.

Une bonne technique enseignée dans un séminaire sur l'amour disait : « Allez-y, jetez-vous à l'eau, allez dans un club, accostez toutes les femmes, attendez-vous au rejet. » La première fois, ça fait mal, on se sent sonné, la deuxième on est un peu mieux préparé, ça fait moins mal, au dixième rejet ça devient moins grave et même risible. Au trentième râteau, c'est bien le diable si on n'a pas eu au moins quelques réponses gentilles, encourageantes et positives. Les grands séducteurs ne vous racontent bien sûr jamais leurs râteaux et proportionnellement ils en ont pris autant que les autres. La différence, c'est qu'ils vont plus souvent « au front », car ils ne peuvent pas s'empêcher de vouloir séduire et à force ils ont du métier !

Le râteau, c'est le rejet initial, il faut en tenir compte et écouter ce que l'on vous dit, si vous sentez que c'est un jeu alors vous pouvez peut-être vous insinuer. Si vous sentez à nouveau des barrières, n'insistez plus, restez élégant mais amical… simplement.

TRAVAILLEZ AVEC FILET

Vous n'êtes pas obligé de sauter dans le vide sans filet de sécurité. Il y a des comportements chez les femmes qui vont vous permettre de savoir si vous avez des chances ou pas. Des tas de petits gestes qui correspondent à un langage corporel que vous devez apprendre à déchiffrer.

Si en vous regardant elle croise les bras d'un air décidé, c'est une barrière entre elle et vous. C'est niet ! Changez de cap.

Si elle se tient le lobe de l'oreille, c'est qu'elle se pose la question de savoir si vous lui plaisez ou pas. Vous avez encore du boulot.

Si elle fume une cigarette en vous regardant d'un air détaché, changez de projet.

Mais si tout en fumant, elle caresse ses lèvres, rien n'est perdu.

Si elle embrasse l'ongle de son pouce en prenant un air

dubitatif ou indifférent, c'est peut-être pour vous intriguer et vous stimuler.

Si elle joue avec son collier, c'est soit par ennui, soit par coquetterie, à vous d'être finaud.

Si elle a gardé ses lunettes, posez-vous des questions. Une femme qui veut séduire joue de la prunelle et des lunettes.

Si elle se mord la lèvre, c'est qu'elle tente de refouler son désir et qu'elle n'est pas complètement à l'aise.

Si elle lisse ses sourcils avec délectation, c'est qu'elle vous invite à plus d'intimité.

Si elle ne vous quitte pas des yeux et fait des effets de cils, ça marche pour vous.

Si tout en vous parlant elle passe la main dans ses cheveux de façon un peu lascive, c'est tout bon.

Si elle fait la moue avec les lèvres en avant, comme pour donner un baiser, c'est bien parti.

Si elle ouvre la bouche en vous regardant, c'est que vous pourrez l'embrasser dans pas longtemps.

Si elle caresse ses lèvres, même inconsciemment, c'est qu'elle est prête pour une rencontre érotique et plus si affinités.

Si elle fait cette caresse sur ses lèvres avec ses deux doigts, l'index et le majeur, collés, message direct : elle vous envoie un baiser.

Lorsque du bout de la langue elle lèche les angles de ses lèvres, elle s'impatiente, allez-y, foncez !

Si elle glisse le bout de ses doigts dans l'échancrure de son décolleté, elle attend que vous en fassiez autant.

Si elle croise ses bras pour tenir ses épaules, comme si elle s'enlaçait elle-même, c'est qu'elle rêve d'être dans vos bras.

Si elle pose ses bras contre sa poitrine comme si elle tenait un enfant, c'est que son désir de maternité n'est pas loin. À vous de voir si vous êtes candidat potentiel.

Chez les humains, le rayon d'action des phéromones n'étant que d'un mètre, vous allez devoir vous approcher beaucoup plus près que le bombyx mâle pour savoir si vous lui plaisez. Vous allez devoir entrer dans ce fameux rayon d'un mètre qui constitue son territoire intime. Attention, si vous allez trop vite, vous risquez un rejet brutal.

À vous de sentir à quel moment vous pouvez franchir le cercle magique de son aura hormonale…

Chapitre 5

Les vingt sur vingt

Avec les femmes, vous êtes sur la sellette, vous passez un examen. Et bien sûr, vous voulez obtenir vingt sur vingt, mention très bien et les félicitations du jury.

Mais pour décrocher l'agreg, que devez-vous faire ?

FAITES-NOUS LA COUR

Messieurs, faites la cour aux femmes, elles ne rêvent que de cela. Arthur, notre copain juriste, plus coincé que lui on meurt, travaille dans un grand cabinet d'avocats. Un jour, il voit sortir du bureau d'un de ses associés une femme qui le scotche sur place. Harponné, le Arthur. Flash total ! Aussitôt, il mène son enquête et arrive à se procurer les coordonnées de cette femme et toutes sortes de renseignements sur sa situation familiale. Bingo ! Elle était en train de divorcer, la voie était libre. N'écoutant que ses battements de cœur, et au mépris de toutes ses inhibitions, il lui envoie un bouquet de fleurs accompagné d'une déclaration d'amour. Évidemment elle a rappelé.

Pas une femme au monde ne peut rester insensible à un hommage aussi inattendu que flatteur. Ça, c'est du romantisme.

Les hommes ne sont plus assez fous ! Vous en pincez pour la belle que vous avez croisée au restaurant, suivez-la, soudoyez le portier, la secrétaire, appelez-la et dites-lui combien vous avez été saisi par son charme. C'est une bonne façon de commencer une belle histoire, non ?

Les gens ne parlent que de leurs bobos et de leur ego, ils ne savent plus prendre de risques pour vivre des moments éblouissants. Faites-nous la cour ! Vous serez forcément récompensés.

Osez le romantisme !

Le romantisme, ça paie à tous les coups, mais de plus, aujourd'hui, c'est plutôt original !

L'homme qui adopte des comportements romantiques a toutes les chances de gagner. Les Français pourraient prendre des leçons chez les Américains, du moins pour les débuts parce qu'après ça se gâte. Que font-ils de spécial ? Ils ne nous donnent pas rendez-vous au restau, ils viennent nous chercher en voiture à notre domicile, spontanément. Avant de choisir le restau, ils se sont enquis de nos goûts alimentaires. Ils nous ouvrent la porte, nous aident à retirer notre veste, nous tirent la chaise, même un bouseux du Montana sait faire ça pour sa *girl-friend*.

Très important : les fleurs ! Ce n'est jamais démodé, même la petite rose à 2 euros vendue par l'Indien qui arpente le restaurant nous fera plaisir. Ne pensez pas que vous serez ridicule en marchant dans la rue avec un bouquet de fleurs à la main, les femmes envieront l'heureuse élue destinataire du bouquet, vous avez gagné trois cœurs. Lola a reçu dans sa vie deux bouquets tellement impressionnants qu'elle s'en souviendra jusqu'à son dernier souffle. Sur sa cheminée trône un bouquet de violettes séchées, souvenir d'une audace masculine dans un restaurant des Champs-Élysées.

Le bouquet de fleurs, c'est un fantasme de femme et quel meilleur passeport pour l'amour que de satisfaire les fantasmes ?

Prenez-nous par l'épaule, prenez-nous par la taille, prenez-nous dans vos bras, prenez-nous par les sentiments, mais prenez-nous.

Apprenez à nous toucher, nous enlacer, nous caresser, nous masser. Laissez-nous vous masser, apprenez la sensualité. Entrez avec nous dans les magasins qui vendent de la soie et du cachemire et touchez à tout pour le plaisir de se faire plaisir.

Faites-nous des petits cadeaux, même insignifiants, un stylo rigolo, un aimant en forme de cœur, un livre à 3 euros. Tous les objets avec des petits cœurs nous font plaisir. Fêtez la Saint-Valentin toute l'année. Les porte-clés personnalisés, les petites bougies pour dîner en tête-à-tête, toutes sortes de petites attentions nous enchanteront. Sélectionnez les objets qui par allusion délicate nous parlent soit d'amour soit de nos goûts. Un disque qui rappelle une première soirée torride, un album photos sur le voyage qu'on a fait ensemble ou qu'on veut faire, un petit carnet pour prendre des notes, des boucles d'oreilles à 10 euros en forme de coccinelle pour nous porter bonheur, etc.

Des petits cadeaux régulièrement valent mieux qu'un gros cadeau une fois par an. Si vous nous faites un trop gros cadeau à Noël, votre compte en banque va être exsangue, et si vous vous êtes trompé dans votre choix, vous avez faux pour toute l'année.

Embrassez-nous le matin au réveil, un vrai bonjour d'amoureux, pas un grognement.

Apprenez à nous faire de bons petits plats, mais non ce n'est pas si compliqué, *Femme actuelle* donne des recettes très visuelles, piquez-les donc chez votre mère. Ou emmenez-nous au restaurant pour qu'on ne passe pas notre vie derrière les fourneaux.

Ne nous offrez pas des machines infernales à la pointe

de la haute technologie si nous sommes fâchées avec l'électronique et les petits boutons. Apportez-nous plutôt le petit déjeuner au lit.

Ne nous invitez pas à faire une semaine de plongée quand vous savez qu'on a peur des poissons, et que le toucher d'une méduse nous vaut un stage de trois semaines à l'hôpital.

Messieurs, sachez qu'on adore être épatées par des trucs inoubliables, on ne vous parle pas de battre des records dignes du *Guiness*, on évoque des choses significatives qui parlent à notre cœur.

Soyez inventifs, et perspicaces.

DITES-NOUS JE T'AIME

À un stade ultérieur, osez nous dire que vous êtes amoureux, exprimez ce que vous appréciez en nous, ce que vous trouvez beau, joli, agréable. Ne soyez pas avares de compliments sincères. On n'est plus à l'école, dégagez-vous des blocages de l'adolescence.

Susurrez-nous des petits surnoms d'amour, les « mon cœur », « mon chaton », « mon trésor d'amour » vous vaudront vingt points de plus. Envoyez-nous des petites cartes avec des mots d'amour, des e-mails d'amour. Le site www.bluemountain.com est une mine de cartes électroniques d'amour avec musique et animation.

Écrivez-nous des lettres d'amour qui soient des chefs-d'œuvre de la littérature mondiale, pas copiées sur les autres évidemment, bande de plagiaires, non, non, écrites par vous. Si vous manquez d'inspiration, envoyez au moins des e-mails de trois lignes avec de l'amour dedans.

Une autre façon de nous dire « je t'aime », c'est de venir nous chercher à la sortie de notre travail, nous adorons ça et en plus ça nous évite de faire de bonnes ou mauvaises rencontres en chemin. Nous nous sentirons d'autant plus valorisées que vous voudrez nous protéger. C'est tout bénef pour vous.

Xavier en connaît un rayon : « Si je vais la chercher à son travail avec le bouquet de fleurs, j'ai bon partout, elle est aux anges pour une semaine. »

Allez les mecs, un petit effort. Pas besoin de l'agreg ! Avec les vingt sur vingt, c'est bingo, vous gagnez à tous les coups.

Chapitre 6

Les killers

Le killer c'est zéro pointé, c'est le contraire de vingt sur vingt.

Le killer ça tue… tout élan de la femme. Avec le killer, elle tourne instantanément les talons, vous n'avez plus aucune chance, c'est rédhibitoire.

LES PHRASES QUI TUENT

Il y a des phrases que certains gaffeurs prononcent, franchement, ils feraient mieux de se casser une jambe.

Exemples :

T'as les mains moites.

C'est quoi ton déo ?

(À une blonde) J'aime pas les blondes.

Faudrait que tu maigrisses.

Faudrait que tu fasses du sport.

Tu devrais te maquiller.

Fais des efforts pour t'arranger.

Je ne sors qu'avec des mannequins (alors que vous n'êtes pas terrible).

Je ne vois que des putes et des call-girls, comme ça je ne dois rien à personne.

T'écris un livre ? Je vais t'aider, les femmes ne savent pas théoriser.

(Au lit) C'est tout ce que tu sais faire ?

(La première nuit) Taille-moi une pipe.

Au milieu de l'acte d'amour vous stoppez tout en déclarant : Je vais faire la cuisine.

Une fois l'amour fini, le mec marié : ma femme est formidable.

Le lendemain de la première nuit, à vos copains, devant la femme qui vous prenait pour un gentil bien élevé : C'est une bonne, on s'en est payé une tranche.

La veille du week-end : Ne m'attends pas, finalement je pars avec mes enfants, je t'appelle lundi.

Croyez-nous, toutes ces phrases ont été dites et plutôt mille fois qu'une. Vingt ans après les femmes s'en souviennent encore comme d'un camouflet insupportable.

La main aux fesses

Les grandes tapes dans le dos, les claques sur les fesses, la fumée dans la figure, le gros cigare, les « ma poule », les « je ne te connais pas mais je t'enlace et j'en profite pour te peloter », jamais le premier jour ! En boîte, si vous l'invitez à danser et qu'elle refuse, ne soyez pas lourdingue en déclarant : « Viens, ne fais pas ta mijaurée », ça n'arrangera pas vos affaires. Ça choque notre profonde sensibilité, même si on n'est pas chochottes ou XVIe. On n'est pas encore copains.

Le tutoiement immédiat, il vaut mieux savoir évaluer si ça passe ou si ça casse, à 20 ans oui, à 50, ça dépend du contexte…

La queue d'une poire

Certains hommes ont une haute d'idée d'eux-mêmes, ils ne se prennent vraiment pas pour la queue d'une poire, comme dit Marie-Rose.

Le nombre de mecs ordinaires qui vous déclarent : « Je suis un beau mec » alors que vous êtes en train de vous demander comment vous allez le relooker et lui faire perdre dix kilos pour oser le sortir !

Il y a aussi ceux qui se prennent pour des cerveaux et qui n'ont pas inventé la poudre. Ce sont souvent les mêmes qui se permettent de vous critiquer quand vous exposez vos vues sur un sujet auquel ils ne connaissent rien, alors que vous avez une maîtrise dans cette matière !

Aujourd'hui le complexe de supériorité des hommes est très mal vécu par les femmes qui ont fait leurs preuves dans bien des domaines et que ça fait doucement rigoler.

Le Don Juan

Il y a des hommes qui se croient irrésistibles, et du coup se comportent comme si c'était le cas. Ils arrivent en terrain conquis et se permettent des privautés que la femme n'est pas du tout prête à leur accorder. Don Juan de pacotille, arrêtez donc de penser que toutes les femmes sont folles de vous mais qu'elles n'osent pas vous le dire ouvertement. Dites-vous au contraire que ce n'est pas pour se faire désirer qu'elle vous dit non, c'est bien parce qu'elle n'a pas d'attirance chimique envers vous. Les femmes ont appris à dire ce qu'elles pensent, si elles disent non, c'est qu'elles pensent non. Dans le cas contraire, c'est qu'elles sont névrosées… Il n'y a plus beaucoup de femmes aujourd'hui qui ont du temps à perdre avec des marivaudages d'un autre âge.

Le scabreux

De même, messieurs, sachez que vous n'attraperez jamais une femme en lui racontant vos fantasmes dès le premier soir. Vous ferez sa conquête en lui disant et redisant à quel point elle est belle, sexy, séduisante, ravissante, attirante ; elle acceptera de se déshabiller, sûre d'avance de son succès dans vos bras.

Évitez au restau de lui dire : « Je vais te prendre comme une chienne », c'est un killer si vous n'avez pas ce genre de complicité.

Si vous faites Internet, messieurs, mettez une photo décente, on ne vous demande pas de détails sur votre anatomie intime. On a tout le temps devant nous !

Le blagueur

Les hommes croient savoir que, pour conquérir une femme, il faut la faire rire. Du coup certains se forcent à être drôles, et c'est là que ça cloche. Entre les blagues belges, les blagues juives, les blagues sur les blondes et les blagues salaces, c'est le festival. Ça n'a rien d'aphrodisiaque, au contraire. Certaines femmes peuvent être bloquées dès le début parce que l'homme se croit autorisé à aller sur ce terrain de façon un peu brutale et grossière. Les femmes se sont libérées, ça ne veut pas dire qu'elles sont devenues vos potes. Pitié, pas de vulgarité !

Autre version : celui qui se croit subtil et qui ne l'est pas. Il veut faire de l'humour, il rit de ses propres traits d'esprit qui ne font rire personne d'autre. La femme est terrassée.

Tout ça c'est des killers, on vous dit. Zéro partout ! La femme ne s'en remettra pas, vous l'avez perdue à tout jamais. Apprenez par cœur la liste des killers : si vous voulez retrouver le chemin de la séduction, évitez-les définitivement.

Chapitre 7

Ce que les femmes n'aiment pas qu'on leur fasse

Toutes les idées fausses que vous vous faites, messieurs, sur ce qui fait plaisir aux femmes ou sur ce qu'elles n'aiment pas. Lisez attentivement les conseils qui suivent :

Les femmes n'aiment pas que les hommes soient binaires. Souvent vous répondez par « oui » ou par « non » ou « ça va » « ça va pas ». Les femmes veulent en savoir un peu plus sur ce que vous pensez et ce que vous ressentez. Donc, messieurs, faites un effort d'analyse et de communication.

Toujours dans votre processus binaire, vous prenez les femmes pour des potiches ou pour des objets sexuels ou pour des intellos chiantes sous prétexte qu'elles réfléchissent et veulent comprendre le monde, le vôtre en particulier. Remballez votre cynisme, les femmes sont multiples c'est justement ce qui fait leur intérêt. Un regard appréciateur sur la femme la flattera à coup sûr. Soyez à l'écoute de la femme, ça vous fera avancer, les femmes savent plein de choses que vous ignorez. Elles ont une perception du monde passionnante.

Les hommes qui prennent les conversations des femmes au téléphone pour des babillages incessants ont bien tort. Contrairement à ce qu'ils pensent, les femmes ne parlent pas au téléphone pour ne rien dire. La femme parle parce qu'elle a un message à faire passer ou qu'elle veut créer des connexions ou qu'elle a besoin d'être rassurée. Ce n'est pas innocent. Messieurs, le « cause toujours, tu m'intéresses », stop ! Sachez écouter, ne loupez pas le message subliminal sous-tendu dans le discours de la femme, c'est peut-être bien votre compte qu'elle est en train de régler.

Les hommes sont-ils à l'écoute des femmes ?

Des travaux scientifiques ont démontré qu'en fait, dans une conversation mixte, l'homme va couper la parole à la femme quatre fois plus que la femme à l'homme. Étonnant, non ? De plus, ce n'est pas pour les mêmes motivations. Selon cette même étude, la femme parle pour communiquer des émotions et les partager, et l'homme va lui couper la parole pour lui démontrer son pouvoir et prouver qu'il a raison et qu'il est le plus fort. Ce n'est pas nous qui le disons ! Mais combien de fois avons-nous assisté au spectacle d'un homme qui accapare la conversation et s'écoute parler. Votre conversation, messieurs, n'est pas toujours une source perpétuelle d'éblouissement. Et si vous êtes un grand esprit, vous savez qu'il faut être attentif aux autres pour s'enrichir.

Non, les femmes n'aiment pas les hâbleurs, si sûrs d'eux qu'ils leur envoient leur haleine parfumée au cigare, leur susurrant des phrases éculées avec l'assurance qu'elles vont tomber à la renverse sur la banquette. Et puis quoi encore ?

Oui ! Elles aiment les hommes qui viennent vers elles et leur parlent d'elles-mêmes gentiment, avec attention.

Donnez à la femme la sensation qu'elle est unique. Certains hommes se vantent d'avoir beaucoup de succès, du coup les femmes se détournent. Pourquoi ? Parce qu'ils donnent aux femmes l'impression d'être la millième dans leur répertoire de Palm Pilot ou dans leur tableau de chasse. Aucune femme n'a envie de ça.

Elles n'aiment pas non plus les trop sûrs d'eux, qui sous prétexte qu'ils ont de l'argent pensent être dispensés des valeurs humaines élémentaires. L'arrogance masculine finit par détourner les femmes à l'esprit libre qui ne sont pas attirées par leur compte en banque. On ne peut pas nier que certaines femmes sont fascinées par le pouvoir et les signes extérieurs de richesse, et lorsque vous sortez dans les endroits chics, chers, branchés, il y a de fortes chances pour que vous rencontriez cette catégorie-là. Mais elles ne sont pas toutes comme ça. Les temps ont changé, ouvrez les yeux, il n'y a pas que des bimbos sur terre.

Les femmes n'aiment pas les super-menteurs.

Il y a des hommes qui prennent des événements réels et en font tout un plat, les magnifient, les grandissent. Attention au moment où le soufflé retombe.

L'homme annonce qu'il a une maison de campagne sublime remplie d'amis, en fait c'est une masure en pleins travaux et sans salle de bains. Le samedi matin, il emmène sa Dulcinée chez Castorama acheter des pots de peinture pour l'aider à repeindre la salle à manger. Bonjour l'épate !

Ne jouez pas les P-DG d'une multinationale si vous n'avez en réalité qu'un petit burlingue avec une secrétaire à mi-temps et un fax toujours en panne. Imaginez la déception de la femme que vous avez fait rêver et qui a construit dans sa tête tout un avenir doré à partir de vos vantardises.

Le soufflé, ça peut marcher pour un soir ou pour une semaine, mais si vous voulez tenir la route…

Dépensez votre énergie à des choses plus constructives.

Les femmes n'aiment pas les cabotins.

Style Benoît : il sait tout sur tout, et a tout lu, tout vu, tout visité, tout entendu. En réalité, il n'a lu que la jaquette du livre ou la critique de la pièce, il est allé dans tous les endroits mais il n'a rien d'intelligent ni de profond ni de personnel à en dire. Sa conversation devient un catalogue de mondanités. S'il était un peu attentif, il verrait la femme gigoter sur la banquette, détourner les yeux, envoyer tous les signes d'ennui et de saturation.

Il y a aussi ceux qui rient trop, qui parlent trop fort en entrant dans un restaurant. On n'entend qu'eux et ils jettent des regards partout pour voir s'ils se sont assez fait remarquer. Les femmes n'aiment pas les tempéraments de vedette, qui d'ailleurs peuvent cacher des mal-être souterrains.

Creusez les sujets, ne les survolez pas, dites les choses que vous avez vraiment ressenties, c'est cela qui est réellement intéressant.

Les femmes n'aiment pas les trop sûrs d'eux, ceux qui croient que les trois B, bouffe, boîte, baise, sont le parcours automatique du samedi soir. Comme si cet enchaînement s'imposait de lui-même ? Ce n'est parce qu'on dîne et qu'on va danser avec vous qu'on va forcément atterrir dans votre lit. Ça ne veut pas dire non plus qu'on ne le fera pas la prochaine fois.

Il paraîtrait que dorénavant les femmes aiment raquer, qu'elles veulent tout prendre en charge et tout assumer. C'est faux ! Est apparue une armée de goujats, les radins s'en donnent à cœur joie, bref tous vos mauvais penchants se sont libérés en même temps que les femmes. Stop ! Retour aux petits cadeaux et aux petites attentions, si vous voulez que les femmes s'adoucissent et que les relations avec elles redeviennent un peu plus relax.

« Je vous ai apporté des bonbons parce que les fleurs c'est périssable… » Depuis la chanson de Jacques Brel, il paraîtrait qu'on préfère les bonbons aux fleurs. Faux. On aime toujours les fleurs et rien ne nous attendrit plus que de contempler pendant une semaine ou deux le bouquet qu'un amoureux nous a offert. Pas besoin d'une gerbe à 500 z-euros, un bouquet de violettes fait aussi bien notre bonheur, et ça sent si bon ! De plus, les bonbons ça donne des caries.

Les femmes n'aiment pas les surbookés qui ne leur ménagent aucune place dans leur emploi du temps : « Je t'aime, ma chérie, mais samedi j'ai mes enfants, dimanche compétition de golf, lundi brainstorming, mardi opéra avec maman, mercredi *conference-call* à l'aube, jeudi tennis le soir. » Il ne nous reste que vendredi avec *Thalassa.* On va finir par préférer les poissons !

Les femmes n'aiment pas les hommes qui exagèrent.

Certains mecs trop collants, trop envahissants, cherchent à dominer votre vie : « Ma chérie, pousse-toi de là, je vais te faire ta compta, te replanter tout ton jardin, te réorganiser ta maison, ton planning. » Non, pas au bout de huit jours, ni même au bout de trois mois d'ailleurs. Serviables, oui, pot de colle non !

De même s'il vient vous chercher à la sortie du boulot alors que vous l'avez prévenu que vous alliez boire un pot avec les copines. Non ! Pas touche. *Vade retro !*

Les femmes n'aiment pas les trop trop informatiques, ils bouffent, dorment, pensent, informatique : ordinateur, Windows, souris, scanner, disque dur, infographie, ils n'en sortent pas. Il y en a qui vous font l'amour et qui se relèvent aussitôt pour allumer leur ordinateur...

Idem pour les trop sports, abonnés à *L'Équipe*, gavés de matchs, qui ne loupent aucune compétition de Formule 1, de vélo, etc.

Les femmes n'aiment pas que les hommes les prennent pour leur bonne. « Je ne sais pas repasser mes chemises, au secours », c'est fini. Il faut savoir si c'est une partenaire ou une employée de maison que vous recherchez.

Si elle vous a fait un bon dîner la veille, qu'elle a concocté des plats raffinés et délicieux, rappelez pour remercier. Sinon, quand vous lui direz : « À quand le prochain dîner chez toi, on s'est bien marrés la dernière fois », ne vous étonnez pas si elle vous fait dégeler une pizza.

Messieurs, faites des efforts pour éviter tous les travers qu'on vient de pointer, ça sera un plus dans votre relation. Et si vous tenez vraiment à nous enchanter, ça va vous demander un petit effort supplémentaire. Mais quelle récompense au bout, soyez à la hauteur de la femme idéale que vous imaginez.

Chapitre 8

Ce que les femmes aiment que les hommes leur fassent

CE N'EST PAS CE QUE VOUS CROYEZ

Il y a des choses très simples que les hommes ignorent. S'ils n'ont pas eu, petits, une gentille maman qui leur a expliqué ce à quoi une femme est sensible, ils ne savent pas et croient que c'est très compliqué. Ce qui plaît aux femmes, ce n'est pas ce que vous croyez.

C'est plus simple que ce vous pensez, mais ça demande un investissement personnel plus important que ce vous êtes communément prêts à donner.

D'abord, on veut une écoute et une attention inlassables de votre part. On est stressées ? Vous nous calmez. On pleure ? Vous nous consolez. On souffre ? Vous compatissez. On a des ennuis ? Vous nous sauvez. On est attaquées ? Vous nous défendez. C'est exactement ce qu'on attend de vous.

On aime que vous pigiez ce qu'il faut faire ou ne pas faire sans qu'on ait à réclamer.

Messieurs, soyez galants, ça nous touche toujours.

Poussez-nous vers l'intérieur du trottoir et marchez du côté des voitures pour nous protéger, faites votre boulot d'homme. Aidez-nous à enfiler notre manteau, ouvrez-nous les portes, descendez avant nous dans les escaliers, on ne vous demande pas le baisemain, mais les petits gestes tendres sont les bienvenus.

N'hésitez jamais à changer une ampoule ou à réparer une fuite de robinet même le premier jour, vous gagnerez énormément de points.

Ne nous demandez pas de payer notre part au restaurant ou pire de payer pour les deux, nous vous inviterons à dîner chez nous prochainement. Quand vous réglez, évitez de sortir vos tickets restaurant, ça retire de la valeur à votre invitation, ou bien attendez que nous soyons vraiment intimes, au début, ça fait vraiment cheap.

Payez les consommations, sortez votre carte bleue mais pas tout un paquet quand même, c'est racoleur et méprisant un tel étalage. Payer le vestiaire est une délicatesse appréciée. Ne vous plaignez pas du prix des consommations, ça gâche vos effets.

Proposez de raccompagner, ouvrez la porte de votre passagère et ne lui sautez pas dessus, sauf si elle dit: «Je n'ai pas envie de dormir seule ce soir», il n'y a pas plus clair comme signal. Ce n'est pas parce que vous avez payé la consommation que vous avez le droit de consommer sur place.

N'hésitez jamais à nous rappeler le lendemain et à nous remercier pour le bon dîner qu'on vous a préparé la veille. Relevez nos petites attentions, dites merci, ne faites pas comme si tout vous était dû.

Faites-nous des compliments on adore ça… on ne le redira jamais assez.

Sachez nous regarder, admirer notre visage. Un homme qui nous regarde vraiment de la tête aux pieds, ça fait plaisir.

Mentionnez les petites choses qui vous plaisent, un nouveau parfum, de jolies mains, un décolleté charmant... Ça nous flatte, nous pensons : « Je n'ai pas fait trois heures de maquillage et d'épilation pour rien, j'ai du résultat, il me regarde vraiment. » Autant une femme n'est pas supposée « détailler » un homme, sinon à la dérobée, car il se sentira jugé, autant un homme qui scrute, examine, fixe et focalise sera encouragé.

Messieurs, si une femme vous plaît, n'hésitez pas à attirer son attention par un regard *appuyé*. Son narcissisme étant comblé, si elle vous renvoie votre regard, c'est que vous l'intéressez. Ensuite à vous de jouer ! Comme dans la chanson : ayez les yeux revolver, ayez le regard qui tue, si vous tirez les premiers, elle sera foutue.

Beaucoup de recommandations faites aux femmes marchent aussi pour les hommes : un homme qui sourit, qui est attentif, tendre, séduira bien plus aujourd'hui que le macho de service qui va se planter en beauté parce qu'il n'a pas compris que les femmes sont libres et évoluées.

Embrassez-nous. Messieurs, vous saurez facilement si une femme est d'accord pour que vous l'embrassiez, faites ce qu'on vous dit dans l'art du baiser, et si elle ne s'écarte pas de vous, c'est que vous pouvez y aller. Bien sûr, vous devez envoyer à la femme des signaux clairs qui vont lui permettre de se préparer à être embrassée. Le type qui attrape brutalement une femme et lui roule une pelle prend le risque d'une bonne paire de claques. Et pourtant, ce n'est pas difficile d'être tendre et sensuel ! Même dans les baisers amicaux sur les joues, il y a des différences énormes et toute une communication tacite qui circule et que nous ressentons tous. Ceux qui ont beaucoup flirté quand ils étaient petits embrassent bien, ils ont la langue mobile, ondulante, souple. C'est ce qui se fait de mieux !

Alors un petit effort, nom de Dieu ! Ceux qui pensent « j'embrasse la nana, je lui fais pouet pouet aux seins et hop, elle mouille donc j'y vais» ont tout faux, ça c'est le McDo de l'amour.

Sachez, messieurs, que les baisers auront toujours nos suffrages. Les coulisses de l'exploit en chambre avec triples saltos arrière et courbatures à la clé, ce n'est pas notre seule tasse de thé. Et pensez, messieurs, à ne pas vous charger la tête de gel, ça cartonne mais pas dans le bon sens !

Sauf si elle vous a déjà renversé sur le capot de votre 306, rien ne dit qu'elle a réellement l'intention de passer à la casserole, ce peut être une allumeuse (comme vous dites) qui ne veut que soigner son ego, attention, danger. En revanche, si elle n'en est pas une, aller trop vite serait une erreur fatale. Elle croira que vous ne la respectez pas. Un peu de patience... La prochaine fois peut-être... Si elle vous plaît, dites-le-lui et ajoutez que vous la rappellerez en la regardant droit dans les yeux, d'un air convaincu.

Si au dernier baiser elle colle son corps très fortement contre le vôtre, vos chances sont bonnes, si vos mains entreprennent une exploration un peu plus poussée et qu'elle vous repousse, vous avez peut-être encore affaire à une allumeuse (deuxième niveau)... mais laissez-lui un joker ! Elle s'est peut-être laissée aller à ses instincts de femelle, la vodka aidant, et s'est subitement reprise. Le froid ça dégrise parfois.

La première nuit (à l'intention des hommes)

Ça y est, elle est décidée, c'est pour ce soir, l'affaire est dans le sac. Mais rien n'est gagné d'avance.

Messieurs, sachez que, dans ces moments-là, le moindre mot, geste, attention, faux pas va avoir un éclairage intensifié. Les attentes romantiques de la femme sont au maximum, car nourrie de films sentimentaux, elle veut réaliser son rêve de bougies parfumées, lumières tamisées, champagne glacé dans des flûtes en cristal, musique douce pour accompagner les futurs ébats. Pour les plus jeunes des petites bougies à 2 euros, et pourquoi pas des petits cocktails un peu hot ? Au minimum, pour toutes les générations confondues, des mots tendres et adorateurs qui lui feront autant d'effet que la plus experte des caresses.

Une caméra vissée dans son cerveau, la femme vous regarde agir, enregistrant tout dans sa mémoire. Elle pourra y rêver à loisir après. Un mot familier en temps normal va lui paraître vulgaire, tout doit être raffiné, tendre, ouaté, dirigé vers elle. Curieusement, les petits « zyva » de banlieue sont plus tendres et respectueux que les golden boys carnassiers des générations précédentes.

Il y en a qui vont tout de suite aux conclusions. Non !

Prenez votre temps, ne lui sautez pas dessus, mais parlez, les mots gentils ne vous engagent pas, ça ne veut pas dire que vous allez être obligé de l'épouser. Nombre d'hommes sont terrorisés car ils ont l'impression que s'ils expriment verbalement des émotions, les femmes vont prendre cela immédiatement comme une demande d'engagement. Pour certaines midinettes oui, pour les femmes modernes non !

La première fois, prenez un temps infini en baisers, partout dans le cou, des petits bisous, du côté des oreilles d'accord mais pas avec la langue dedans, sinon ça fait shouick, shouick (certains aiment ça), des caresses sur le corps habillé, surtout si elle porte des vêtements soyeux, puis des caresses sur la peau, partout. Caressez avec des pressions différentes, ne nous malaxez pas, surtout le bout des seins, c'est là que vous devez être le plus délicat possible, surtout si la femme attend ses règles dans les jours qui viennent, ce sont les moments que vous préférez parce que les seins sont le plus gonflés, mais c'est le moment où ils sont le plus sensibles. Délicatesse et légèreté dans cette zone, sauf si elle vous demande : « Fais-moi mal, Johnny, Johnny, envoie-moi au ciel… » Tous les goûts sont dans la nature. Mais c'est à vous de sentir ce qu'aime votre partenaire et de vous régler sur son tempérament et son langage corporel. Les soupirs, les mouvements fluides et ses gestes vous donnent toutes les informations.

Si elle est raide comme un bout de bois, ça veut dire que :

– vous n'avez pas trouvé le mode d'emploi ;
– qu'elle a changé d'avis entre-temps ;
– que vous l'avez trop précipitée ou forcée, qu'elle se sent encerclée ;
– qu'elle se rappelle un autre jules et se sent bloquée ;
– qu'elle est inhibée de naissance (au choix).

Faites une pause, parlez-lui gentiment tout en la gardant dans vos bras, même si ça vous paraît incohérent. Vos pulsions sont flatteuses pour une femme à condition qu'elles soient maîtrisées. Si vous êtes trop fougueux, elle se sentira transformée en morceau de viande et décrochera en cours de route.

L'amour doit être un ballet, un échange à deux, ensemble, et pas à deux chacun de son côté, certainement pas un combat où l'on amène l'autre à ce que l'on veut, c'est un consentement mutuel, un dialogue corporel. Ne vous inquiétez pas, ce n'est pas forcément grave si la première fois que vous faites l'amour, vous n'êtes pas immédiatement « calé » sur elle. Il faut que vous ayez été suffisamment délicat et habile pour lui donner envie de recommencer l'expérience. Généralement, les deuxième et troisième fois sont plus satisfaisantes, c'est comme la danse, on s'améliore en pratiquant.

La pénétration dans les quatre premières secondes, non ! C'est rédhibitoire. Une femme, ça se chauffe, ça se prépare, ça s'émoustille. Et de plus, si vous êtes trop pressé, elle n'aura pas l'humidité et le glissant nécessaires au plaisir, ça frottera sèchement et elle ne sera pas ouverte et détendue. Si le viol simulé est un de vos fantasmes, évitez le premier soir quand même.

Les femmes sont toutes préparées à être indulgentes si la première fois n'est pas un sommet du Kama-sutra, elles savent que l'émotion peut vous donner des pannes d'érection ou des éjaculations précoces. Elles ne vous en voudront jamais de vous avoir fait trop d'effet et seront flattées de vous avoir procuré de telles émotions à une seule condition : que vous ayez été malgré tout délicat, caressant, sensible à son égard.

En revanche, le premier instant de la pénétration, si l'homme s'y est bien pris, pour la femme c'est le 14 juillet, elle va ensuite se caler sur lui, et ils trouveront leur rythme ensemble jusqu'à l'explosion.

Ne rêvez pas, la première fois c'est rare d'arriver à jouir ensemble, et même par la suite ôtez-vous de la tête l'idée que la seule jouissance aboutie est la jouissance simultanée des deux partenaires. C'est une variante très agréable, mais pas un must. Ne vous prenez pas la tête avec des préjugés, il y a fort à parier que vous allez bloquer votre mécanique.

La surpuissance sexuelle

Certains hommes confondent la cylindrée de leur voiture avec leur puissance sexuelle, ils se croient obligés de faire des prouesses et de nous tenir en éveil toute la nuit. Six fois la première nuit, c'est bien, on vous félicite, mais ce n'est pas obligatoire ! Les hommes se vantent souvent entre eux. On vous rassure, six fois, c'est carrément hors norme.

Les lendemains de « fête », le menton en cul de singe, la peau arrachée par l'excès des baisers, la zézette en chou-fleur, le lumbago de retour, on veut bien, une fois de temps en temps. Mais pas toutes les nuits ! On veut aussi dormir. Dans vos bras de préférence, avec des câlins et des caresses qui nous font autant d'effet, et des mots tendres, même la première nuit on en veut.

Certains veulent nous faire l'amour partout : dans l'escalier, dans leur bagnole, dans les parkings, triple saut périlleux arrière et compagnie, parce qu'ils veulent nous faire voir qu'ils sont opérationnels à tout moment. Ces séances épuisantes ressemblent à des cours d'abdo-fessiers. Au bout de huit jours, vous avez les quadriceps en béton, les abdos qui font des nattes et vous êtes prêtes pour le concours de Madame Muscle.

Attention, les hommes surpuissants qui rencontrent des femmes très libérées peuvent atteindre des sommets de sensualité, mais là encore, donnez le meilleur de vous-même autant dans la délicatesse que dans les prouesses, vous n'avez pas de records à battre la première fois, ni la deuxième d'ailleurs. On vous le redit, l'amour ça se fait à deux.

L'APRÈS-AMOUR

Monsieur, vous venez de jouir, c'est bien, c'était le but de l'opération, mais vous n'êtes pas obligé de vous endormir dans la seconde qui suit l'éjaculation en étouffant votre partenaire, coincée sous vous comme un hippocampe sous une raie manta.

De plus, un problème technique se pose qui vous interdit absolument ce genre de comportement : votre sexe reprenant ses dimensions classiques et sa consistance normale, le préservatif ne sera plus tendu et risque de rester à l'intérieur du vagin de votre partenaire, annulant l'effet de protection.

Vos ronflements sonores ne sont pas gratifiants à l'oreille d'une femme, même s'ils sont la juste récompense de vos efforts ! Vous n'êtes pas non plus obligé de vous retirer brutalement, vous arrachant à votre partenaire encore lascive. Et puis l'après-amour sans un petit mot gentil, quoi de plus sinistre ?

Certains hommes ne savent pas que les femmes ne défusionnent pas tout de suite après l'amour. Ce n'est pourtant pas bien compliqué, une femme après l'amour veut parler, être cajolée, prendre son temps, se sentir bien dans les bras du mec, respectée, et pas jetée comme un Kleenex. Une fois l'acte fini, l'homme qui se jette sous la douche, mange un petit morceau sans rien proposer à sa partenaire, allume la télé, c'est foutu pour lui. Aucune femme ne va jamais vouloir revoir un goujat pareil. La façon dont ce sera interprété, c'est : « Il m'a utilisée, et jetée, il n'a aucun sentiment. » Elle ne pensera certainement pas que vous êtes content, détendu et heureux.

Et pourtant parfois vous êtes vraiment très détendu : vous vous étalez en travers du lit, il ne reste à la malheureuse que quinze centimètres carrés pour dormir en chien de fusil, oreiller compris. Vous avez peut-être l'habitude de dormir seul, mais elle aussi, et elle ne va pas fermer l'œil de la nuit...

Autre variante : vous l'attrapez, la collez contre vous selon le schéma de la petite cuillère, une position confortable et tendre, mais parfois la petite cuillère est si collante que la pauvre nana transpire toute la nuit, coincée dans vos bras puissants. Même si vous êtes un joueur de rugby confirmé, vous n'êtes pas obligé de la prendre pour le ballon ovale et de la plaquer sous vos deux mètres cinq et vos cent cinquante kilos, sinon elle risque de trouver la nuit un peu longue.

L'après-amour est un moment tout aussi crucial que l'acte lui-même. Malheureusement beaucoup d'hommes l'ignorent. Curieusement ce sont les amants les plus efficaces qui prennent le moins de gants. Forts de leurs exploits, ils ne jugent pas nécessaire de faire un emballage cadeau. Ils pensent: « Je suis un génie de la pénétration, si avec ça elle n'est pas contente... » Eh bien non ! Elle n'est pas contente.

En revanche, en cas de contre-performance sexuelle, si vous savez lui faire vivre bien l'après-amour, si vous lui montrez votre tendresse, une femme sera bien disposée à votre égard et même plus... pour recommencer.

Le savoir-vivre au lit

Si vous fumez, merci de ne pas laisser traîner les cendriers pleins par terre. Et ne brûlez pas la super housse de couette de chez Kenzo qu'on adore. Un grand amour peut avorter sur une telle hérésie.

Cela paraît chochotte de le préciser, mais certains hommes se sentent si à l'aise avec vous qu'ils se permettent de partager leurs rots et pets, parce que vous devenez « intimes ». Merci ! Si dès le début de la relation, vous vous relâchez, le programme des années potentielles en commun dessine un schéma sinistre… Le côté beauf n'est pas vraiment sexy.

Ne laissez pas non plus traîner les préservatifs usagés sur la moquette en pure laine beige… même si elle n'est pas beige !

Merci de nous mettre de la musique, mais pas comme si on était dans une rave-party.

Certains vous vident le frigo en pleine nuit et vous dévastent votre réserve de Haägen-Dasz, voleurs ! On retrouve les preuves du délit, les pots vides avec la cuillère dedans en plus.

Au saut du lit, vous n'êtes pas obligés d'inonder l'appartement du dessous en prenant votre douche, ni de vider la bouteille de shampooing à 55 euros de chez René Furterer. N'empruntez jamais notre brosse à dents, c'est super privé, et rédhibitoire !

La poudre de Nescafé renversée partout dans la cuisine, merci… de nous prendre pour la bonne !

Le départ est aussi un moment très délicat pour la suite des événements. Rien ne vous oblige à prononcer des phrases définitives, ni dans un sens ni dans l'autre, mais quel que soit votre sentiment sur la suite, restez tendres et bien élevés. Chacun a besoin de rentrer en soi pour réfléchir et laisser venir tranquillement l'envie ou pas de revoir l'autre. Même dans les coups de foudre, on a besoin de mentaliser. C'est là que la caméra intérieure de la femme se repasse en permanence « le film » enregistré dans sa mémoire. C'est là qu'elle téléphone aux copines pour le compte rendu. (Voir « le rôle des copines ».) L'homme repart vers son boulot, un sport, une activité quelconque, il a besoin de passer à autre chose. Ce n'est pas de l'insensibilité, c'est son mode de fonctionnement. La femme va extérioriser, l'homme va intérioriser.

Si la femme est une inconnue totale, comment garder le lien ? Au moment de vous séparer, demandez-lui son numéro de portable ou donnez-lui le vôtre, le mieux est un échange réciproque.

Messieurs, prenez conscience que les moments que vous êtes en train de vivre vont être à jamais gravés dans le marbre. Soyez à la hauteur ! Soyez bien !

ET ENSUITE ?

À un niveau ultérieur de la relation, pour que ça dure, vous devez continuer à faire ce que les femmes aiment qu'on leur fasse : les petits bisous, pour tout, partout, pour rien, les petits mots d'amour, les surnoms tendres et rigolos, les petits mots de connivence qui renvoient à des souvenirs érotiques (faire *catleya*).

Nous on aime bien vous toucher, laissez-vous faire, nom de Dieu ! On n'est pas obligés d'être allongés pour les body contacts.

Venez donc nous rejoindre sous la douche pour faire du body-body, c'est délicieux avec des huiles parfumées. Massez-nous le dos pendant que vous regardez le match qu'on est bien obligées de supporter. Et un petit câlin à la mi-temps pour nous récompenser.

Rappelez-vous ce qu'on aime ou déteste, n'apportez pas du champagne rosé si on a dit que ça nous donne des crampes ou des migraines.

Les hommes ne demandent jamais aux femmes si elles les aiment, nous c'est à longueur de journée qu'on vous pose la question, c'est hormonal et on veut des réponses...

On aime bien les petits coups de fil au milieu de la journée, ça nous rassure...

Mais si vous aimez vraiment une femme, vous allez vous montrer attentif, sensible, généreux et vous devinerez tout seul ce qui la rend heureuse. Si vous continuez à vous tromper, sachez au moins l'écouter, toutes les femmes donnent à leur homme le mode d'emploi.

Conclusion

On s'est libéré en France surtout sur le plan sexuel. En revanche, il y a encore de grands tabous sur le plan des sentiments et de la tendresse.

Il faudrait libérer la tendresse et enseigner à nouveau aux garçons et aux filles que c'est bien et bon d'avoir des sentiments et que ce n'est pas une preuve de faiblesse.

Messieurs, ne baissez pas les bras, montrez-vous courtois, gentils, attentifs, les femmes finiront par se souvenir que c'est bon et poseront les armes. Nul ne résiste au charme. La violence engendre la violence et la gentillesse engendrera forcément la gentillesse.

Vous, cyniques ou hyperréalistes des deux sexes, tombez amoureux, passez par la phase de cristallisation, même pour un court moment, c'est bon pour vous, c'est bon pour tout.

Exaltez-vous le bombyx ! Rayonnez de bombykol ! Tout le monde a droit aux papillons !

Table des matières

" À la recherche du désir perdu "

Pas d'amour sans amour

Evelyne Dress

Éva, une belle célibataire de quarante ans, à la fois dynamique, sportive et branchée, en est réduite à la chasteté depuis trois longues et douloureuses années. Quittée par Bruno, dont elle était éperdument amoureuse, elle n'a pas su retrouver depuis celui qui éveillerait son désir et accepterait de fonder une famille ; longtemps accablée par cette rupture, elle ne pouvait renaître à la vie. Mais trois ans, c'est trop, et son corps commence à "dysfonctionner" : sous les conseils de son gynécologue, Éva s'engage à "remettre la mécanique en route"...

(Pocket n° 11571)

" Toi Amy, moi Jack "

Jamais deux sans toi
Josie Lloyd et Emlyn Rees

Jack Rossiter, célibataire impénitent, et Amy Crosby, jeune femme en mal d'amour, se relaient pour raconter tour à tour leur désir irrépressible de rencontrer l'Homme ou la Femme idéal(e). Mais si Jack reste fortement attaché aux moult avantages du célibat, Amy cherche désespérément celui qui la sauvera de ce gouffre qu'est pour elle la solitude. Leur union est celle d'un couple moderne…

(Pocket n° 11151)

" Un mari à tout prix "

Les tribulations de Tiffany Trott

Isabel Wolff

Séduisante, pétillante et furieusement tendance, Tiffany Trott s'approche dangereusement de la quarantaine sans jamais avoir trouvé le partenaire idéal. Poussée par sa meilleure amie, Lizzie, elle décide d'en finir avec le fiasco de sa vie amoureuse et de se lancer dans la chasse au mari parfait. D'illusion en désillusion, Tiffany Trott ne néglige aucune étape de son parcours du combattant et poursuit sans faillir sa quête du saint homme.

(Pocket n° 10834)

Achevé d'imprimer sur les presses de

BUSSIÈRE

GROUPE CPI

à Saint-Amand-Montrond (Cher)
en avril 2003

POCKET - 12, avenue d'Italie - 75627 Paris Cedex 13
Tél. : 01-44-16-05-00

— N° d'imp. : 31991. —
Dépôt légal : mai 2003.

Imprimé en France